晴空

晴空

穿越到
沒有女人的世界
星際女王
金大／著
ONLY YOU

穿越到
沒有女人的世界
星際女王

CONTENTS

目錄頁

【第一章】

女人最重要的戰略儲備

「你別在意那些說你長得像侯爺的話。」

「沒有，再說我也不可能是侯爺。」

「誰說你就不能成為大人物了？我覺得咱們現在在最低的地方，不管怎麼走，都只會慢慢地往上升，跟那些一出生就站在高位的人不一樣，我們的路才叫寬呢……」

劉婭楠現在成了富婆，可因為錢太多了，反倒有點無所適從，也不知道要做什麼才好。以前開那間小小的店，她就高興成那樣，現在窮人乍富，劉婭楠只想做出點大動靜來，像是開個超級大的酒店，至少要把以前打工過的那間破酒店比下去。

還有，要做成連鎖，既有超級豪華的酒店，又有平價到普通人都吃得起的餐廳。但是菜式要中式的，她很容易就想起自己吃過的那些中式快餐，只是還得好好整合，選出最合適的菜色。

然後選址也是個問題，羌然把市中心的那塊地賣了，不知道能不能買回來？

不過她一說到這個，小田七很快就接道：「姐姐，妳不用買地，妳只要說自己想在市中心開一間酒店，立刻就會有人贊助妳了，或者直接讓政府劃一塊地給妳也可以。」

劉婭楠連忙拍了一下自己的腦袋，她還真沒想到這點。

什麼金手指啊、瑪麗蘇啊！現在她都有了啊！自己還有什麼得不到的？世界第一的男人或是最豪華、奢侈的東西，她都已經拿到手了……

估計她隨便在電視上說句：某某不錯，都可以算是天價廣告。

她還想做些善事，倒不是因為聖母，跟小田七雖然沒商量出個所以然，但忽然想起繆彥波弄的那個基金會，一想到有人用自己的名號斂財，她就覺得很不好。

再來，劉婭楠也不知道那個女人保護法案是什麼，她打電話給繆彥波，想要問問他，起碼基金會的運作要跟她報備一下吧？結果她才問了資金的情況，繆彥波就有一千句話在等著她，什麼管理費、運作費，一長串地列出來，劉婭楠都被說暈頭了。

劉婭楠皺著眉頭，只問了一句：「你家的運作費不會也是百分之十吧？」

「不是。」繆彥波一臉無辜、紳士風範地回道：「區區百分之十壓根就做不了事，目前的預算是百分之二十。」

靠！她就不該相信這些政客，根本是一群騙子！

劉婭楠瞬時就煩惱了，繼續問道：「就算是百分之二十，那其他的呢？」

繆彥波振振有詞地同她解釋：「基金會近期的主要目標，就是幫您尋找另一位所有者侯爺……」

劉婭楠真有點扛不住，她覺得跟這些政府官員說話太費勁了。你要問他一加一等於二嗎？他會告訴你可能是二，但也可能不是二，從不同的角度看，可以得出許多種結論，具體的他們還得開會研究，然後寬慰你不要著急，他們一定會重視的，肯定會解決的，要相信組織、要相信人民的目光、要相信聯邦政府……

劉婭楠真是被他扯到惱了，當下就質問道：「你這話可真奇怪，你怎麼知道對我而言，侯爺就是最好的選擇？」

「因為我們做了權威的民意調查，結果有百分之二十一的人認為，侯爺做您的擁有者會更好一些。」

劉婭楠皺著眉頭，這玩意還要民意表決啊？她現在已經被羌然困住，難道民意是認為她只有一個男人不夠，還要再加一個？

她納悶地問道：「才百分之二十一，那其他的人都怎麼想的？」

「喔，百分之六十六的人希望將您收歸國有，我當然很願意這麼做，不過……」繆彥波無奈地聳肩道：「夫人，很抱歉，就目前的局勢看，那不大可能實現，雖然我們也跟羌然交涉過幾次，可他態度很強硬。」

劉婭楠心裡很彆扭，不過多少還是有些好奇，她忍不住問了一句：「那、那羌然的百分比是多少？」

民意調查不可能不問她現在的所有者吧？

「喔。」繆彥波很不屑地回道：「百分之零點二吧……總有幾個人會按錯鍵。」

劉婭楠抿了下嘴，所以羌然現在簡直就是萬夫所指了。

不過想到羌然的做法，還有獨占著自己不與人共享，這個結果應該很正常。

不知為什麼，劉婭楠忽然就有種鬆了口氣的感覺，不管羌然如何，其實她都不該抱怨了，這已經是最好最好的情形了。

劉婭楠知道自己的嘴上功夫沒繆彥波厲害，而且有臉的怎樣也比不過不要臉的。

她正想關上視訊電話時，繆彥波像是發現了什麼有趣的東西，說道：「說起來妳身後的那個人，眉眼間倒是有些地方很像侯爺，要不要讓他也過來做一些基因檢查碰碰運氣？雖說侯爺的財產都捐出去了，可是早些年侯爺開發那些星域的開採權還是歸侯爺所有，要真是的話，那簡直比中彩券還要……」

「不用了。」劉婭楠氣呼呼地關掉了視訊電話。

她當然知道之前很多人都以為野獸是侯爺，再說就算像也只是部分像，她見過每一代的羌然，每一個都像同一個模子裡刻出來似的。

要是那樣的侯爺出現，怎麼可能不被人認出來？所以真的侯爺說不定正在哪個地方縮著。

不過等她再回過頭去，就看見一直在旁邊的野獸看上去臉色不太好。她雖然呆乎乎地沒什麼女人味，可是心思很柔軟，一下就察覺到了，剛才繆彥波那句話刺疼了野獸，她知道這個傻大個是多麼沒腦子，屬於那種什麼都不會往心裡去的傢伙，會這麼惆悵可真不像他。

她走過去，小聲地對野獸說：「你別在意。」

「沒有。」野獸以前是不敢看她，現在則是不管說話還是做什麼，總喜歡看著她。

「而且我也不可能是侯爺。」野獸很明白自己的斤兩，以前自己得意的時候，被人吹捧得找不到東西南北，可此時他覺悟了，又見到了這樣規模的基地，見識了那些人與規矩，知道侯爺也曾有這樣的基地。

且不說現在的羌然沒有早幾代的厲害，就算是現在的羌然，他也是比不上人家一根腳趾頭！他是侯爺？開什麼玩笑！他都為當初的那段日子感到丟人。

但劉婭楠卻大咧咧地寬慰著他，她一直都是跌跌撞撞過來的，所以對失敗有很深的理解，也有自己一套阿Q的樂天看法。

「誰說你就不能成為大人物了？王侯將相寧有種乎，基因那種東西也做不得準，沒有人天生就很厲害，就算是多優秀的基因，可是自身不努力、不懂得珍惜，也是廢物，不然我那個世界就不會有那麼多沒用的富二代、官二代了。我覺得反倒是咱們這樣的人會慢慢厲害起來，因為咱們在最低的地方，不管怎麼走，都只會慢慢地往上升，跟那些一出生就站在高位的人不一樣，我們的路才叫寬呢。」

野獸看著她，以前的他很情緒化、很粗俗，現在劉婭楠能在他眼睛裡看到平靜。只是在他平靜的眼神下，似乎有另一種比以前更洶湧的東西隱藏在裡面。

他的皮膚很粗糙，而且很黑，大概長年做著重體力活兒，小時候也沒有好好調養，整個人看上去很粗曠，可是其實細細看的話，野獸的樣子倒是不那麼難看。

她仔細回憶了下侯爺的樣子，野獸還真是有那麼一點點像，劉婭楠說道：「其實你長得還真有點像……」

那個侯爺的畫像都讓她曾經心動了下，覺得好像天神一樣，偉岸又英挺還特別帥氣，可現在看慣了羌然的外表，她倒覺得侯爺最厲害的反倒不是外表，而是那種神情。

明明是那麼厲害的人，眼神卻是沉靜的，比羌然的要溫和很多，即便是上位者，卻有一種自然流淌的溫柔表情。在那樣殺戮征伐的年代，還能出那樣的人，才叫神奇呢。

劉婭楠歪頭多看了野獸幾眼，記憶中侯爺的身材，可沒野獸這麼壯，野獸簡直跟怪物一樣。她忍不住說了一句：「我發現有一點你比侯爺厲害多了，侯爺的武力值肯定沒你厲害。」

「那是。」野獸得意地揮舞著胳膊：「知道嗎？侯爺那人壓根沒上過戰場，他自己都說身體是他最大的弱點，如果我真是侯爺的話，那我估計就是把該長腦子的那點好基因，都長在肌肉上的侯爺版。」

劉婭楠看著他那個樣子，心裡挺開心的，現在野獸能這麼心平氣和地同她說話，能把她當做一個人，既不會像觀止那樣刻意同她保持距離，也不會像羌然那樣像對待小貓、小狗一樣地對她，她覺得特別滿足。

在說話的時候，劉婭楠忽然發現外圍的那些保鏢忽然都轉到同一個方向在敬禮。然後很快就看見穿著一身戎裝的羌然走了過來。不得不說穿著這樣的羌然看上去實在是太英挺、太養眼了，劉婭楠本來不是制服控，現在也要變成制服控了。

這還是第一次在這種地方看到羌然，以前不是在他的辦公室，就是在夏宮。

劉婭楠挺意外的，不明白羌然忽然來找她幹麼？

她昨晚有跟羌然說了些她那個世界男女相處的事兒。

像是在工作完後，很輕鬆地散步、吃飯、約會。難道羌然聽進去了，才特意來找她？

所以在羌然靠近她的時候，劉婭楠整個人都呆住了。

只是剛剛還笑著的野獸，此時一見到羌然，臉上的表情忽然就變得僵硬起來。他沒敢直視羌然的臉，他知道羌家軍的規矩，知道那些兵痞子們是多麼尊敬、熱愛他們的頭兒。

野獸快速地讓開位置。

一時間，很大的空間裡，只有劉婭楠跟羌然面對面站著。

劉婭楠這麼久以來，都是跟羌然在夏宮裡吃飯、做愛，她簡直都忘記該怎麼跟他健康自然地相處了，好像他們在一起不做愛就不對。可現在……她忐忑地望了過去。

羌然很溫和地笑了下，衝她抬了抬手，「今天有事兒找妳，跟我出來一下。」

劉婭楠喔了一聲，也不知道羌然要帶她往哪去，忍不住胡亂想著，是自己昨天的話觸動他了嗎？最近她一直在給他灌輸之前那個世界的男女交往之事，是那些話起了作用嗎？

他想在白天也見她了？然後帶自己去隨意地散步解悶？

她一高興就有點沒繃住，尤其羌然走路的步子很大，她平時的步速壓根就跟不上，她只得一蹦三跳地緊緊跟在羌然身後，跟得氣喘吁吁，簡直都要為那些嫁給軍人的姐們苦惱起來了。

這些平時走慣了正步的人，知不知道怎麼跟女人走路？老是這麼個走法非走出個田徑健將來不可。

一路連跑帶趕，結果等到了地方後，劉婭楠就有點傻眼。

那是個到處都是穿著白色外袍的醫療場所，而羌然要帶她去的地方，還沒進去就要做各種消毒手續，她不知道自己在那種封閉的消毒噴霧裡待了多久。

等進到房間裡，就來了很多人開始對她做各項檢查，量她的體溫，並躺下拍全身的片子。雖然不用脫衣服，可被那麼多男人圍著，還是讓她特別不安，而且沒有一個人對她解釋，她不知道這到底在做什麼。

羌然也跟那些人一樣，戴上了厚厚的口罩。

在做完那些檢查後，屋子裡的工作人員都陸續退了出去。劉婭楠實在憋不住了，急急地問：

「羌然！這是要幹什麼？體檢嗎？」

「妳在排卵。」羌然一邊說一邊戴著橡膠手套。

她留意到他戴手套的動作特別專業，顯然是提前練習過。

排卵？房間裡只剩下她跟羌然，這是……她吶吶地問：「喔，這……是要讓我懷孕嗎？」

「不是。」羌然很自然地告訴她：「我有做避孕，妳近期都不會懷孕。」停頓了下，他又解釋道：「醫療組近期需要妳的卵子做些研究。」

劉婭楠有點傻眼，這是神展開吧？她有想過這種事，只是沒想到這麼快就要面對。

而且如果可以的話，她情願被那些人拿去一隻手也不想被取那種東西，卵子怎麼想也跟頭髮不一樣。誰知道那玩意弄出來的會是什麼？而且從血緣上來說，不就等於是拿自己的孩子在折騰嗎？她想過很多很多最壞的情形，被人強按著取卵，被麻醉……

可她沒想到是在清醒的時候，等羌然做這件事，這個感覺忽然就讓她不舒服起來。

劉婭楠在羌然靠近的時候，下意識地往後退了兩步，結果退的步子太大，很快就靠在背後的牆上。

她深吸口氣，眼睛紅紅地望著他。

羌然的眼神看上去非常溫和，簡直就跟哄勸不聽話的小狗一樣，看到她的推拒後，他溫柔地哄著她，「別怕，我會很小心。」

「羌然！咱們商量別的辦法好嗎？這種東西跟頭髮不一樣，我覺得很怪，可不可以別這樣……」劉婭楠趕緊說，這可不是疼不疼的問題！

這腦袋有坑的傢伙知道卵子對女人意味著什麼嗎？他還以為這是借她的頭髮用用。

羌然卻微皺了下眉頭，再次伸出胳膊來，抱著她的腰，不管劉婭楠怎麼想要擺脫他，對他來說都像是發脾氣的小貓、小狗一樣，他力氣那麼大，很輕鬆地把她抱了起來，送到手術床上，所有的工具儀器都準備好了。

劉婭楠全身都是涼的，她被羌然死死地壓在上面，金屬的手術床冷得她心都在哆嗦。

其實羌然要做的很少，全部的過程都是一個自動化的儀器在做，她只需要抬起腿來，羌然會在旁邊輔助她，不讓她動，讓她的腿盡量分開。

不管曾經多麼親密，這種感覺還是讓她承受不住，跟羞辱、慚愧那些不一樣，她覺得自己就是一塊砧板上的肉。她深吸著氣，又試圖動了下，可是什麼都動不了，在過程中她不斷地說：「羌然，沒有別的辦法嗎？」

她疼了一小下，隨後大概是什麼麻醉的東西，讓她下半身沒了知覺，她只能張大眼睛看著自己頭頂上的燈光，那些燈光特別明亮，照得這個地方恍如白晝。

羌然在過程中安撫地握著她的手，好像在安慰她，看向她的眼神也是溫柔的。

劉婭楠知道自己壓根阻止不了羌然什麼，她閉了眼睛，用力地深呼吸。

不管她哀求還是抗議，羌然都沒有停下來。

劉婭楠心涼了下去，她的直覺一直都是對的，不管羌然看上去對她有多好，可歸根究柢，他還是把她當做一件物品。

等做完一切後，她哆嗦著站起來，試圖把剛剛被硬脫下的衣服重新穿上。

身體倒是還好，雖然有些不舒服，可是沒有想像中的疼，只是胃很不舒服，胃酸一直在往上湧，心臟也是緊繃著。她一邊穿著衣服，一邊控制著自己的顫抖。

大概是看她穿衣服穿太慢，羌然走近她想要幫她。

她沒有抬頭看他，努力壓抑自己想給他一個耳光的衝動。

她用力地呼吸著、顫抖著。

她是珍貴的豬肉肘子！因為很珍貴，所以不能被隨便烹飪，要由大廚慢慢地小火燉著、熬著，而且要留在過年的時候吃！

還得由大廚來吃頭一口！

劉肘子想明白了這個道理後，抬起頭望著羌然，她想表現得無所謂，想努力堅強著，反正自從被人發現是女人後，她就猜著會有這麼一天，可眼圈還是忍不住紅了，指甲更是用力戳到了手心裡。

她告訴他：「你別碰我！我能自己穿好衣服，我沒那麼嬌氣……」

【第二章】成為女財主

「羌然你不能這樣對我！我除了是女人，還是一個完整的人，我跟你一樣，有自己的尊嚴，如果你把我當做女人看，你首先要把我當做一個人看待！不然我絕對不會為一個不懂得尊重我的男人動心！」

他的表情在她說那些話的時候，有微妙的變化。

可很快地，他語氣淡淡地回道：「我不需要懂女人，我只要得到妳。」

暴富沒幾天的劉財主被狠狠地打擊了，以至於一時間因為不想接受而變得鴕鳥起來，可是她又沒有任何更好的辦法可以解決現在的情況。

跟羌然拚命、打他？不是她妄自菲薄，實在是她不夠人家一個指頭。

自殺呢？豁出去了倒是可以考慮，可架不住上一代羌然的腦子都在想如何囚禁夏娃，所以現在她一點自殺的客觀條件都沒有。

就連睡覺的薄被都是特殊材質，想上個吊都會拉斷那些纖維，更別提二十四小時監視了。

尋求關於人權的法令？她剛想就覺得好笑，聯邦政府早就做了幾十年，一直試圖改變羌然的基因，最後還不是讓羌然把大樓給炸了。

劉婭楠思來想去，剩下的好像只有言情小說裡最爛的梗了：用女人的溫柔體貼去感化渣男，讓他們浪子回頭金不換。不尊重女人的花花公子從此幡然醒悟，自大狂妄的男人被女人的善良體貼感化，變得尊重女人，然後兩人Happy Ending，幸福地生活在一起……

劉婭楠也是被言情小說荼毒許多年的，雖然理性告訴她這事兒不大靠譜，不過感性上還是有點小女人的心思。

再硬的男人，如果溫柔以對的話，還是可以變得繞指柔吧？而且羌然幾輩子沒有見過女人，如果自己好好地對他、感化他，讓他懂得真正的女人是很溫柔、很美好的，既不是物品也不是石頭，也是有血有肉的人，興許還真能改善自己的近況。

既然不能對抗強權，就只能像唐僧一樣地當「聖母」！

劉婭楠決定要做個絕頂的好女人，讓羌然看看新世紀的超級好女性都是什麼樣的。

而且全世界就她一個女人了，征服個前處男應該沒問題！

劉婭楠努力地讓自己變成典型的好女人。她不知道男人會覺得什麼樣的女人好，不過無論如何，男人跟女人對好的理解應該都是一樣的吧？比如善良、單純、開朗。

而且劉婭楠想起羌然對自己說「我愛你」那一刻帶來的悸動，那麼假的一句話，卻有那麼大的威懾力、震撼力，還有比說話更容易撈著好人緣的辦法嗎？什麼都不要做，只動動嘴就能給人哄開心了。

真是物美價廉！居家必備啊！

劉婭楠決定，吃飯的時候也說點好聽的，哄羌然開心，反正誇人的話永不嫌少！

她嚥了口口水，努力地想該說點什麼，是要誇他厲害，還是說點討好的話？

說真的，沒有書可以參考，她還真不知道說什麼好，沒戀愛經驗卻想搞甜言蜜語，是有點太高難度了。

而且那些假模假樣的話還沒說出來，她倒先把自己臊了個滿臉通紅。

上學不會巴結老師，見了老師還繞道走，就是指她這種人。

本以為到另一個世界就能開金手指，突飛猛進大殺四方了，現在才發現屌絲[1]穿越後依舊是屌絲，給個主角光環也不知道罩哪！

她深呼吸又深呼吸，最後終於決定拚了。

又不是拍純情電影，值得這麼扭扭捏捏的嗎！都睡過那麼多次了，她怕個屁！

劉婭楠深吸口氣，努力地望著羌然的臉，不管多麼討厭這個人，可是這張臉太禍國殃民了！

注釋——

1 屌絲：網路用語，帶有自嘲與無奈的意味，相對於高富帥的人生勝利組，屌絲就是指又窮又矮又多挫折的人生失敗組，意同「魯蛇」這個詞。

她努力裝出含情脈脈的樣子，小聲地說：「羌然，其實你是個特別有魅力的人，你知道女人一般很難抵抗你的魅力，而異性之間相處得要互相吸引，然後彼此喜歡，我覺得咱們的開端還是不錯的，雖然你先上車也沒補票，不過，如果咱們能夠友好、彼此尊重的話就更好了。」說完她就偷偷地瞄了一眼羌然。

結果全星球最幸運、能被唯一的女人誇獎的羌然，此時淡定得好像不是個萬年光棍一樣。握著湯匙的手沒有一絲遲疑地舀了勺湯，放到嘴裡，淡淡地點點頭，那副領導已閱的樣子。劉婭楠都傻眼了。

她怕自己表達得不夠清楚，連忙補充道：「你真的很優秀，要是咱們的關係更融洽一點就更好了。我是女人麼，就算是女人也是人，身體構造不同，但不見得在別的地方就有差距……」

結果羌然這次依舊是淡定地點點頭，「我明白。」

那副我早就知道的樣子，看得劉婭楠都呆掉了，這傢伙到底明白了什麼啊？她怎麼覺得他誤會了她的意思？

而且從溫情的一面被打破後，羌然再碰她時，劉婭楠就會覺得特別噁心。

這樣別提討好羌然了，她都怕自己看他看多了會得胃潰瘍，劉婭楠都想一頭撞死算了！

她便把心思都放在正事上，最近她跟小田七他們商議花錢的辦法，甚至找觀止諮詢在外面開酒店的事宜。

只是這個還要跟羌然商量。

而且酒店的設計風格也是問題，若要實地考察，因為她人在羌家軍，根本去不成，而且酒店開在那麼遠的地方，也挺沒意思。

可是那麼多錢她不知道該怎麼花，她是滿想把養育院做好，可是一想到自己要打交道的都是像繆彥波那樣的聯邦官員……她就直打退堂鼓。

她很煩惱。

那天劉婭楠趁小田七查資料的時候，左右地打量野獸。

最近野獸也在學著認字，他看起來傻乎乎的，沒想到學習能力居然還不差。

一旦要學什麼，立刻就能靜下心來，劉婭楠為此還特意找觀止要了不少學習的書給野獸看。

野獸學得可認真了，尤其是對航艦、星空圖那些感興趣，每次看都特別入迷。

劉婭楠看到這樣的野獸，就想著要不要跟他諮詢一下這世界男人的心理。她怕自己說的話會被觀止他們聽到，刻意壓低了聲音地跟野獸嘀咕道：「傻大個……我有事兒想問你，你覺得特別好的女人該是什麼樣的？什麼樣的女人會讓你覺得你應該尊重她、對她好？」

野獸看著她的眼睛，遲疑了下，「我不知道，我只見過妳一個女人。」

劉婭楠皺著眉頭說：「你不能用想像的嗎？你覺得自己會喜歡上什麼樣的女孩？要是以後複製人很多，什麼樣的都有，你就沒有想法嗎？」

「我不知道，我只知道如果我喜歡上女人，我會對她很好，什麼都聽她的，不讓她難過，每次吃飯都讓她先吃，她吃飽了我再吃……」

劉婭楠笑了，現在竟然還有這樣又呆又傻的男人。

野獸繼續說：「想為她成為更好的人……妳說過，不要要求女人太多，只要對她好就成。」

劉婭楠忽然就笑不出來了，她不該笑他呆。

倒是野獸滿奇怪的，問她：「妳怎麼忽然想問這個？」

劉婭楠也不瞞他，一五一十地說道：「我想知道你們都是怎麼想的，現在看來我這種問法太傻了。我怎麼可能問你就能知道羌然是怎麼想的呢？羌然那種人好像沒有感情，我最近做了好多好多的事兒，努力地讓他喜歡我，可是……」

為了生存得更好，得到老闆的賞識，巴結老闆、討好老闆，雖然沒什麼尊嚴，可是又有什麼辦法？更何況羌然不是老闆，是奴隸主。

只是羌然跟野獸不一樣。一個從出生開始就受著一流的教育、什麼都不用在乎的人，怎麼想也跟野獸不一樣。

野獸的想法簡單得讓人心疼，找個女人過兩個人的小日子，聽老婆的話，當個好男人。而那個羌然滿腦袋都是他自己。

等劉婭楠再回到夏宮的時候，她覺得羌然的表情怪怪的，看她的時候嘴角總掛著一抹笑。

等吃過飯，要上床休息的時候，平時這個時間點都該上刑了。劉婭楠早習慣這種生活規律，她平躺在床上努力地深呼吸，等著被羌然開膛破肚地蹂躪。

結果羌然卻沒有立刻脫她的衣服，他只是笑著撐著頭，由上而下地看著她的臉龐，帶著得意地說：「妳最近古古怪怪的，妳在不開心？」

劉婭楠欸了一聲。

羌然挑挑眉，側過身體笑著說：「其實妳可以直接問我。」

他說那些話時臉上的表情格外開心。

劉婭楠心裡卻是咯噔了一聲，眼睛瞬時就瞪大了。

羌然卻毫不在意地俯身親吻著她的嘴唇。

劉婭楠慌忙地推了下他，納悶地質問：「你、你怎麼會知道？」

羌然摸著她頸上的項圈，笑著告訴她：「這個可以做遠程監聽器，我偶爾會聽聽。」

劉婭楠張了張嘴巴！那是監聽吧？真沒想到這個世界會有這種竊聽，還竊聽得如此理直氣壯！她努力使自己平靜：「那你每天都會聽嗎？一直都在聽？」

「沒有。」羌然握著她的手，一根根地撫摸著她的手指，「偶爾才會聽。」

她一直都在忍耐，到了這個時候終於忍耐不住了，就好像一直積蓄的力量需要發洩一樣，一點點的小火苗瞬時竄了出來。

她知道不管是力量還是能力，自己都差他很遠，可是她努力地從他身邊離開，表情嚴肅地望向他，心臟都要迸開了，她努力地望著他的眼睛，壓抑著自己的怒氣，「羌然你不能這樣對我！我是一個人，我除了是女人，還是一個完整的人，我跟你一樣，有自己的尊嚴，我的東西、我的權利、我的自由，你不能從我身上奪走，如果你把我當做女人看，你首先要把我當做一個人看待！如果你連這個都做不到，你永遠都不可能成為……」

她頓了一頓，繼續說道：「成為我會喜歡的那個人！因為我絕對不會為一個不懂得尊重我的男人動心！」

他的表情在她說那些話的時候，有微妙的變化。

可很快地，他語氣淡淡地回道：「我不需要懂女人，我只要得到妳。」

劉婭楠真要被羌然給煩死了，渣男怎麼可以無恥到這種地步！

上次她氣到極點，對他說了那些話，他的表現居然是她怎麼可能不為他動心？

雖然早知道他是個超級大男人主義強權派的頂尖人物，可還是沒想到他能無恥到這種地步！放在任何正常男人的身上，都會發覺不對勁了啊！

之前她偶爾還會覺得羌然跟她之間有粉紅色泡泡，可自從被羌然取過卵後，她再也沒有那種感覺了。

她有點怕羌然，那是一種飼主跟寵物的關係，不管飼主再喜歡，寵物依舊是寵物，肘子也變不出豬蹄來。

所以很多時候，不管她多麼努力地鎮定自己，可只要看到羌然的臉，就會被他的氣場壓得說不出話來。可是總這麼憋著，她都懷疑自己要被憋死了，於是她偷偷地紮了一個紙人，沒事就扎兩下解氣。

因為隨時都被人「保護」著，身邊一直有羌家軍的人在監視，她也不敢做得太明顯，只能偷偷地扎兩下解氣。

而且她挺忙的，最近她聽了小田七的建議，拜託觀止向聯邦政府申請，終於在窮人區申請到一塊地。

其實聯邦政府更希望她把酒店安在富人區，不過劉婭楠想好了，她開酒店的目的不是要賺錢。說不好聽的，若真需要錢，她隨便賣點頭髮、指甲賺得更多，她想做點可以改變這個世界的事兒。

跟那些精英派的富人比起來，大概是受了野獸他們的影響，她覺得窮人區的才是她要重點扶持的目標。

酒店她想做成一半盈利、一邊慈善。

古代的有錢人會在災難時捨粥、捨飯，她開飯店讓更多人吃到她做的飯，不是更開心？而且可以隔三差五地做一次慈善。

其他像是養育院，她正在找資料，弄妥當了就拜託野獸去做。

她在羌家軍裡半步不能離開，所有一切都只能靠小田七跟野獸。最近小田七忙得很，小傢伙學起東西快得把觀止都驚住了。野獸跟小田七相比，學習能力就一般般了，好在即便智商不高，但身體素質簡直就跟開了掛似地好。

有一天她趁著身邊沒人時，就把寫著羌然名字的小紙人拿了出來，扎了兩下解氣，結果被回來請示她的野獸看見了。

野獸不知道她手裡握的是什麼，剛要開口問，劉婭楠卻嚇壞了，她脖子上戴著一個監聽器，萬一讓羌然聽見，她之前做的那些努力可都白費了！她趕緊捂上小紙人，激動地擺著手。

幸好野獸最近沉靜了很多，腦子也轉得快了。野獸沒吭聲，最近因為在認字，他找了很多白紙放在桌子上，抽出一張來快速地寫道：那是什麼？

劉婭楠也不瞞他，在紙上寫：我在罵羌然！

野獸最近剛開始學寫字，字歪歪扭扭的，可是他寫得很認真。

劉婭楠看著野獸用狗啃一樣的字跡寫著：他讓妳生氣了？很多很多。

讓她生氣的地方很多。

野獸大概明白了什麼，也在寫著羌然名字的紙上用力地戳了兩下，還又多寫了幾個字：我給妳報仇！

劉婭楠感激地看向他，努力地笑了笑。

不過在羌家軍的地盤跟羌然對著幹，那不是找死嗎？她深吸口氣，寫道：謝謝你，可現在還不能。

而且不光不能，還得哄著他。不是怕拚命，就怕拚了也是白拚，死後還要被人拿去展覽，或者被解剖複製出無數個倒楣劉婭楠來。一旦想到這裡，還不如湊和活著，只要不放棄，總會有辦法的。

野獸應該察覺到了什麼，但他認識的字還不多，他遲疑了下，又低頭寫了起來，那些話都很笨拙，有些字還是錯的。

劉婭楠低頭看著，為了避免被羌家軍他們看到，他們在紙上寫的字跡都很小。她看著那一個一個的字跡，傻大個用最簡單樸實的言語安慰她。

在這種環境下還能站在自己身邊的人，都是真心為她好，劉婭楠發自內心地感動著。她也快速地寫著那些想對野獸說的話，一直寫著，不知道過了多久，紙條越來越多，劉婭楠到後來都不敢寫了，估計再寫就藏不住了，她趕緊把那些紙張都疊好，交到野獸手裡，比劃著記得燒掉。

野獸用力地點點頭。

在這種環境下，他們必須謹慎再謹慎。

劉婭楠有野獸安慰，心情還算不錯，可回到夏宮的時候，受苦受難的時刻又要來了。她不明白羌然這是在做什麼，嫌她白天太閒了還是怎麼的，不斷地給她增加各種繁重的工作。

羌然居然還有臉問她：「正常的男人跟女人之間就是這樣嗎？丈夫出去工作，妻子留著照顧家裡。」

劉婭楠真的很想翻白眼，她最近被羌然折騰得都要三魂去掉兩魂了。

平時跟小田七他們準備酒店的事兒已經夠忙了，好不容易回到夏宮還要伺候這個活閻王。

而且最近羌然就跟吃了春藥似的，她都不明白他怎麼就沒完沒了地發起春來了！這人是變態吧？晚上折騰她就算了，睡覺還不老實，前夜好好地還一腳把她踹到地上去，那一下踢得她差點沒疼暈過去，呼吸了半天肚子都是疼的。

而且就算羌然不亂踢，可是他的睡姿忽然變得很噁心，胳膊、腿就沒一刻老實。偏偏羌然又死沉死沉的，好幾次壓著她肚子，她差點都呼吸不上來了，睡個覺好像玩命，這刺激也太大了。

她都想抱著被子跑出去避難，可是羌然哪裡肯幹，她剛露出那麼點意思來，羌然就會凝住目光地看她。

嚇得她趕緊改口說，是在開玩笑呢。

最後劉婭楠只好想辦法抱著羌然的手腳，就連睡覺都一刻不敢放鬆地安撫他，順著他的睡姿，用力地摟著他扳正他的姿勢。

每次到了早上，累得她就像去工地扛了一晚上的磚頭似的。

劉婭楠很難不抱怨，可是又不能說出來。

羌然這個人只有你順著他，他偶爾心情好餵她飯菜，她如果有點遲疑覺得不對胃口，他立刻就會擰起眉頭地盯著她，好像她犯了多大的錯誤一樣。

每次不管她怎麼解釋，他都會逼她把那些飯菜吃下去。

此時聽見羌然這麼無恥的問話，她卻什麼都不敢說，只能喔了一聲，敷衍：「是吧。」

羌然什麼都不會聽出來，他只會歪著頭看她。

劉婭楠現在很討厭他這麼看自己，她怕自己下意識地翻白眼會被他瞅到。

而且今天不知道羌然想到了什麼，劉婭楠剛回到夏宮就發現有不對勁的地方，桌子上沒有擺著飯菜。

果然，她累得渾身都要散架了，羌然居然還扯著她的胳膊，要帶她去個「好地方」。

如果在以前，見到自己的小店被原封不動地搬過來，肯定會特別開心。可現在這個小店要成為羌然給自己上的一道刑，她真的很難用高興的心情去面對。

這是羌然又飛來一筆，要她每天都給他做飯。

不過進去後，羌然卻沒有立刻催著她做什麼，劉婭楠奇怪地看著羌然，他今天怎麼轉了性，好像怕她不舒服似的，等她坐下後還塞給她一個椅墊。

劉婭楠納悶地看著他。

隨後羌然做的事兒就更讓她莫名其妙了，羌然是想試著做飯嗎？

劉婭楠看著羌然動動那、動動這的，就想起昨天羌然在床上同她說的那些家庭生活的話。什麼小夫妻下班回到家裡會一起做飯，羌然甚至還饒有興趣地問了究竟應該誰來做飯的問題，只是這個做飯的步驟不對吧？哪有人這麼做的啊！劉婭楠看著羌然毫不在意地擺弄著鍋子還有火……很多地方危險得都讓她怕了。

這哪裡是做飯啊？這是專門來燒廚房的吧？

最後劉婭楠實在看不下去了，這個地方再怎麼樣，也是她從無到有一點點看著變成這樣的，也是自己曾經珍視的寶貝小店，就這麼莫名其妙燒掉了，冤不冤啊！

她一把將他推開，動作利索地做了起來。

她也不同羌然說什麼，羌然倒是笑咪咪地看著她忙碌著，中間還跟想起什麼似的，問她：「那些錢妳想用來做什麼？」

劉婭楠一下就緊張起來，趕緊看向他。她就那麼點家底，要是羌然要，她肯定是保不住的！可是光看表情的話，羌然又像是很隨意地同她聊天一樣。

她猶豫著，揀著無關緊要的話說道：「喔，我想開一間酒店，然後想把養育院的環境改善一下……」

為了這個，她還特意查了一些以前養育院的資料，她發現以前侯爺對養育院的設計其實挺不錯的，只是後來執行的那些官僚們，把很多錢都剋扣了，再加上沒有合適的管理人員，最後就成了現在這樣。

結果羌然並沒有說什麼，只提醒道：「妳可以試著與何許有錢合作，不過繆彥波那裡，妳不管怎麼做都會越陷越深，最簡單的辦法，就是找個機會把他們轟掉。」

劉婭楠啊了一聲，可看羌然的樣子，他是認真的。都相處這麼久了，眼前這個人什麼樣她還是清楚的，但是打仗？再氣也用不著這麼做，而且對方不會打回來嗎？

她問了一句，羌然倒是無所謂得很：「有妳在這裡，他們沒膽子打回來。」

劉婭楠聽了羌然的話想了想，也大概琢磨出羌然的意思了，估計真打起來，那些人會有很多顧忌吧。

比如怕傷到她，萬一不小心死了也是個麻煩，或者炸得都不剩被污染了，畢竟，這世界的女人不就是打仗打沒的嗎？所以她還有肉盾的作用？看來羌然對她的開發還挺全面的！

「那侯爺呢？」劉婭楠忽然想起這個來，前段時間繆彥波說的那些話，她一直都記在心裡。

其實她偶爾也會忍不住想，如果發現她的是侯爺會怎麼樣？尤其最近她查閱了一些關於侯爺的資料後，對侯爺的感覺更好了，不管怎麼說都是胸懷天下的好男人，與侯爺比起來，羌然簡直就是一坨臭狗屎！

羌然居然想都不想地回道：「一樣打得他滿地找牙。」

劉婭楠卻想著，要是有侯爺的話，她還真想看羌然被打得滿地找牙。

不過那都是夢想，要是有的話，侯爺的再生人幹麼現在還不出來？

飯菜做好後，羌然聞著香氣，一臉愉悅，然後就用下巴點著勺子，示意劉婭楠餵他。

劉婭楠忙了一天，好不容易到了可以吃飯的時候，卻被羌然拽來做飯，好不容易做好了飯，累得胳膊都要抬不起來了，還要給羌然餵飯，她鼓著腮幫子對那些菜直吹氣。

在餵給羌然的時候，羌然倒還算配合，沒有故意站得高高地難為她，而是每一口都會俯下身，主動去迎她的勺子，看上去他的心情很好。

在這種還帶著油煙味的廚房裡，他居然也沒有挑剔什麼，吃得津津有味，中間羌然還會興致不錯地餵她一兩口。

劉婭楠卻不想總對著他的臉乾巴巴地笑，她趁著難得的休閒時光，思考著出自傳的事兒。

這個事兒還是小田七提出來的，他說若想影響這個世界，文化傳播很重要，現在她是全世界的焦點，不管她想表達什麼，都要好好地把握住這個機會。

只是那些運作她不知道該怎麼做，最後就商量著要不要找何許有錢來做？有那麼強大的家族在背後推動，再加上她的身分，肯定會特別轟動，只是劉婭楠還沒想好要寫什麼內容。

雖然野獸開玩笑地說，就算她把每天的食譜寫上去都會有人買，不過她還是想寫點有意義的東西。

劉婭楠心不在焉地應對著羌然，就跟做夢似地熬過晚上的時光，等到了白天，她就打起十二分精力開始忙碌自傳的事兒。

她覺得小田七說得很對，她得讓這個世界知道女人是什麼，要讓他們知道，女人跟他們是一樣的，將來如果有了複製的女孩，對待她們的態度、還有怎麼組成美好的家庭，她都要好好地寫下來。

劉婭楠一開始只是有個模糊的概念，可在她把那些說出來之後，很快就引起了小田七、野獸的共鳴。

甚至跟何許有錢在視訊電話裡溝通的時候，何許有錢都被她的構思給迷住了，還專程跑了過來。

於是他們四個人便圍著桌子討論。

劉婭楠一開始對愛情構想那些滿不好意思的，畢竟她這種沒有一點戀愛經驗的人說起那些要求來，簡直就是紙上談兵，而且現實中的男女戀愛、結婚生子，也不都是美好的。

不過如果可以的話，她還是想把美好的東西寫出來。

她用最原始的方式記錄著自己的心情感悟，在這個世界太久了，她都忘記之前那個世界的生活了，她一度不敢去想，因為每想一次就會難過一次，現在她開始回憶起來。

室友的愛情、父母輩的家庭，還有自己的體悟。

她在書寫這一切的時候，也把這四個合作的人帶入了自己的世界，母親跟孩子一起撫養年幼的孩子、男人遇到女人、戀愛爭吵磨合，還有各付各的……等戀愛中可能遇到的各種問題。

何許有錢納悶地問：「在妳的世界，男人帶女人出去時，也會讓女人付錢嗎？」

「會啊。」劉婭楠並不覺得有什麼，「在沒有確定關係時，女孩不會讓男人為自己付錢，我那個世界的女孩子大部分都有工作，經濟滿獨立的，我們自己掙錢的喔，不用依靠男人也可以生活得很好。一個女孩子願意讓男人為她花錢，才是正式接納那個男人的開始，不過也有一些女孩子……不過那就很複雜了，就跟男人也有壞男人一樣，女人也不全是……」

劉婭楠發現她要解釋的問題好多，她本來以為自己沒什麼可寫的，可開始寫了以後，卻發現有很多內容可以寫。她到後來也入迷了，就連回到夏宮的時候，都會忍不住翻出紙來寫上兩頁。

她那麼努力勤奮，白天的時候還抽空關照酒店的建造，還有養育院的撥款。

因為自傳的事兒，劉婭楠跟何許有錢接觸得也多了一些。她發現這個何許有錢看似很有錢，可是其實人可摳門了，她特意留意了下他穿的衣服，好像他就那麼一件衣服似的。

而且何許有錢自從知道他們這裡供餐之後，就把早飯跟晚飯省了，特意在午飯的時候在他們這大吃特吃。

劉婭楠真無語了，心說還有吝嗇得這麼誇張的男人啊？不過她真不明白，這樣的人生還有什麼意思，簡直把賺錢都刻到基因裡了。不過有意思的是，在工作閒暇，她問起何許有錢如果以後有了女人，他還會這樣節儉嗎？

何許有錢忽然就緊張地回道：「那怎麼會，我所有的錢都要給我未來的老婆、孩子花的，一想起這個，我又有賺錢的動力了。」

劉婭楠直皺眉，都不知道該誇他還是損他兩句。

不過這個何許有錢很認真，她寫的那些東西他都會整理成冊，小心地一個字一個字幫她校對，到最後她都不好意思了。

倒是何許有錢輕聲地跟她說：「妳知道妳寫的這些，什麼最讓我喜歡嗎？」

劉婭楠喔了一聲。

何許有錢緩緩地說：「是關於媽媽的那段，會抱著孩子、唱歌哄孩子入睡，那畫面一定美得像幅畫。」

其實劉婭楠不是被媽媽帶大的，她只是把她奶奶養育她的部份寫了上去，可還是感動了這個大男人。

對她來說，這一切都是很普通、很平常的事兒。

看到小嬰兒一排排掛著被水沖，就跟被人往心裡扎刺一樣，就算她不是母愛氾濫的人，也知道那是不對的。

等大部分的工作都準備妥當後，因為時間太緊張了，劉婭楠只寫出了心裡構思的一部分，就急急地準備集結成冊。

何許有錢說了，其他的她可以陸續再寫，只要她寫，就不用愁賣不出去。

設計封面的時候，何許有錢想為她拍一張照片，沒有哪種封面會比劉婭楠本人的全身照更能招攬讀者了。

劉婭楠其實有點緊張，不過這也是宣傳自己的一種手段，不管她願意不願意，她現在都被推到了臺前。

她現在能做的，就是讓這個世界更認識她，她要努力去影響、改變這個世界。

這麼想著的劉婭楠，讓何許有錢安排了拍照。

其實拍照滿簡單的，不過為了效果能好一些，劉婭楠特意找了個安靜的地方。

只是正在拍著，何許有錢就發現已經擺好姿勢的劉婭楠，原本笑著的臉忽然就變得不好起來，簡直就跟被什麼東西噎住一樣。循著劉婭楠的視線，何許有錢納悶地向門口看去，他就發現手握著指揮棒的羌然站在門口。

溫柔的目光自然而然地從羌然的眼睛裡流淌出來，被羌然那樣溫柔的目光看著的劉婭楠，卻是一臉被餓狼盯住的表情。

劉婭楠現在厭惡透了羌然對自己的種種作為，以前晚上被折騰一兩次她忍了，昨天被折騰了四次！從晚上一直做到早上！

她第二天起來的時候，人都不好了，想著洗個澡去去晦氣，結果這個臭不要臉的羌然倒好，非要跟進去跟她洗鴛鴦浴！不管不顧地用蓮蓬頭沖她的眼睛，把她的眼睛都沖紅了，之後也不管她願不願意，就使勁地往死裡折騰。

她被他鬧得太受不了了，在床上隨他怎麼鬧騰，但在浴室這種地方，他就不能有點下限嗎？她終於忍受不了，推了他一下。

結果羌然紋絲未動不說，他還以為她在同他鬧著玩，羌然很快地把她推到了浴室的玻璃牆上，密密地親吻著她的嘴唇、她的眉眼。

她在拍照時被羌然抓到了。

果然等回去的時候，羌然就問她：「拍那種照片做什麼？」

劉婭楠很怕他犯神經病，趕緊小心翼翼地解釋：「就是之前的自傳，想做個封面。」

羌然很快地說道：「讓那麼多人看妳，有什麼好。」

劉婭楠忍不住皺起了眉頭，當年可是眼前這人讓她去做全球轉播的，現在卻說這種不要她拋頭露面的話，是不是有點太翻來覆去了啊？她沒吭聲。

羌然卻動起了心思，最近劉婭楠在房間裡寫的那些，他都看過，看得出來她寫那些東西滿認真的，只是這種事完全可以找個人代筆。而且寫什麼不好，非要寫男女相愛那些……

羌然不知道怎麼的，一想到會有許多人看到劉婭楠寫的那些愛情的信仰、追求心儀的人的方法，他就很不快。

停頓了下，羌然終於下了最後的通牒：「那些亂七八糟的東西不要再搞了，妳不是說要開酒店嗎？妳若閒得無聊，就多開一家。」

正在鋪被子的劉婭楠渾身就是一僵，她望著羌然的臉。

羌然就是這樣，跟個孩子似的，心血來潮就要破壞她的生活。

可除了等待他的善心外，她什麼都做不了，與其徒勞無功地爭辯哀求，還不如給自己留點尊嚴，省點麻煩。她動了動嘴唇，終於喔了一聲。

羌然這才緩和了表情，摸摸她的頭，拉扯著她往浴室走。

劉婭楠知道他又要對她做什麼，早上的那一場，她沒有讓他盡興，他又想折磨她了。被水浸透的劉婭楠就好像剛洗出來的水果，她身上有著很特別的女孩子的氣味，在沒有那些亂七八糟的香水污染下，羌然能嗅到那種令他開心的味道，以前他還不覺得，現在倒是跟上癮了似的，總想嗅一嗅。

這種劉婭楠自己的特殊味道，尤其在沐浴後特別明顯，這是一個讓他愛不釋手的小傢伙。他尤其喜歡這個眼睛紅紅的劉婭楠，這樣的劉婭楠簡直可愛到了極點。

劉婭楠忍耐著，到了第二天，她忍著眼淚把自傳不能出版的事先通知了何許有錢。

何許有錢先愣了一下，可看著劉婭楠的表情，他大概也猜到了什麼，什麼都沒說。

小田七也很懂事，他聽到後，反倒還笑著安慰劉婭楠說：「姐姐，沒關係的，那些東西妳都留著，以後總還會用到。」

劉婭楠只能努力地不讓自己哭出來。

等身邊沒人了，她又一次拿出小紙人用力地戳著。

野獸看到的時候，沒有再跟她一起戳，只是看著她憋得紅紅的臉，他的拳頭握得緊緊地。他看著這個個子不高的瘦小女人顫抖著，用力地忍下眼淚……

之後劉婭楠的情緒有點低落，可她一直努力地不讓自己的負面情緒傳染別人。

倒是野獸對劉婭楠的事兒往心裡去了，他不斷地想著該怎麼安慰劉婭楠，他最近都在忙養育院的事，這是劉婭楠交給他的任務，跟那些政府的官員打交道簡直累死了。

幸好關於侯爺的那套，他學起來倒是一點都不難，他發現他在學侯爺的東西時，速度簡直快得不可思議，有些他都還沒來得及學，可在做的時候卻已經依樣在做了。

他都覺得太不可思議了，越發對侯爺的事感興趣起來，以前的他很自大，覺得自己就是侯爺的再生，對什麼都不放在眼裡。後來知道自己不可能是侯爺後，他卻很抵觸聽到侯爺那兩個字。

現在能夠這麼心平氣和地去學習侯爺的那些辦法、研究侯爺的成就，他都覺得不可思議。

自從沉靜下來後，他發現他對很多事的看法都有了改變，就像劉婭楠說的，生活的過程就是不斷地學習提升自己。

大概是一直在想要怎麼哄劉婭楠，到了最後野獸都有點走火入魔了，他還特意找了一份當初自傳的底稿，好好地看了幾遍。看到最後就跟茅塞頓開似的，他一下就注意到一個男人哄女人開心的辦法，他說做就做。

他再去養育院做事的時候，就順道買了一隻特別可愛的小狗。

等帶回羌家軍地盤的時候，本來是要送給劉婭楠的，可他再看到劉婭楠的臉龐時，野獸不知道怎麼的，忽然又有點膽怯，覺得自己做這件事是不是太傻了？他沒敢給劉婭楠送過去，反倒自己偷偷地養了幾天。

可最後還是被劉婭楠注意到他身上的狗毛。

劉婭楠最近正情緒低落，猛地知道野獸弄了隻寵物狗，她就很想看看。等野獸帶她看的時候，劉婭楠一下就喜歡上了那個白乎乎的小傢伙，那小傢伙被野獸照顧得很好，胖得就跟個小毛球一樣，她喜歡地抱在懷裡，用臉去蹭毛球身上的絨毛。

野獸看到她這麼開心的樣子，當下就蹲下身，興奮地看著她的臉，說道：「老闆，這隻狗送給妳吧！」

劉婭楠欸了一聲，挺意外的，她確實愛死了這個小傢伙，可她還是皺著眉頭地看向野獸，很怕自己是奪人所愛。

不過看到野獸那麼直接爽快的眼睛，她什麼都明白了，這個傻大個！

很快地劉婭楠點了點頭，伸出手去，感激地揉著野獸硬硬的頭髮。

自從劉婭楠得了那隻小狗後，她的情緒就好了起來，對小狗也格外上心。

她生活中美好的東西基本上都蕩然無存了，不管是賺錢還是要做的事都讓她心力交瘁，她從沒掌管過那麼多錢，更別提她所做的決定不光是關係到自己，還關係到好多好多人，每一步都要經過嚴密地推算思考，而偏偏她周圍又沒有一個是省油的燈。

小田七跟野獸也都盡力了，她不能再把自己的負面情緒發洩出來，增加他們的負擔，相反地，她還要去安慰關照他們。

羌然這裡又到處都是讓她不舒服的東西，唯一能安慰她的，確實只有這個可愛的毛絨絨小傢伙了。

以前她一回到夏宮就跟要上刑一樣，現在夏宮有了這麼個寵物，總歸是增加了些亮色，再也不像閻羅殿似的了。

就算在面對羌閻王，她也有了毛絨絨的東西，可以分散她的注意力。

哪知道她剛把小毛球帶回去養了幾天，一天她回去時卻看見夏宮裡空蕩蕩的，平時只要她回來就會歡迎她的小毛球早不知道去哪裡了，就連她放在地上餵小毛球的水盆也一併沒了。

劉婭楠很意外，有點不敢相信，連忙叫自己身邊的保安去幫她找。

結果觀止很快地帶著遺憾地通知她道：「對不起，夫人，狗是頭兒讓我們送走的。」

其實在看見水盆不見時，劉婭楠就覺得大概會是這樣，她木然地點了點頭，心裡瞬時就空了一塊。

等羌然再回來的時候，就見劉婭楠呆呆地坐在床上。

等羌然靠近她的時候，劉婭楠才跟回魂似的，小聲地問了一句：「我的小毛球呢？」

羌然不怎麼在意地告訴她：「我讓人處理了。」

劉婭楠喔了一聲，然後就慢慢地抬起頭來看著羌然，她想起羌然之前也喜歡過一隻叫小蟲的寵物狗。

她望著羌然的臉，一個曾經養過寵物、知道寵物的人，他應該明白這個小傢伙對她意味著什麼，她那麼喜歡牠，只要回到夏宮就會抱在懷裡……

她深吸口氣，哀求：「牠還那麼小，把牠還給我好不好？」

「會有細菌。」羌然毫不遲疑地拒絕：「那東西越長越大，很容易就會把細菌帶進來。」看著劉婭楠不開心的樣子，羌然倒不覺得有什麼，他很開心現在床上再也沒有礙事的毛團了，他換上睡衣，很自然地去摟劉婭楠的腰。

劉婭楠被動地被他扯到了懷裡，她沒有說話，也沒跟他吵。

已經不是第一次發生了，而且這種事兒，羌然只會越做越熟練、越做越多，就跟每個月他都會取她的卵子一樣。

可她還是忍不住問了一句：「羌然，你說過的，你說你沒有跟女人相處過，你說過你想努力學著跟女人相處，你還跟我說，要我教你。」

羌然覺得她這話問得很傻，理所當然地回答她：「我現在不就在跟女人相處嗎？」

而且他已經學到很多了。以前他只知道女人的身體會讓男人癡迷，他也對劉婭楠的身體滿好奇的，嘗試過後也覺得還算不錯。

可除了生理上的需求外，他並不覺得有什麼驚心動魄、可以讓人念念不忘的，跟戰鬥那些很刺激的事兒相比，跟女人做愛顯然不夠刺激，也不夠有激情，只是一種發洩，就好像睡覺、吃飯一樣，只是一種需求。

可現在他覺得做愛有些不一樣了，跟劉婭楠在一起的感覺讓他非常舒服，不管是親密地貼在一起，還是一起躺在床上。

而且從小到大他都是淺眠的，就是為可能會發生的戰鬥做準備，哪怕是在睡眠中也要保持絕對的警覺。

可跟劉婭楠在一起後，不知道怎麼的他就卸下了防禦，前陣子甚至還糊裡糊塗地把劉婭楠踢到了床下。

幸好劉婭楠迷他迷得很，就跟離不開他似的，就連睡覺都要手腳並用地抱著他，這才防止他再次踢她下床。

【第三章】

雞同鴨講

「你們那個世界的男女出現矛盾的時候，都會怎麼做？」

劉婭楠有點糊塗了，「大概是吵架吧……」

「除了這個呢？」

「大概就是男人要對女人說幾句好聽的，哄哄女孩子……」不過他問這個幹什麼，還想再逼她哄他嗎？

倒是羌然皺起了眉頭，就像遇到多大的難題一樣，過了好一會兒才忽然說了一句：「那心肝兒，妳別生氣了。」

劉婭楠做夢都想離開羌然，她沒有辦法跟羌然PK，可她恨死奪走小毛球的他。光是戳紙人已經不能解氣了，劉婭楠覺得她得做點什麼，讓自己發洩發洩，明著不行，她只能做一些小動作來寬慰自己。

晚上時她就偷偷地把羌然身上的薄被給撤走了，全部都捲到自己身上。一方面是指望能讓羌然著涼，另一方面是有薄被隔著，總不至於連睡覺的時候都要跟他肌膚相貼。

結果她才做了一晚，就被羌然注意到了，他還以為是她怕冷，就跟照顧小狗似地，又找了條薄被給她，在幫她蓋被子的時候，羌然還微笑地跟她說：「妳們女人是不是天生很畏寒？」就跟知曉了什麼了不得的事情一樣，說完後羌然就把她捲得跟春捲似的，晚上睡覺的時候更是緊緊地摟著劉春捲，一刻都不鬆懈。

本來室溫就是設定恒溫的，這下劉婭楠算倒楣了，蓋那麼多被子，還被羌然這個大塊頭摟得緊緊的，差點沒熱死她，她總算知道什麼叫偷雞不成蝕把米了。

沒辦法，她又忍著翻白眼的衝動想著別的辦法。

不過事在人為，所謂枕邊敵人，不就是隨時都可以整遍的敵人嘛！

再給羌然做飯的時候，劉婭楠就故意放很多鹽，故意做得超級難吃，她就不信總做這樣難吃的飯菜，羌然還能讓她一直做下去。那味道別說吃了，她一聞就反胃，她指望羌然吃後勃然大怒，然後徹底不讓她伺候做飯了。

結果羌然倒好，就跟沒有味覺的豬似的，居然不管她做的是什麼，都能吃得津津有味，而且還能邊吃邊露出得意快樂的表情。

劉婭楠都要氣死了，他是豬再生的吧？她真的要吐血了！

本來想避開這個差事的，結果自從自己盡心盡力地做那些爛飯後，羌然反倒越吃越上癮，一開始還讓她隨便做，現在簡直都成點餐制了，天馬行空地讓她做，每次她在廚房裡累個半死的時候，羌然都會在旁邊看著，露出心滿意足的表情。

劉婭楠很想消極怠工，可架不住羌監工太厲害了，稍微有一點不滿的蛛絲馬跡，或者懈怠，立刻就會被羌然發現。

上次她就偷懶了一下，沒按照他的要求說每日一表白，就被羌然很嚴肅地指了出來，並按照他的要求多念了一遍《我愛的男人》，那種堪稱《女則》的玩意。

還得聲情並茂。

劉婭楠簡直都被折磨得要瘋掉了，心裡忍不住想著，要是有機會的話，她也想出本《男則》，讓這些老爺們也跟著背背女人是太陽、女人是家庭的主力，不能違背女人！不過這些東西只能限於腦補了。

情勢比人強，現在得在羌大流氓的手下討生活，劉婭楠只要看到他那個目中無人的樣子，只要被他一靠近，那強大得讓人呼吸都急促的氣場就鋪面而來。

大BOSS級別的男人真不是蓋的！劉婭楠決定忍辱負重，打落牙齒往肚子裡吞。

有天劉婭楠正忙著籌備酒店開業，何許有錢忽然給她打了通電話，詢問她要不要再賣一根頭髮？說之前買她頭髮的買主現在又過來詢問，還表示願意出更高的價格。

劉婭楠欸了一聲，二十二兆的買主也太態了，還可以更高啊？她對那個人的身分實在好奇得不得了。

可是不管她怎麼問，那個人的名諱都跟忌諱似的，何許有錢怎樣都不肯透露，反倒意有所指地對她說道：「能有這樣實力的人，其實一隻手就能數出來，更何況妳跟那個人還有些很神奇的緣分……」

劉婭楠納悶地看著神神祕祕的何許有錢，真不知道他這話是怎麼個意思。神奇的緣分？她跟那個買家能有屁的神奇緣分？

不過劉婭楠想了下賣頭髮的事兒，之前的那筆錢太多了，到現在她還沒花出去一半。再賺這麼一筆，壓力也是滿大的，更何況頭髮這種東西還是物以稀為貴，她不如先壓壓貨，劉婭楠暫時沒賣。

忙完了手頭的工作，再被觀止他們護送著回夏宮的時候，劉婭楠經過禁閉室區域的時候，忽然想起那個倒楣的楚靈來，最近楚靈算是徹底被人遺忘了。

她知道第一軍團跟第二軍團的關係，雖然表面上不合，可怎麼也是戰友情誼，她偷偷地問觀止：「楚靈最後會怎麼樣？這都好久了吧？」

觀止遲疑了下，難得地說了一句：「我們也希望頭兒能盡快處理這事，畢竟以往都是第二軍團做外圍的保全工作，現在只有我們第一軍團，我們也覺得壓力很大。」

停頓了下，觀止提醒劉婭楠道：「其實夫人可以向頭兒提提這事兒，您對頭兒的影響力很大，我想頭兒會參考您的意見。」

劉婭楠差點沒被自己的口水嗆死，還她對頭兒的影響力很大哩，她都不知道觀止是哪隻眼睛看出來的，別說救楚靈了，她還不知道求誰幫她，劉婭楠無奈地嘆了口氣。

日子一天一天地過著。

劉婭楠不知道自己是不是犯了斯德哥爾摩症候群，有時候她也會有一咪咪感覺羌然這個人似乎還是可以的。

比如羌然心情好的時候，就像個很好的飼主，會逗逗她，給她講些好玩的事兒。

只是她覺得那些笑話太冷了，什麼他單手就可以劈開這個、打死那個……劉婭楠真沒聽出那些東西的笑點在哪裡。

倒是劉婭楠最近的工作滿順利的，雖然一直被羌然各種扯後腿，可前期工作都有做到位，她設計規劃的那間酒店很快就要落成了，她特別想去看看。

可是偏偏越渴越吃鹽，她壓抑得太多了，寫了好多有羌然名字的小紙條，隨身帶著，要戳就隨時拿出來戳，結果那天不知怎麼沒處理好，回到夏宮的時候，竟然讓羌然看見了一張，劉婭楠嚇壞了，很怕羌然會凶神惡煞似地質問她。

結果羌然看到那個寫著自己名字的紙條後，就跟春暖花開般，露出了一種很開心、很得意的表情，笑著問她：「妳就那麼喜歡我嗎？只是白天那麼一會兒時間沒見到，就要寫我的名字來想著我？」

劉婭楠覺得他腦袋裡長坑了。

她憋了個大紅臉，不知道要不要接這個黑鍋，在那裡支支吾吾的，終於屈服在惡勢力的壓迫下，劉婭楠噁心得臉都皺巴在一起地承認道：「喔……偶爾……會很想你……」死！

羌然笑著撫摸她的頭髮，把她攬到懷裡，沒輕沒重地一陣亂揉。

從那之後，羌然乾脆就把劉婭楠帶在身邊，寸步不離，為的是不讓劉婭楠總想念他。

劉婭楠這下終於知道他平時都在忙什麼了，早上起來梳洗吃飯，然後去鍛煉身體。

只是晨練那些，劉婭楠看過一次就嚇得閉上了眼睛，她真沒想到羌然每天早上都要把自己關在籠子跟奧德纏鬥，而且一點點的防禦都沒有，就直接赤裸著上身格鬥。

她看了幾眼就被嚇到了，羌然卻非常得意，聽觀止說羌然原本只鍛煉半個小時好維持戰鬥力，現在大概是為了炫耀，直接就延長到四十分鐘。

看著羌然對那麼凶殘的東西，就跟逗弄貓狗一樣，她的頭皮都在發麻。

剩下的就是巡視各區，聽取各方的報告，處理一些基地裡的事兒，劉婭楠終於知道羌然的工作量有多大了。

現在看來，羌然好像也算是個很厲害的人，不光是武力值爆表，應該也是有點腦子的。只是她也有很多事兒需要去做啊，這麼乾陪著羌然，她真受不了。

劉婭楠嘗試跟羌然溝通了下，暗示了下自己也是很忙的，有很多重要的事情需要去處理。

結果不說還好，一說羌然反倒帶著不屑的口吻對她說道：「就那些雞毛蒜皮的小事嗎？妳幹麼不交給更專業的人去做？」

劉婭楠被他說得直內傷，她跟小田七他們是沒他這麼精英，但也不見得就必須靠他。再說他們也很努力，也做得不錯，幹麼一句話就否決了他們的努力？

現在一天二十四小時地跟在羌然身邊，要不是有小田七、野獸他們在幫她，她真是什麼都做不了了。

而且自從她得跟羌然形影不離後，她發現野獸望著她的眼神跟以往有些不同了。

好不容易有天她看羌然心情好，求他放了她半天假，再去找野獸、小田七他們的時候，小田七大概也知道一些事兒了。

野獸就像是忍耐到了極限，因為身邊沒有紙，他就用手沾著杯子裡的水在桌上寫道：我們很想妳……

——我也是。

——那最近還好嗎？他又讓妳生氣了嗎？

那些水跡沒一會兒就乾了。

劉婭楠努力壓抑著負面的情緒，用水寫著：我很好……

野獸的字跡越來越工整漂亮了：他為什麼不對妳好？

在寫完那些字後，野獸就抬起頭來望向她的眼睛。

過了片刻，劉婭楠才慢慢寫道：大概是沒必要吧。

其實她也不知道羌然為什麼要這麼對她，好像她不斷地後退避讓，努力地要他好起來，可他卻反而步步緊逼，簡直都要逼死她了，這樣的羌然好像是被慣壞的孩子一樣！

小田七一直沉默著，看到這個，也跟著寫了起來：他會後悔的。

野獸這次寫了好多字，而且寫得好快。

劉婭楠卻因為他寫的那些東西，整個人都驚住了。

——我帶妳走！咱們找機會離開這裡，到一個人少的地方隱居……

劉婭楠深吸著氣。

她被那種想法鼓舞了，可她很怕自己出去會遇到可怕的事兒。

小田七也在旁邊寫著：會不會太危險了？而且怎麼走？

野獸卻固執地繼續寫道：不會的，我會保護你們！一定有辦法的！

劉婭楠沒吭聲，野獸的心意她領了，她知道他們在關心她，可是怎麼想，外面都是虎穴，在哪裡都一樣。她頹廢地擺了擺手，露出一個勉強的笑來，寫道：不用了，只要你們好好的，我就很開心了。

其實劉婭楠滿想出去蹓躂蹓躂，她籌備的酒店就要開業了，她真想去剪綵，那是這麼久以來唯一做成的一件事，親眼看看自己設計的東西成為實體，對她太有吸引力了。

只是她不敢肯定羌然會不會答應，而且離開羌家軍的地盤，怎麼想也太冒險了些。

不過最近接觸得多了，她多少摸清了羌然的脾氣，這個人就是個霸王，外加自大狂，在別的事兒上還好，可當著她的面，羌然就像沒了腦子一樣，特別好勇鬥狠。

劉婭楠想了個辦法，裝出唉聲嘆氣的樣子，趁著那天羌然心情好，她嘀咕：「我好想去給新酒店剪綵，不過我怕有人會搗亂，畢竟那些人很厲害的，萬一出去惹出亂子來怎麼辦？」

果然這個宇宙無敵自大男很快地回道：「怕什麼，我帶妳去。」

劉婭楠都覺得這個白天一本正經的軍隊首領，有時候在她面前就跟個沒腦子的孩子。

不過他本來就嫌太平日子過太久，劉婭楠沒多想，只想著既然能出去了，她就得趕緊準備。她怕夜長夢多，羌然想起一齣是一齣，她很怕他又改了主意，連忙準備起出行的事。

她很開心，這還是這麼久以來，自己第一次離開羌家軍的地盤。

只是小田七跟野獸不能隨行，隨行的人只能是羌家軍的那些主要幹部。

不過這次還真是勞師動眾，先不說那些保安了，就連電視上也一直播放她要出行的消息。像是早在幾天前就有人在她的酒店附近排隊等候，甚至還有賣門票。

不過很快地，那些人就被聯邦政府給驅散了，為了這個，劉婭楠在電視上看到，在她出行會經過的地方，聯邦政府好像特意弄了個出行通道，就跟戒嚴一樣。

別說是她要去的地方，所有電視鏡頭能拍到的地方，都掛出了各色的彩旗。

最近她做的那些工作，像是養育院已經在運作，大概受到了媒體的偏愛，她能感覺到，不管是什麼地方，或是什麼報導，對她都是溢美之詞。

嫵媚他們更是在電視上不斷為她歌功頌德，她簡直就跟世界之母一樣。

而且在電視上看是一回事，真要出行，劉婭楠在移動的地上車內，還是聽到了外面震耳欲聾的歡呼聲。

出行前她特意打扮了一番，穿得特別正式，努力把自己往端莊、文靜、慈祥上裝扮，只是年紀畢竟太輕了，穿著那些衣服怎麼看都不倫不類，她努力板著面孔，讓自己看上去威嚴很多。

只是身邊有羌然這個人，劉婭楠發現不管她怎麼打扮，瞬時就像是一隻孔雀身邊的小麻雀，怎麼看怎麼寒酸。

羌然故意地選地上車作為交通工具。

這次不管到哪個街區，都是安安靜靜的，特意為他們戒嚴的地方空蕩蕩的，連最繁華的地方都沒有一個人影。但是他們的頭頂上倒是跟炸鍋了一樣，無數的飛行器為了搶占一個好據點，差點在他們頭頂展開空戰。

他們頭頂上有無數攝影機，不斷在航拍著他們行進的路線。

饒是有警戒牆，可還是有人圍了過來，劉婭楠通過地上車上的電視，看到了遠處混亂不已的場面。

維持秩序的人努力地維持著秩序，可還是架不住人群太火熱了，到最後不斷地有人過來增援，到最後連高壓水槍都用上了。

說真的，看到這些混亂的場面，劉婭楠真有點後悔了，這要出個踩踏事件得多煩惱啊！她當初只是想看看設計圖變成實物是什麼樣子。而且電視上一派祥和，看起來都井然有序，聯邦政府也是那個保證、這個保證，沒想到等她出來後，會這麼地一發不可收拾。

不過等地上車駛入酒店的正門後，那些聲音終於漸漸平息下來。

劉婭楠深吸口氣，覺得身體裡有一種東西在鼓漲著，像是驕傲一樣。

她終於做出了成績，她可以親眼看到，這棟高聳、占地很大的酒店，就是她的起點。

她站在這個巨大的漂亮建築物面前，深吸口氣。

看著圖紙和進入現場絕對是不一樣的感覺，拱形的圓頂，漂亮的玻璃，陽光照射進來五顏六色的，就像是給地面鋪上了彩色的毯子，她被眼前的景色迷住了。

不管曾經見過多麼恢弘的建築，可這是她第一個親自設計出來的地方，每一處都是她喜歡的風格，她帶著欣慰撫摸著。

她那麼用心，所有事情都被羌然否決了，幸好保留下這個。

羌然一直跟在她的身邊，亦步亦趨，手裡握著一把權杖，像是在陪她散步一樣。看得出來他心情也滿好的，那表情、動作就像在巡視他的帝國。

劉婭楠真的很想自己安安靜靜地待一會兒，奈何羌然是不會讓她獨處的。

劉婭楠知道羌然的毛病，他要她片刻不離地守著他，因為他怕她會「想念」他！

不過，都好不容易出來了，她低著頭，忽然裝著不舒服的樣子說：「我肚子有點不舒服，會不會是早上吃飯吃太快了？」

羌然果然就皺著眉頭看向她，「妳啊……」

劉婭楠知道他這個人對她沒什麼耐性，果然他也沒說要幫她看看什麼的，倒是知道讓她去沙發那裡躺著休息一下。

看著羌然帶人出去準備剪綵的事，劉婭楠深吸口氣，果然俗話說得好，最瞭解我們的不是朋友，而是敵人啊！

自從她絕了喜歡羌然的那份心情後，反倒對他的脾氣秉性摸了個透。

等羌然一走，她就跟個孩子似地跳了起來，東摸摸、西看看。

這個地方還真是按照她的審美觀設計的，別看沒花多少錢，可是可愛的東西卻是不少，很多小細節都處理得特別好，她看得特別開心。

只是很奇怪，等她看夠了再出去的時候，就發現應該在門口擔任警衛的那些人不知道跑到哪裡去了，她在門口掃了一圈，忍不住又探頭往左右看了看。

羌然有說過，遇到問題的時候，就按項圈上凹進去的那個鈕，不過劉婭楠這個人太平日子過久了，壓根一點危機感都沒有。

她正在納悶，就看見走廊的盡頭忽然出現了兩個戴著面罩的人，她當下就欸了一聲，剛想出聲問問，可很快地那些人就衝了過來。

劉婭楠這才反應過來，在這樣戒備的情況下，那些人是從哪裡進來的？

她被嚇到了，可還沒來得及跑，其中一個人已經跑到她面前，直接把她抱起來扛在肩上。

而且那些戴著面具的人越來越多了，這些人忽然出現，因此劉婭楠很快就看出哪裡有問題了——這間酒店有暗門！

她不敢置信地看著那些人帶著她穿過那些暗道，她簡直都要傻了，她的酒店居然被人暗暗動了手腳？

在黑漆漆的暗道裡走了一段路後，終於到了有亮光的地方。

這下劉婭楠更是驚呆了，這裡居然是酒店的拱頂！

就在她不知所措的時候，劉婭楠就看到巨大的、長長的飛行器，從上而下地直接降落在他們的面前。

飛行器因為降落得太快，直接撞破了酒店高高的拱頂，像怪獸一樣落到了他們面前，帶著巨大的旋風，颳得劉婭楠臉頰都疼了起來。

等艙門一開，她就被帶了進去。

到了裡面，劉婭楠才知道情況大條了！

這個飛行器的空間很大，就跟個倉庫一樣，那些人一刻都沒有停地啟動飛行器。

她先是被那些人扔到角樓裡，有人專門盯著她。

可很快就有頭目一樣的人走了過來，那是長得很凶的兩個人。

在她還沒弄清楚這是怎麼回事前，那兩人已經抱著她往小房間走去，在路上的時候，她聽見那些人用各種污言穢語形容她。

那個抱著她的人甚至還在她身上亂摸。

但是很快地又來了一個人，呵斥那兩人，讓他們不要傷到她。

「買主可是特意吩咐過的，不能弄死！」

「隊長，這可是女人啊！咱們怎麼也得先試試什麼滋味。」

「說好我先來的。」

那個首領似的人陰惻惻地看著劉婭楠的面孔，警告道：「別弄死。」

就跟得到了允許，那兩人把她帶到一個窄小的房間。

劉婭楠能感覺到飛行器在晃動著升空。

那兩個人一把她放到地上，就跟得勝地說：「他媽的還戰神呢！我們要想做什麼，就算他是戰神他爹，咱們也能做下來！」

劉婭楠嚇死了，抱緊了自己，不斷向後縮，試圖跟他們溝通，「你們別傷害我……」

「我們不是要傷害妳，我們是要上妳……」

有人毫不留情地把她扯過來，伸手就要撕她的衣服。

不過在撕完後，那兩人就犯愁了，衝動誰都有，可是這個女人畢竟不是充氣娃娃，現在這麼一個真的大活人擺在面前，那兩人都有點發懵，沒吃過豬肉總見過豬跑，可是連豬都沒見過，怎麼下手啊？兩人正琢磨著該從哪個部位開始。

劉婭楠已經要被嚇成神經病了，她瘋了一般地反抗，剛才掙扎的時候，她的上衣都要被扯下去了。

幸好那兩人在琢磨做愛的先後事宜，給了劉婭楠逃跑的機會。

她看見那人是怎麼鎖這個艙門的，見那兩人在商量，二話不說發了瘋地衝過去，按開艙門就往外跑。

她慌不擇路地跑了幾步，就跑到了一個操控臺似的地方。

可很快她就感到了不妙。

裡面工作的那些男人都停下了手上的動作，就跟看怪物一樣地看著她，她隱隱知道自己犯了很大的錯，饒是她用手擋住了身體，可那些人的目光還是變得淫邪起來。

她嚇得身體都在哆嗦。

她咬著牙關，忽然就瞥見身邊的金屬艙門，她知道她要面對什麼，那些人就算不會殺她，可也會折磨她、羞辱她，會把她當做一件東西使用……

她含著眼淚，帶著必死的決心就向金屬門撞了過去。

可還沒撞到那扇門，已經有人一把揪住了她的頭髮，拉扯著她，她不甘心地叫了出來：

「放開我！」

話音剛落，飛行器就像被什麼東西撞擊了一下，整個震了下，頂部也瞬間被炸開了一個口。

隨後劉婭楠就看到一個全副武裝的人從上面跳了下來。

那麼高的艙頂，那人跳下來的動作卻流暢又漂亮，簡直就跟表演一樣，而且那動作太無懈可擊了，在人落地停穩後，控制艙內的人才反應過來，紛紛地拿起武器去圍攻那個人。

劉婭楠很快就明白什麼是戰無不勝了，以前看電視劇看到衝鋒陷陣的鏡頭時，總有耍帥的主角搖頭晃腦地穿過槍林彈雨，一點屁事都沒有，她覺得很誇張。

可此時她身臨其境才明白，真的有人可以這麼帥的！那動作簡直快到了極致，而且角度選得極端刁鑽。

本來一個人是寡不敵眾的，可這個人偏偏把單槍匹馬當作優勢去發揮，而且在那些行雲流水般的動作中，反倒是那些圍攻他的人互相掣肘了！這簡直就是開掛了一般的戰鬥力啊！

劉婭楠簡直都看傻眼了！

而且那人武力值驚人地恐怖，所到之處勢如破竹一般，最後那些要逃跑的人，都被他輕鬆地幹掉了。

直到剩下劉婭楠跟他身後的人時，那人才慢慢地停下步子。

簡直是眨眼的工夫，就殺死了那麼多人。一切都發生得太快了，劉婭楠覺得四周都是靜止的，就連她的呼吸聲都被無數倍地放大。

頭頂上巨大的氣流從被轟開的頂部鑽了進來，就連呼吸都變得艱難。

那個浴血的戰士慢慢地靠近劉婭楠，到了此時才脫下臉上的防護罩，那是一張俊美得讓人窒息的面孔。

曾經她也被這張面孔吸引過，可不知什麼時候，再看見的時候就只剩下了滿心厭惡。

劉婭楠深深地呼吸著。

她能聞到羌然身上充溢著的血氣。

他就這麼單槍匹馬地衝了過來。

緊張得讓人連呼吸都忘了的場面下，羌然的表情卻是淡淡的。

劉婭楠身後的人緊張地拿出刀來，直接架在了她的脖子上，威脅道：「你別過來！你再過來我就殺死她！」

羌然就跟聽到什麼笑話一樣，只淡淡地回道：「我只要她的身體。」

他在看向劉婭楠的時候，眼裡是濃得不能再濃的墨色。

劉婭楠沒指望他能為自己付出什麼，可還是被那句話傷了一下。

她被那人拉扯著，不斷地向後面退。

「你可以動手了。」羌然望著她的面孔，譏諷著那個用刀威脅他的人。

那人大概是太緊張了，哆嗦著劃在她的脖子上，劉婭楠感到疼了一下。

可是羌然面上一點變化都沒有，劉婭楠睜大眼睛回望著羌然。

羌然更加地靠近著。

「我想你該明白一件事兒。」羌然就跟在看什麼可笑的事，說：「死的女人跟活的女人，對我來說都是一樣的。」

那人顯然沒想到羌然會這麼說，就在這一刻，羌然很快地抬起手裡的槍。

劉婭楠的腿忽然就巨疼了下，就跟被打到了一樣，她整個人無法控制地往下倒去。

隨著她倒地，劉婭楠身後的人也跟著慌了一下，這是轉瞬即逝的機會。

劉婭楠知道羌然可以快到什麼程度，因為就在她剛感覺到腿疼後，幾乎是連續的，羌然又對他身後的人開槍了，而且羌然顯然打到了那個人。

之前用力抓著她的人，很快地鬆開了手，整個人直挺挺地往後倒了下去。

她被解救的時候，並沒有感到意外。

她見過各種場合的羌然，她很清楚他是多麼恐怖的一個男人，劉婭楠只是有點被嚇傻了。

羌然倒是動作絲毫沒有減慢，在把那人解決掉後，他快速脫下他身上的防護服。

劉婭楠跟個傻瓜一樣，近乎半裸地坐在那裡。

羌然沒有遲疑地把脫下來的防護服套在她的身上。她那麼瘦小，穿上羌然的防護服後，就跟被裝到了一個桶子裡一樣，身上負重驟然增加。

劉婭楠瞪大了眼睛，看著羌然為她做著這一切。

在被穿上那些東西的時候，劉婭楠還下意識地摸了摸之前被打到的腿，然後就發現自己的腿完好得很，一點都沒外傷，所以剛才羌然是為了要救她嗎？

只是故意弄疼她，讓她能夠倒下，避開那致命的一擊？

可很快地有人趕了過來，有人在不斷撞擊著控制艙的艙門，顯然是想闖進來。那聲音越來越大，有人突破艙門衝了進來，那些闖進來的人手裡握著武器，不斷向裡面射擊著。

這些人到了這個時候，早已經殺紅了眼睛，不再顧忌什麼唯一的女人了。

羌然很快地抱住她，靈巧地避開那些人的射擊，快速地向頂端爬去。

可劉婭楠還是感覺到了，羌然的後背在流血……沒有防護服的他被傷到了嗎？

她緊張地看著羌然的臉，他的表情卻沒有什麼變化。

他終於抱著她爬上被炸開的艙頂處，那有一個小飛行器正吸附在艙頂的位置，顯然他是乘坐這個而來。

他抱著她跳進小飛行器內，就好像不知道疼一般，那動作流暢得沒有一絲遲緩。

劉婭楠剛才有些被嚇蒙了，此時她才明白羌然做了什麼，她壓抑地說：「我以為你想要我死……」

「妳要死也是蠢死的。」羌然冷冷地、用力地抱著她，血不斷從他的傷口流出，劉婭楠沾上了他的血。她不知道一個人可以流多少血，可羌然的血讓她膽戰心驚，他後背的血在往外滲，她全身都在發軟。

這一切都跟做夢一樣，她努力地支撐著自己。她剛才還在自己親手設計的酒店裡，欣賞自己的成就，然後一切都不同了。

不管是電視上的歌舞昇平，還是她自以為的那些平靜，都在剛剛的那一刻被打破了。

她向外看去，沒想到在這麼短的時間內他們已經飛到了這麼高的位置。

羌然已經按下了啟動的按鍵，小型飛行器啟動著、顫抖著，終於帶著他們迅速飛出了敵人的航艦。

劉婭楠透過透明的防護罩，看到巨大的天幕上，數以千計的航艦被爆開來，好像巨大的煙花四散著，無數的碎片帶著火花墜落，爆炸的瞬間，那些光就好像一個個巨大的光球閃動著，不斷地增強爆裂開來，發出耀眼的光芒……

那些光太刺目了，險些亮瞎她的眼睛。

羌然微涼的手很快地按在她的眼睛上，她的眼前瞬時變得一片漆黑，整個宇宙中，唯有身後的人用力地抱著她，帶她駛入安全的區域。

飛行器一停穩，下面的人就陸續地奔走著。

抬起頭來還能看到天空中跟巨大煙花似的爆炸，聲音震耳欲聾。

野獸跟小田七混在人群中，想要接近她，可是那些警衛死死地守護著她跟羌然，野獸他們壓根靠近不了。

劉婭楠的心都要跳出來了，她跟著那些人努力地讓自己鎮定下來。等觀止注意到她，趕緊讓人把她護送到夏宮。

這麼靜靜地等待了一天，劉婭楠才得到羌然的消息。

羌然的情況還算穩定，知道人沒死，她多少放心了一些，看著他流了那麼多血，她還是被嚇到了。

後來再過去看羌然的時候，劉婭楠心情就有點複雜，尤其是看著羌然臉色蒼白的樣子，她就會覺得……究竟該恨他還是該感激他？

他是因為救自己才變成這樣的，後來她也想通了，當初實在是嚇蒙了，徹底安靜下來仔細回想後，她什麼都明白了。

羌然說那些話、做那些事兒、弄疼她的腿，應該只是想救她的，而且還給她穿上了那件防護服，讓她免於流彈的攻擊，不管怎麼說，都是她欠了羌然一次。

只是若為了這事就跟他冰釋前嫌，她又覺得怪怪的。

因為這次的事，她好不容易建起來的酒店算是徹底報廢了。她回來後聽小田七跟野獸說，那個酒店被炸得連一塊完整的玻璃都找不到。

那次因為很多媒體都在，都做了現場轉播，她後來看了一些片段，當時的自己壓根就是在好萊塢科幻大片裡。

羌然單槍匹馬闖入敵穴去搶自己的畫面，更是被特意地用紅圈圈出來，只是那鏡頭太快了，一晃而過。

大概是受了這件事的刺激，野獸也想學習操作飛行器，劉婭楠倒是滿支持野獸多學些東西。只是她挺煩躁的，每次想起羌然都覺得那是一個需要堵上的洞。

那天她正跟野獸他們商量以後該怎麼辦的時候，靚止就過來叫她了，說在醫療組的羌然現在想要見她。

等劉婭楠過去，就發現羌然的表情特別嚴肅。

劉婭楠瞬時就有些傻眼，知道這是羌然要教訓她了。

最近羌然一直都是這樣，遇到她犯錯的時候，簡直可以把她損到地底下去。

果然這次一開口，羌然就很嚴肅地說：「我告訴過妳，發現情況不對就按項圈上的按鍵，妳除了智商低，記憶力還有問題嗎？」

頓了一頓，羌然就發現劉婭楠只會悶頭聽著，連個回應都不會。

劉婭楠最近都是這樣，以前在床上還會跟他嘻嘻哈哈，現在簡直就像是畏畏縮縮的兔子似的，每次跟她說話，她都是縮手縮腳，然後乖乖地坐著，那副樣子就跟受了驚嚇似的，都不像是以前的劉婭楠了。

羌然深吸口氣，雖然對劉婭楠的智商不抱希望，可還是不放心地多說了幾句，叮囑她不要再這麼蠢了，至少也要機靈點，以後遇到這種事，千萬別傻乎乎地再讓人弄走了。

劉婭楠一直都低頭聽著，其實她回來後也想了很多，這次的事讓她感觸挺深的。

她也有些憋不下去了，總怕得罪羌大老闆，可現在想起來，在被人綁架的時候，她死都不怕了，幹麼還要畏畏縮縮的什麼都不敢說、不敢做？而且羌然不會好好說話嗎？幹麼就跟訓孩子似地訓她，就算她是弱智好了，也得有個殘疾人保護法保護弱智的人吧！

而且她又沒做什麼傷天害理的事，幹麼天天受他這份鳥氣！明明她已經那麼退讓、忍讓了！

本來她還盼著，羌然能夠在某一天幡然醒悟，由渣轉好，現在看來羌然已經渣入膏肓，無藥可醫了！

但是每次只要一看見羌然的臉，她就會被對方的氣勢壓著什麼都不敢說，這次她拿起紙筆來，不斷地寫著。

她本來就想講講道理，說說自己的心情，結果在回憶的時候實在是各種的不爽。

被羌然在床上粗魯地對待、被取卵子、被阻止出自傳、還有奪走小毛球。

結果越寫越委屈，她把那些七扭八轉的心思想法，都寫了出來。

之前就拿了三張紙，到後來這些紙都不夠用了，劉婭楠最後寫了一桌子，她望著羌然滿滿的罪狀，深吸口氣，雖然羌然做了很多事，不過她也得定個策略，不能一下全都拿給他看，得有個逐步的過程。

她分門別類地收拾起來。

把它們分為溫和型、提意見的、會讓他生氣的、會讓他想打人的、會讓他掐自己的、會被打死的……

只是她太投入了，觀止過來找她的時候，她都沒聽到腳步聲。

等觀止靠近了，就看到她桌上鋪的一桌子紙張。

劉婭楠怕觀止看到自己寫的東西，趕緊收拾，又手忙腳亂地抽出了一份溫和型的。

再見到羌然的時候，劉婭楠覺得不能再給他腦補的機會了，她深吸口氣說：「羌然，我給你寫了點東西，你有空可以看。」

羌然一看到那些東西，原本還嚴肅的表情，忽然就曖昧起來，竟然有些得意似的，接過去的時候甚至還問了一句：「這是傳說中的情書嗎？」

「……」劉婭楠含糊地說：「喔，你先看吧，我不打擾你休息了。」

給了羌然東西後，她緊張兮兮地回到房間，也不知道自己寫的那些東西羌然看了會不會生氣？其實說白了還是膽子小，尤其在看過羌然大殺四方，她總怕自己惹惱了羌然，會被人給撕了，估計她比奧德那些玩意還好撕多了。

她正忐忑不安地收拾著房間，然後在收拾桌上的時候，她就看見本該交給羌然的那個溫和型的還在。

劉婭楠瞬時就傻眼了！

她趕緊找了一遍，發現大部分都在，唯獨沒了那個會掐死她的內容！

她不死心地又確認了一遍！當下簡直恨不得坐個時光穿梭機穿梭回去！

這都什麼時候，還要出這麼天雷地母的事啊！

果然沒幾分鐘，觀止就神情古怪地來找她了，還傳達了羌然的命令，讓她速去。

劉婭楠鬱悶得差點沒把自己的頭髮揪下兩溜。

在去的路上，她想套觀止的話，小心地問：「你來的時候羌然情緒還好吧？」

觀止欲言又止地，過了片刻才回道：「不清楚……」

劉婭楠一聽這個，就徹底蒙住了。

劉婭楠不斷地回憶自己都寫了什麼？昨天晚上她寫得那麼多，什麼討厭他碰她，還有每次都弄得她很疼，她不想做也非要她做……

她覺得自己沒有被尊重……

什麼事都不同她商量……

她深吸口氣走了進去。

裡面的羌然卻沒有暴怒，只是面無表情地問：「這封信標記的是六，前面的五份在哪裡？」

劉婭楠喔了一聲，趕緊順坡下驢道：「我這就去拿……」說著她就要去毀滅證據。

羌然卻沒給她機會，立刻吩咐一旁的觀止：「你去夏宮找出來給我。」

看著觀止領命而去，劉婭楠就知道自己要完了，吐槽就算了，還標記一二三四五……一寫就寫了六份，不是一個字都不敢說，就是寫得跟萬里長城似的……

不過人到這種絕境，反倒坦然了。

她努力地心平氣和，同他說：「其實那些話早該同你說的，我一直忍著，就是想也許你能慢慢地瞭解，就跟你不會跟女人相處一樣，其實我也沒有跟男人相處的經驗，現在又這麼倒楣，趕上你這個HARD模式的，就有點不知所措……」

羌然用手揉了揉自己的太陽穴。

他也不說什麼，等觀止回來後，羌然就低頭看那些東西，中間有不明白的地方，還會抬頭問劉婭楠幾句。

時間一分一秒過去，羌然終於看完了。他記憶力驚人，只看過一遍，就把所有內容都記到腦海中，他把那些東西一放，問道：「妳認為我不放楚靈，是因為我小心眼？」

劉婭楠趕緊解釋：「喔，我這份還沒寫好，而且，我不是說你小心眼，我是希望你能多聽取別人的意見，體貼別人……的想法，因為我之前也提過，但你一直沒理我。」

「就他本身犯的錯來說，都夠上軍事法庭了，是念在現在情況特殊，我才網開一面。」羌然毫不留情地瞥了她一眼。

劉婭楠不懂那些，她就是覺得……那是不是太過分了？此時聽了羌然的解釋，她喔了一聲。

羌然又說道：「妳討厭戴那個狗項圈？」

劉婭楠狂點著頭，她一直很討厭那個，被人當作狗狗對待，她能開心才怪。

「那妳為什麼不告訴我？」

劉婭楠欸了一聲，忙又解釋：「我想說的，可是我看你的表情好像很喜歡我戴著，我上次說換條項鍊，你都說我戴那些不好看，要我戴這個。」

「那是我親手改的。」羌然看著她的面孔，「這就是妳對我的不滿嗎？私自送走小毛球？不讓妳出自傳？」

「還有一些……」劉婭楠大著膽子地說：「不管你做什麼，你從不跟我說，有些事其實商量一下會更好，可你連通知我都沒有，就做了決定，你壓根就沒有把我當做……當做一個活著的個體。」

羌然的眼睛終於徹底冷了下去，他沉吟著，「那我能說說我對妳的不滿嗎？」

劉婭楠心裡一緊。

他不帶任何感情慢慢地說著，他之前看她的時候都是帶著笑的，此時的羌然卻一絲笑容都沒有了，「蠢、爛，明明什麼都不會做，還總想改變世界，我一直縱容著妳，為了給妳更多的自由，我獨斷專行地拒絕了多少機會，我努力去接受妳，我不知道女人是什麼物種，但對現在的我來說，如果女人都像妳這樣，我還真情願這個世上沒有女人。」

羌然說完那些話，就叫觀止送她出去。

觀止這個人很平板的，自從知道她是女人後，就一直話很少，除了偶爾偷瞄她兩下外，大部分時間都是謹言慎行的。

現在見羌然說了那麼一通話，觀止也忍不住對劉婭楠說道：「夫人，您為什麼要對受傷的頭兒這麼苛刻呢？」

劉婭楠也很委屈，她知道羌然生氣了，可是他又對她說了什麼呢？

那些話早晚也是要說的，雖然沒她想的溫和，不過已經這樣了，說了反倒坦然了。

劉婭楠在等羌然勃然大怒地處理她，而她也沒閒著，她想重新修建酒店。之前的小兒女心思都不要了，只追求要抗震、抗打擊的建築。

這個世界就是不能有一星半點的女人味，有了就立刻給她炸沒了！所以她決定怎樣爺們就怎麼建，這不是現成的嗎？大塊頭的建築格調，絕對抗壓、抗打擊！

然後裝潢成地下工事似的餐廳，她就不信都這樣了還能炸了！

她全心投入到自己喜歡的事情上，不再去想自己做的這些會不會被羌然破壞，只要做過就會留下痕跡，盡最大的努力就好！

不知道過了多久，等她再看到羌然時，劉婭楠卻發現他好像瘦了，以前絕對乾淨的下巴都有了青色的鬍茬。

她以前什麼都是哄著他、順著他。可自從他說了那些話後，她就再也沒理過羌然，全部都是一副我任你處理的態度。

每天好吃好喝的，像是忘了羌然一樣。

中間觀止曾提醒她該去關心羌然的傷勢，她也跟沒聽見一樣。

羌然臉上也沒什麼表情，先是上下左右地打量了她，然後就冷不丁地問了她一句：「你們那個世界的男女出現矛盾的時候，都會怎麼做？」

劉婭楠有點糊塗了，「大概是吵架吧……」

「那妳為什麼不跟我吵架？」

劉婭楠不明白他這種指責的口吻是什麼意思，這是要處理她的前奏？不過她早都做好心理準備了，她很快回道：「我不敢……」

想了想，覺得那還不能充分說明自己的態度，她又補充了句：「再說真吵得厲害了，我又打不過你。」

她可是身家性命都在人手裡，要她跟他吵架不是瘋了嗎？

只是不知道在搞什麼，剛說完，羌然就來了一句：「妳可以試試。」

不知道是真的還是假的，羌然還把手裡的指揮棒遞給她，擺出一副我讓妳出氣的樣子。

劉婭楠不知道他是不是在開玩笑，她拿起指揮棒掂了掂分量，平時看他很隨意地拿在手裡，還以為是很輕的東西，此時一握才知道這東西可真沉。

她得兩隻手合力才能握起來。

她咬了咬牙，想著該打哪裡？打臉肯定是不成的，打上身後背，他才剛受了傷，打下去就太沒人性了！那打下身……腿？

她遲疑了下，打腿好了，不然打屁股也成？嗯，就打屁股！屁股肉多，再說他皮也厚，既然他都讓她打了，還跟他客氣什麼！

結果劉婭楠剛想開始打，腦補帝已經把她手裡的指揮棒抽了回去，帶著滿足地說：「就知道妳不會。」

劉婭楠真是無語了，這一點誠信都沒有啊！

「除了這個呢？」羌然又問了她一句。

劉婭楠挺摸不著頭腦，現在的她完全沒有要制服或征服羌然的感覺了。她之前都對羌然那麼好了，可還是沒有感化他，每天不斷說喜歡他，他也沒怎麼把她當回事，反倒變本加厲地折騰她，一點都不體諒她。

更何況現在她說了他那麼多的壞話，還不肯主動妥協，他能再對她好才怪。

不過既然他問了，她還是想了下，回答道：「要是不想吵架，大概就是男人要對女人說幾句好聽的，哄哄女孩子……」不過他問這個幹什麼，還想再逼她哄他嗎？

要是那樣的話，他還是乾脆點，想打就打、想殺就殺好了。

倒是羌然聽後就皺起了眉頭，就跟遇到多大的難題一樣，過了好一會兒才忽然說了一句：

「那心肝兒，妳別生氣了。」

劉婭楠還以為自己聽錯了，她抬起頭來對上羌然的眼睛。

羌然又尷尬地說了一遍，這次劉婭楠終於聽清楚了。

擦！劉婭楠瞬時便怒了，瞪大眼睛，簡直就跟被嚇到了一樣。

【第四章】

微妙的感情

「野獸，我什麼都做不好。」

「不，妳已經很厲害了，妳改變了我跟小田七的命運，妳還改變了很多人，記得妳之前讓我去的那間養育院嗎？」野獸不大會說話，他努力地措詞：「妳其實做了很多，只是……妳做的那些沒有那麼炫，也沒有到處告訴別人。可我知道妳做得很好……這個世界沒有人可以代替妳！」

來到這個世界後，還沒有人這麼誇過她，她總覺得自己既傻又沒用。可現在聽到野獸誇她，忽然就覺得溫暖起來，不管怎麼樣，這個世界上還是有人知道她的努力。

劉婭楠真是被嚇到了。

還心肝哩，都嚇出肝來了好嗎！

她瞪大了眼睛，一臉警戒地瞅著羌然。羌然倒還算自然，就是一副等待劉婭楠回答的樣子，劉婭楠卻眉頭都擰在一起了。

最近這段時間，雖然壓力很大，可她倒覺得挺清閒的，尤其是晚上不用開膛破肚地上刑了。

而且怎麼可能在經歷了那些後，被隨便的一句話哄回去，又不是腦殘小說，於是她繃著面孔地回道：「我不知道你說這話幹什麼，可我寫的那些不是一時的氣話，是問題真的很多，我、我沒辦法不生氣、不在乎。」

原本還算靦腆的羌然，表情漸漸凝住了，不過最後他什麼都沒說就走了。

從那之後，劉婭楠就覺得情況向著很詭異的方向發展，這個自大狂羌然，自從那天之後居然每天都會送她花。

而且在收到觀止送來的花後，劉婭楠還在花裡發現羌然寫的一些字。

字倒是簡單，都是一句問候，比如「妳現在如何？妳還好嗎？昨晚休息得如何？」之類的。

而且觀止在送了東西後，還會主動問她有沒有想對羌然說的。

劉婭楠以前沒遇過這種情況，她這次可真是被驚住了！之前她什麼都順著羌然，然後把羌然給慣出毛病，此時她一強硬起來，羌然就有些坐不住了？

劉婭楠好像被醍醐灌頂似的！說白了，上趕著不是買賣，這個時候自己硬了，對方反倒軟了。這還真是無心插柳，劉婭楠覺得這個世界太奇妙了。

合著好女人都是包子啊！對男人好的話，男人就會蹬鼻子上臉，可要是冷著他們、晾著他們，他們反倒又巴巴地來了？

劉婭楠一明白這個道理，就特別後悔早些年怎麼沒跟宿舍的幾個姐妹多談談關於戀愛、跟男人相處的問題，不然也不會吃這麼大的虧！要早知道男人是不能慣的，她還慣個屁啊！

不過劉婭楠也是痛定思痛，起初還猶猶豫豫地看看裡面的紙條，可到了後來，她連紙條都不看了，直接把花扔垃圾桶裡。

不過這種事兒第一次做總是有些戰戰兢兢的，幸好做了幾次，羌然那裡也沒什麼反應。

劉婭楠就跟受到鼓勵似的，每天都會例行一扔地扔那些花。

而且之後她不僅沒受到懲罰，還得到了獎勵！

又過了幾天，觀止再送花來的時候，還帶給她一隻白色的小狗。那狗真漂亮，尤其是毛色，簡直就跟刷了一層油似地光亮，眼睛也是漂亮得跟寶石似的。劉婭楠看那隻小狗看得都呆住了，這種萌寵，簡直瞬間就可以擊殺她這種愛好者的心啊！

隨後她就聽到觀止解釋道：「夫人，這是頭兒送您的禮物，把您的寵物送走，頭兒也覺得抱歉，這是補償您的，另外頭兒還讓我轉告您，楚靈已經被放出來了，現在正在外圍將功補過，如果您有什麼其他的要求也可以提出來。」

劉婭楠真是被鎮住了！有點由農奴翻身的感覺，這是太陽要打西邊出來了吧？那個自大狂腦補帝終於願意聽她的了？

只是劉婭楠還是很想念自己的小毛球，雖然眼前這隻小狗也滿可愛的，於是她趁機說道：「觀止，這隻小狗我挺喜歡的，先收下了，不過我還是很想我的小毛球……請你告訴羌然，讓他把小毛球找回來還給我。」

觀止大概沒想到劉婭楠會提出這個來，他遲疑了下，解釋道：「夫人，頭兒送您的犬是非常名貴的埃德加犬，您之前養的那種狗，其實只是很常見的土犬，要做寵物的話，還是埃德加犬更符合您的身分。」

劉婭楠真無語了，這個地方怎麼時時處處都這麼階級分明啊！

養寵物要看投不投緣的嘛，怎麼還有身分不身分的！

她很快地說道：「我明白你的意思，可是觀止，我就要我的小毛球。」

這次劉婭楠故意把話說得特別強硬，她算看出來了，有些話自己不說出來，受委屈的就只能是自己！

不過她這個話還真是有效果，說了沒一天，小毛球就被送了回來。

劉婭楠再抱到小毛球的時候，就跟打了一場勝仗一樣，這麼長久以來，她終於出了這口氣，很有點開心的感覺。

等再跟小田七商量酒店布置的時候，她忍不住就說：「所以男人啊就得這樣，你得冷著他，不然他就會得瑟，不過田七你以後可不能學羌然，你說什麼腦構造才能幹出這事兒來？對他好他就得瑟，不對他好了，他反倒對你好，這不是受虐狂嗎？欸，我估計這段時間他肯定很撓頭的，你看我最近都沒搭理他。」

不管羌然都做了什麼，反正她決定先這麼吊著他，不能輕易地原諒他，得讓他學會尊重她！

哪知道她剛說完，就見小田七的表情變了變，一副欲言又止的樣子。

劉婭楠心裡奇怪，忙問他：「你怎麼了，是有話想跟我說嗎？」

小田七這次遲疑了下，終於打開了旁邊的電視。

劉婭楠納悶得很，不知道小田七怎麼好好地讓她看起電視來，自從上次的綁架事件後，她就很少看電視了，主要是看見滿目瘡痍的場景，她總覺得不舒服。

可此時電視裡再也沒有轉播那次綁架事件的後續，而是都熱火朝天地播著羌然的照片，所有照片都是一身戎裝的羌然！

劉婭楠一時間愣住了，聽了一會兒才聽到什麼出訪、人才吸收……

出訪兩個字更是不斷地被提及，還有無數的專家在討論著。

「受菲爾特家族的邀請，羌然將於六天後出訪西聯邦區，目前羌家軍的新聞發言人已經確定出行名單中有羌然的夫人。」

「自從上一次綁架案後，就有各種推測，普遍看法都是以後再也沒有任何人跟組織，有可能近距離接觸到女人了，可此次羌然的出訪顯然又一次地跌破了眾人的眼鏡。」

「綁架案的犯罪嫌疑人，現正由聯邦政府機關審理中，負責人繆彥波表示要徹查此事，絕對要嚴懲針對女人的任何暴力事件。目前主使者還沒有找到，而此次羌然的出訪顯然會再一次地刺激公眾……」

「而我們更需要注意的是，因為羌家軍擁有女人這種資源，作為羌家軍的一員未來就有可能擁有自己的再生人妻子，在這麼強大的吸引力下，每天都有幾十萬的求職信發向羌家軍。據傳聞，科學研究院的專家組員已經集體辭職加入了羌家軍，更有空間學專家表示願意為羌然研究空間技術，據內部人員透露，在不久前，羌家軍已派人同部分空間學學者接觸……」

電視畫面不斷變換著。

劉婭楠安靜地看著，新聞的訊息很多，不斷有更吸引人的消息被爆了出來。

看著電視，她忽然明白了，即便這個世界只有她一個女人，不管那些人為她多狂熱，她始終只是一枚棋子。

她望著電視上的那些新聞。

中間有幾段轉播，顯然是之前羌然發表的一些聲明，他的表情淡定從容，神情沒有一點慌亂，更別提為情所困了。就好像綿羊跟獅子，綿羊以為自己終於可以吃到更好吃的草了，其實獅子已經在劃分更大的地盤，做著綿羊連想都不敢想的事兒。

劉婭楠並沒有覺得憤怒，只是很驚訝。

而且小田七還告訴她一個更驚人的新聞。

「姐姐，野獸最近在學習操作飛行器，他學得可厲害了，前天羌家軍有人注意到他，想要徵調他進羌家軍艦隊。」

劉婭楠驚訝地看著小田七，她最近也有跟野獸見面，可是野獸都沒有透露這件事。

小田七猶豫了下，才又繼續說道：「不過他沒答應……」

劉婭楠心裡五味雜陳，沒說什麼，只是對著桌子發了一會兒呆，就起身去找野獸了。

她抱著小毛球到訓練場的時候，裡面的訓練正如火如荼進行著。

在模擬各種飛行狀況的飛行器訓練器上，坐著不少訓練人員。

當初野獸要學的時候，是她拜託觀止的。此時她就看見在巨大的4D投影上，那些飛行器正在上演一場空間戰，有無數的飛行器及戰艦參與，那眼花繚亂的速度快得讓她都分不清楚哪些是同一隊的。

最後不斷有飛行器被擊落，還有龐大的戰艦被幹掉。

在4D影像上，劉婭楠很快就注意到，有一架飛行器非常靈巧地繞開了主戰場，簡直就像是故意的，不斷在那些混戰中的飛行器間穿梭，它沒有投入戰鬥，而是不斷插入某個點。

她有些納悶，不明白這是在做什麼，倒是跟在她身邊的那些安保人員懂些門道，這些一直以來都很沉默的安保人員，竟然鼓起掌來。

戰鬥終於結束了，劉婭楠也看不懂那些，野獸從模擬器上一出來，就有人扔給他毛巾跟水，看樣子這個傢伙在這混得還滿不錯的。

此時走出模擬器的野獸也看到了劉婭楠，而且他一眼就注意到了她抱在懷裡的小毛球。

野獸早先見她抱過一隻埃德加犬，他還以為劉婭楠已經忘記小毛球了，此時看見她抱著那個小傢伙，野獸已經沉靜下來的臉龐，忍不住就露出了笑意。

劉婭楠舉起小毛球來，讓牠毛絨絨的臉對著野獸。

野獸笑著接過小毛球，小毛球當年可是被他養過一段時間，小毛球對他也是親得不得了，不斷地用爪子去勾他的頭髮。

野獸最近沒怎麼理頭髮，頭髮長長了後，劉婭楠覺得這個武力男看上去多少斯文了一些。

「還以為妳不要小毛球了。」野獸開心地摸著小毛球。

「哪能啊，這小傢伙可是我的最愛！」劉婭楠摸著小毛球的毛。

其實跟高貴的埃德加犬相比，她更喜歡這隻憨憨傻傻的小毛球，不管她走到哪裡，小毛球都會跟著她。

倒是那個埃德加犬，好看是好看，可不知道是什麼毛病，每次她去餵食，那隻埃德加都是一副妳過來伺候我的樣子，那個德行很容易就讓她想到羌然。

不過對方實在長得太可愛了，劉婭楠也捨不得再送走，兩個小傢伙都養著好了。

跟野獸走了一段路後，劉婭楠就發現野獸聊東聊西，唯獨不肯跟她說那個徵調的事兒。

劉婭楠覺得自己不能太自私，野獸跟在她身邊能有什麼好啊？就養育院那些跑腿的活兒，還有開間炸沒了的酒店，怎麼想也是羌家軍裡更保險一些，總比跟在她身邊朝不保夕要強。

她主動開口問道：「聽說你被徵調了？」

野獸的身體瞬時就頓了一頓。

劉婭楠努力做出開心的樣子，其實心裡有些不捨，對她來說小田七跟野獸都是親人一樣的存在。在這個偌大的羌家軍裡，所有的人都效忠羌然，只有這兩個人是打心裡在乎她。

「這是好事嘛。」劉婭楠望著他的眼睛，「你看我，之前一直嚷嚷要開公司，現在綁架案一出，酒店還得重新弄，養育院那些，說是工作，可其實不就是跑腿，再說那些只撒錢的公益，哪能比做自己的事業強。」

野獸忙搖著頭：「我不要，我只想跟在妳身邊。」

「可是我什麼都做不好。」劉婭楠苦笑了下，「再說，我能做的只有那些事兒，跟其他的人比太小兒科、太傻了……」

看了那些新聞後，劉婭楠終於明白自己有多傻了，她把太多心思放在男女糾纏情愛上了。她一直想要在感情上能撼動羌然，剛才還在洋洋得意自己可以拿住那個男人，結果卻發現兩人壓根不是一個科的。

人家是食肉科的，自己是食草科的。自己在磨磨唧唧九轉愁腸的時候，人家壓根就已心懷天下地開疆闢土去了。

如果換一個性別，就她這麼廢物的，肯定早被淘汰了，可現在就算是女人，也沒有多好，還不是跟個無頭蒼蠅似地團團亂轉，還什麼都做不好。

野獸不大會勸人，看她這麼頹廢，他想了好一會兒才告訴她：「不，妳已經很厲害了，妳改變了我跟小田七的命運，妳還改變了很多人，記得妳之前讓我去的那間養育院嗎？」

劉婭楠睜大了眼睛。

野獸繼續告訴她：「妳不知道養育院的那些孩子多喜歡妳，他們把妳的畫像貼在牆上叫妳母親，妳還記得妳設計的那個遊樂園嗎？他們特別喜歡，還有那些妳設計的飯菜，妳其實做了很多，只是……」

野獸不大會說話，他努力地措詞：「只是妳做的那些沒有那麼炫，妳也沒有到處告訴別人。可我知道妳做得很好……這個世界沒有人可以代替妳，不管他們多麼厲害，可沒有人比妳更適合做一個母親！」

她被誇得臉都紅了，她不好意思地撓了撓頭髮。

來到這個世界後，還沒有人這麼誇過她，而且就算有人誇她，也是想從她這裡得到好處，她被羌然一次次地貶低，身邊又都是那些人精，她總覺得自己既傻又沒用。

可現在聽到野獸誇她，忽然就覺得溫暖起來。

不管怎麼樣，這個世界上還是有人知道她的努力。

「其實我還想做很多事。」劉婭楠一開心就容易手舞足蹈的，她揮舞著胳膊，幾乎是蹦蹦跳跳地同野獸說：「反正錢才花了四分之一，我還想在養育院那裡建一所幼兒園，就是特別小的孩子用的地方！裡面要有軟軟的被子，還有很多小床……」

野獸望著她的眼睛，看著她高興得臉頰都紅紅的，他也快樂地笑了起來。

不管是羌家軍的艦隊，還是什麼更好的狗屁職位，他只知道，這個世上唯一能讓他離開劉婭楠的方式就是死亡，除此之外，他會一直守護她。

羌然出訪這事顯然被各種關注著。

劉婭楠自從知道後，也每天都跟著看電視新聞。

她發現，如果不去想羌然是她同床共枕的男人，只單純地從打工仔看老闆的角度來看，羌然還真是挺靠譜的。就單單那幾次發言，劉婭楠就被鎮住了，氣場這種東西，就算是通過電視還是能輻射出來。

而且她有些意外，沒想到羌然也有這樣的一面，說話很慢、很有條理。

之前看他那麼魯莽做事，好像沒腦子一樣，此時劉婭楠靜下心來，才發現其實他的每一步都別有深意。

不過很快地她就發現一個奇怪的現象，大家的目光好像都放在羌然的出行上，可具體要出行的那個地區的風土人情，包括菲爾特家族的態度，卻沒有一家媒體報導。

劉婭楠忍不住就找觀止諮詢起來。

觀止倒是清楚得很，很快地說道：「西聯邦區跟咱們東聯邦區風俗很不一樣，因為當地實行的是自治政策，媒體也不如咱們這裡發達，再來菲爾特家族歷來低調，所以這次出訪，估計也是私下會面比較多一些。」

劉婭楠聽後就留心起來了，怎樣也是自己要跟著去的地方，為了避免再做傻事，她就開始著手瞭解當地的一些習俗。

只是介紹西聯邦的資料太少了，野獸倒是知道，當年在地下拳擊場的時候，野獸曾經接觸過一個西聯邦的選手。

「那個地方的人很奇怪。」野獸說話很慢，他平時嗓門很粗的，可對著劉婭楠說話的時候，很自然就會放輕嗓音，知道劉婭楠是異世界的女孩，對很多他們認為是理所當然的事情都會有理解偏差，所以他在解釋的時候，會把所有情況都說得仔仔細細的，還說得很慢，專門留出時間來給劉婭楠消化。

只是劉婭楠卻越聽越糊塗了。

「等等，野獸，怎麼聽你說的那個地方好像封建社會一樣，不對，簡直比我在歷史書上學到的那些還要階級嚴格，聯邦政府不都是選舉制的嗎？怎麼在那裡還有家族制啊？」

「因為他們有很大的自治權。」

野獸耐心地告訴她：「咱們東聯邦區雖然也喜歡以基因血統去區分人的優劣，但是靠後天努力還是會得到認可，可在西聯邦區，不管個人多麼努力，沒有優秀的基因也不會有任何出路的，而且那個地方遵循的是很古老的傳統，在沒有加入聯邦前，他們曾經是帝制國家，君主的權力凌駕所有一切，不過自從沒有了女人，所謂的帝制消失了，不過很多東西根深柢固，總還會留下一些痕跡。」

「而且他們能夠自治也是有原因的。」小田七拿著一本地理學的書，一邊指給她看，「妳看這個地圖，他們跟東聯邦的聯繫只有這麼一條狹長的日落大道，道路兩邊是連綿的紅色山脈，而且長久以來，西聯盟的農業、礦業都很發達，他們可以說是國中之國。」

這個話倒是很快地提醒了劉婭楠，她想了想說道：「我看電視上說，羌然之所以選擇去這個地方出訪，是因為這地方以前是帝制，然後就有人猜測羌然有稱帝的可能。」

她說這話的時候也沒有多想，可是一說完劉婭楠就發現小田七跟野獸都沉默了起來。

劉婭楠一下就明白了，其實這事不見得是捕風捉影。

「其實最適合那個位置的是妳。」小田七隨後就說了出來，他是真心這麼想的。

畢竟在這個世界上，不管是誰都沒有理由反對劉婭楠坐上那個位置，如果真的需要有一位首領的話，那麼自己未來妻子的基因提供者，不管怎麼想劉婭楠也是最合適的人選，最主要是她沒有當政者的野心，跟那些把利益最大化的政治家相比，她更像傳說中的女人一樣，溫和簡單。

劉婭楠卻被嚇到了，趕緊說：「喂，可別瞎說，小田七，我坐那個位置幹什麼……」她已經夠笨的了，要是再坐上那個位置，她多半不是給人當棋子，就是被那些人精給生吞活剝了。而且單單一個羌然，都要把她給整瘋了，這要是真攙和進那些亂七八糟的事兒，她還活不活啊！

倒是他們正在說話的時候，觀止過來了，這次他是帶著命令來的。

自從知道要出訪菲爾特後，劉婭楠對羌然的態度就有了微妙的變化。

以前一直扔掉的花，等觀止再拿來時她就大大方方地收了起來，但觀止問她有什麼需要，她還是那個態度。

此時知道羌然要見她，劉婭楠一下就緊張起來，她很快地收拾著東西。太著急了，不小心把桌子上的書碰掉了，野獸忙低頭去撿。

劉婭楠不好意思地對野獸笑了笑，只要跟羌然沾上邊的事兒，她就忍不住急躁緊張。

野獸的臉色倒是比她還要凝重，把書放回桌上後，野獸克制地看著她的臉。

劉婭楠能感覺到野獸眼中的關切，就跟給自己打氣一樣，她握了握拳頭。

在路上時，觀止猛地說了一句：「夫人，您可以邀請頭兒回夏宮的。」

這話讓她就是一愣。最近她跟羌然一直沒有見面，羌然也一直沒有到過夏宮，說真的，她挺輕鬆的，至少不用日日騎木驢上大刑了。

不過現在看著觀止的樣子，劉婭楠就想起羌然上次見面時說的那句寶貝別生氣，當時她被雷得不輕，不過現在想起來，羌然應該是做了一番工作才去找她，不然也不會一開口就能說出那麼噁心的話。

只是他們的問題真的不是一句寶貝就能說清楚的。

劉婭楠嘆了口氣地說：「觀止，謝謝你，不過，回不回夏宮真的不是問題的關鍵……」問題的關鍵是她不想再騎木驢了！

劉婭楠不是第一次來羌然的辦公室，不過這次她更緊張一些。

她走到門前時，觀止已經停下了，她深吸口氣推門進去，進到房間後，羌然正在低頭處理事情，在聽見腳步聲後，他抬起頭來淡淡地瞥了她一眼。

劉婭楠知道自己的動作都僵硬了，心跳更是快得不得了，她走到羌然的面前，拉開椅子坐了下去。

羌然沒有繼續看她，而是很快把頭轉向另一邊，試圖在桌子上找著什麼。

其實羌然是她見過最有條理的男人，不管外界說這個男人肆無忌憚、無法無天，可其實跟羌然生活過一段時間後，劉婭楠能感覺到羌然的所有生活都是軍事化的。

不管是爭分奪秒地吃飯，還是單調簡單的生活作息，她最初很不適應，尤其是早晨起來後的豆腐干薄被，那種特殊材質的薄被，她能疊在一起就不容易了，羌然卻可以疊成豆腐干。

還有早期的那段時間，他睡覺的時候簡直就跟躺在棺材裡一樣，永遠都是筆直地躺著，占著特別少的空間，而且不管她半夜起來方便還是動一下，他都會很快地醒過來。

可後來不知道什麼時候就變了……晚上睡得七扭八歪不說，還好幾次差點把她踢到床下去。

不過在東西的擺放上，羌然這個習慣卻一直都沒有變，他所有東西都是有規律的，簡直就跟有潔癖似的。

可此時的羌然卻在井然有序的桌子上不斷翻找著什麼，那副忙亂的樣子像是把什麼東西給搞丟了一樣。

劉婭楠也不敢說什麼，每次見到羌然她都會覺得緊張，而且她剛跟小田七他們說事情說得口乾舌燥，還沒來得及喝水，就被他叫來了。

此時這麼乾巴巴地坐著，她就覺得渴了，尤其看見他桌上還放了個水杯後，她下意識就嚥了口口水。

然後在翻找東西的羌然，忽然就指著桌子上的杯子說：「妳要口渴的話，可以喝這個。」

劉婭楠不知道自己這麼一個微小的動作是怎麼被他注意到的，可那是他的杯子，雖然兩人以前親密的時候都不知道接吻過多少次了，按說用個杯子應該不算什麼，可劉婭楠還是固執地搖了搖頭說：「我不渴。」

羌然這次沒有再看她，而是點了下桌上的操作面，對外面提了一句，然後很快就有人端了水進來。

劉婭楠趕緊接了過去，雖然羌然是公式化地照顧她，可她還是躊躇地對著羌然道了一聲謝。羌然也不說什麼，依舊公事公辦的態度，此時的他已經找到要給劉婭楠看的東西了。

那是一個文件夾，羌然遞給了她，同時說：「三天後妳要跟我去菲爾特，具體的行程妳看一下，有什麼需要帶上的，妳可以找觀止，讓他給妳安排。」

那種喘不上氣的感覺又來了，劉婭楠深呼吸兩下，每次在羌然面前她都有一種被對方壓得死死的感覺。

「妳可以出去了。」羌然說完後，又開始埋頭處理別的事務。

劉婭楠長吁口氣，其實她滿怕羌然會說什麼寶貝請妳原諒我的話，到時候她就算迫於壓力也得點頭。這樣看來，羌然應該是懶得理她了吧？

就在要起身的時候，不知道是太緊張了還是怎麼的，劉婭楠鬼使神差地說了一句：「好的，頭兒……」

果然羌然正在按屏幕的手指頓了一下，不過很快又恢復正常，提醒道：「這種稱呼私下叫可以，不過在公眾場合妳最好叫我老公。」

劉娅楠不知道羌然又看什麼腦殘書了，不過老公這個……挺叫不出口的，她遲疑了下，打著商量地說：「那、那能直接叫你羌然嗎？」

羌然的表情已經有些不耐煩了，「可以。」

劉娅楠趕緊拿起文件夾就往外走，結果因為走得太快了，轉身的時候就被椅子腿給絆了一下，她最不想這個時候在羌然面前出醜了，可還是身不由己地跌了一個狗吃屎。

羌然從公文中抬起頭來，就見爬起來的劉娅楠連站直都沒有，就跟逃命似地抱著文件夾一路小跑出去。

羌然望著門口的位置出了一小會兒神，然後很快地他又有條不紊地處理起手邊的事情。

拿到行程後，劉娅楠就開始認真看，然後發現其實她跟羌然待在菲爾特的時間也沒有多長，一共就三天而已。

第一天先是各種接待參觀，第二天大概是羌然跟對方談些正事，第三天還有個歡送節目，剩下的就是返程了。

她本來還擔心去的天數太長，她養的小毛球跟埃德加犬不好處理。既然如此，她放心交給小田七，幫忙照顧幾天。

剩下的就是準備去菲爾特要穿的衣服，其實也不用帶很多，只要端莊得體就好。

她順便又看了看關於禮節的書，不過菲爾特的資料太少，她翻了半天也沒翻到女人參與外事活動的注意事項。

倒是在去訓練場找野獸的時候，劉娅楠跟楚靈不期而遇了。自從知道楚靈被放出來後，她挺高興的，此時見到楚靈，她就想過去打個招呼，但楚靈看見她，忽然臉色就變了。

她還沒靠近，就見楚靈跟踩了風火輪似的，刷地一下就跑沒影了。

劉娅楠目瞪口呆，幸好第二軍團的人她都認識，她跟其他的人打了招呼，那些人的神情也滿古怪的，甚至有幾個人看她的時候，眼睛都直了。

劉娅楠忍不住就想起之前這些人用水沖她，還有逼她跳舞的事，明明也沒過多久，對她來說卻恍如隔世。

後來這些人跑去廚房堵她，又求又威脅地讓她做飯。那時候還真是又傻又開心，每天都樂呵呵的。

她跟那些人閒聊了幾句：「欸，好久沒看見你們了，聽說你們一直在外圍，都挺好的吧？」其中有一個管事的趕緊回答：「我們、喔，不，夫人，我們挺好的，就是剛搗毀了一個侮辱您名譽的組織，這次特意過來向頭兒請示怎麼處理。」

劉娅楠很是意外，這麼快就有專門侮辱她名譽的組織了？她有點納悶，她平時待在夏宮，沒招誰也沒惹誰啊！

結果很快就聽那些人說：「那些無恥的商人用您的肖像做了充氣娃娃，這種行為我們是絕對不會姑息的！我們已經把所有的貨物都清剿了。」

劉娅楠這才明白過來，瞬時就有點噁心，沒想到還有做這種生意的，拿她的臉去做什麼充氣娃娃，劉娅楠也不好評論什麼，跟第二軍團的人聊了幾句就走了。

趁著出行前的這段日子，劉婭楠馬不停蹄地做著各種準備。

養育院還要拜託野獸去做，以前她很怕跟政府機關打交道的野獸會被人騙，可現在看來，他比她想的要厲害多了。不過還有一些細節需要好好談，比如採購的環節，她跟野獸談起來倒是全無隔閡，不管她說什麼，野獸都會很有耐心地傾聽。

而她也能敏銳地察覺到野獸細微的情緒變化。

以前劉婭楠沒這種感覺的，可最近一段時間，她跟野獸彼此扶持鼓勵的感覺越來越強烈了。尤其是她給了野獸頭髮後，她能感覺到他比以前厲害多了，以前他給她的感覺就是大腦空空，可現在的野獸有時候腦子轉得比小田七都快。

本來說好讓小田七照顧那兩隻狗，不過小田七一下子要照顧兩隻活潑的小傢伙，劉婭楠多少有些擔心，於是跟野獸說：「對了，我讓小田七照顧小毛球，不過小田七身體不大好，你忙完了養育院的事兒，就抽空幫忙看著點。」

她現在跟野獸一點都不見外，說起話來也完全像是家人一樣。

野獸點頭答應：「妳出行也要注意安全。」

上次的綁架野獸還記在心裡，「東西妳都帶全了嗎？出門在外一定要注意周圍的環境。」

劉婭楠答應著，這個傻大個別看高高大大的，其實現在在她面前都有點婆婆媽媽的了。之前她總叮囑野獸要多注意身體，現在野獸反過來叮囑她了。

日子過得很快，很快地出行的日子就到了。

劉婭楠沒什麼需要帶的，除了一個貼身的小包，就是一個裝衣服還有洗漱用品的小箱子。

來接她的觀止親自把她護送到地上車內。那場面氣派得有點出乎她的意料，不管是整齊劃一的地上車隊，還是那些站在車外等著出發的軍人，不知道劉婭楠是不是多心了，她的確感覺到羌家軍最近人多了起來。

就是劉婭楠有點奇怪，這個世界的交通工具已經很發達了，她還以為這次去菲爾特會乘坐飛行器。

她好奇地問了一句，觀止很快地告訴她：「東西聯邦有禁飛令，一直以來的交通工具都是地上車。」

劉婭楠這才喔了一聲，看來這個菲爾特比她想的還要神祕。

她坐進地上車好一會，但左等右等都沒等到羌然。羌然可是很有時間觀念的，她忍不住往外看了看，就看見那些陪同的工作人員也都是一副焦急的樣子。

劉婭楠記得那個行程寫得很仔細，連什麼時候應該到菲爾特都寫得很精確，就算他們出發的時間比預期早很多，可再等下去也耽誤不起。

而且看那些陪同人員的樣子，是不是事情臨時有變，不能走了？

劉婭楠正琢磨著，就看見觀止慌慌張張地跑了過來，隨後俯身湊到她面前，壓低聲音地說：「夫人，拜託您去看看頭兒，參謀部的人看著時間差不多了，過去找頭兒，可頭兒死活不見人，外事部都急得火燒眉毛了，頭兒不知道怎麼的就是不肯出來，我聽他的聲音也不大對勁……」

劉婭楠也跟著緊張了，「那你們就闖進去啊！」

觀止為難地說：「我們得服從命令，可夫人您不用的。」

軍人服從命令是天性，可也不用這麼迂腐吧？

劉婭楠也很為難，既然羌然命令這些人不能進去，就說明羌然多半有不讓人進去的理由，而且……你們怕事，難道她就不怕嗎？

可是觀止那麼認真地拜託她，想起觀止對自己的照顧，劉婭楠多少有點抹不開面子，她猶豫地從地上車下來說：「那我隔著門口問問看，不過他若不讓我進去……我也沒辦法。」

劉婭楠想得很好，羌然連這些人的面子都不給，更不可能會見她了。

不過她很奇怪，羌然是遇到什麼事，怎麼忽然就不出來見人了？尤其這個時候大家都準備好了，他突然掉鏈子，怎麼想也覺得不對勁。

不過讓劉婭楠驚訝的是，她以為自從不在夏宮住後，羌然肯定是住在什麼豪華的住所裡，結果到了地方後，她才知道羌然居然一直住在辦公室旁邊的小房子裡。

那地方看著就挺簡陋。而且羌然的辦公室本來就算不上豪華，所有的線條都是粗礦簡單的，就連椅子都是純木頭的，連個雕花都沒有，以此類推更知道羌然住的地方多樸素了。

這個時候觀止早已經躲遠了，劉婭楠也不知道之前羌然說過什麼，反正看觀止他們的樣子，顯然是羌然不願意讓這些人靠近。

她深吸口氣，履行職責般地敲了敲門，不過她沒敢太用力敲，意思意思地輕敲了兩聲，本以為羌然會在裡面大嚷一句滾開什麼的，結果裡面挺安靜的，她遲疑了下，又小聲地問了一句：「羌然，你怎麼了？沒關係的話，我、我就進去了……」

她說這話的時候並沒有真的要進去，而且看觀止他們一直沒進去的樣子，她猜這個小門肯定鎖著的，結果她剛扭那個門把，居然啪的一聲那門就打開了。

而且就在此時，裡面的人喊了一句：「滾開！」

可已經晚了，門已經打開了一個縫隙，劉婭楠還沒反應過來，就看見了巨雷的一幕！

兩個白花花糾纏著的肉體……我了個擦啊！

劉婭楠嚇得就要把門關上假裝沒看見，結果手往外一抓，不僅沒抓到門把，反倒還把門推得更開了。

不過也虧得門被打開了，劉婭楠才看清楚裡面白花花的是什麼。

雖然那玩意看上去很像人，不過那姿勢怎麼看也不是人能擺出來的。以前跟嫵媚他們同住的時候，她就沒少被這種充氣娃娃嚇到，只是她做夢都沒想到，會在這種地方看見羌然用這個！

這真是長針眼啊！

不過顯然裡面的羌然並不好過。

在她戰戰兢兢地連忙要關門的時候，羌然忽然開口了，那聲音簡直就是咬著牙縫迸出來的。

「妳給我進來！」

劉婭楠臉紅紅地走了進去，還體貼地關上了門，滿臉通紅地說：「你、你快點用啊……我、我們還等你……你、你別耽誤太久……」她說話的時候也不敢看羌然。

不過就算再遲鈍，她也覺得有什麼不大對勁的地方了。

羌然不是這麼沒分寸的人，而且這個時候還特意把她叫進來，顯然是出了什麼事兒，她大著膽子地抬起眼皮看向羌然。

羌然的臉比她還紅，而且他的頭上還有薄薄的汗，面部表情更是扭曲。

劉婭楠這次終於知道情況不對了，這個樣子的羌然顯然不是在享受。

劉婭楠躊躇地走了過去，雖然知道這樣不大好，可她的視線還是不受控制地落在那個充氣娃娃身上。

然後她就看見一張酷似自己容貌的娃娃面孔……劉婭楠瞬時就什麼都明白了，這是楚靈他們清剿的充氣娃娃吧？他們彙報的時候，羌然秉著不用白不用的那什麼的想法，拿過來用……然後出了意外吧？

她能說羌然是個傻大膽嗎！這種黑窩點小作坊的三無產品[2]他也真敢用啊！劉婭楠真不知道該說他什麼才好。

不過羌然好像很久以前就是個傻大膽，不然自己當初怎麼能在拘留室那種下九流的地方「性侵」他……

劉婭楠太尷尬了，她不是第一次面對羌然的裸體，不過在這種場合下，不管什麼樣的裸體都美觀不起來。

更何況他那還掛著跟她長得很像的充氣娃娃，這場景不管怎麼看、怎麼想，都挺變態的，她都不知道該說什麼好了。

最後她平息了半天情緒，才說道：「那、那你是不是卡裡面了？」

她看著他這個動作，猜想應該是這個問題，要不就他這個怪力王，什麼東西會不能瞬時就扯開，還用得著連觀止他們都驚動了。

羌然沒吭聲。

劉婭楠估計他肯定要尷尬死了。

劉婭楠也不知道該怎麼幫他，實在是心有餘而力不足，也沒有相關的經驗可以借鑑，可是都看見人遭難了，不管私人恩怨如何，也不能見死不救。

注釋——

2 三無產品：指無生產日期、無生產店家、無生產地址的產品。

更何況羌然在綁架案的時候，還曾經獨闖虎穴救過她……

劉婭楠遲疑了下，終於大著膽子走了過去，反正大家都袒裎相見過了，什麼情況沒見過，她覺得自己還是能扛住的，她小心地掀了下羌然蓋在身上的毯子，想確認一下他的情況。

然後只看了一眼，劉婭楠就嚇得把毯子又蓋上了。

太驚悚了！這羌然都幹什麼了，把自己折騰成這樣？他以為充氣娃娃也跟她一樣，隨便折騰也不會反抗的嗎？現在給充氣娃娃欺負狠了，被報復了吧？

劉婭楠有點無語，情況可出乎意料地嚴重！這可怎麼辦啊？

而且這些日子以來，羌然英明偉岸的形象算是長著翅膀飛走了。

劉婭楠欸了一聲。

她都替他疼得慌，他都怎麼忍的，做這種事情肯定不會在天亮時做，估計昨天晚上就發生了，然後他一直忍著，估計還想盡了各種辦法，結果反倒越來越加重了。

都這樣了，他還強忍著什麼，劉婭楠真心理解不了他，這個時候孰輕孰重？

她小聲勸著他：「要不找醫療組的人來吧？你若覺得尷尬，就找一個靠譜的人過來，命令他別說出去就好了。」

羌然依舊不肯動，也沒有任何動作，他甚至不看她。

劉婭楠倒沒生他的氣，將心比心，這事兒要落她身上，她估計都有揮刀自宮的衝動，更何況這人還是個領導。

隨便叫個人來都是自己的手下，那臉還不丟出太陽系去。

「那我先告訴觀止他們，讓他們把出訪的事兒延後……」

「不用。」羌然深吸口氣，又一次試圖把自己從那該死的東西裡抽出來，不過很快地他的臉又扭曲了下。

劉婭楠趕緊勸他：「你別著急。」

她想起自己當年戴戒指拿不下來的事兒了，她說：「要不我去拿點潤滑油之類的，你等等我……」總得想想辦法。

劉婭楠跟做賊似的，到了外面後，觀止正一臉擔憂地看著她。

羌然都忍那麼久了，為的就是不讓別人發現。

她沒敢直接拿潤滑油，不過洗髮精、護手霜那些倒也能湊合著用，她把自己的箱子從地上車的後車廂搬了出來。

中間觀止詢問她的時候，她還說道：「沒事兒的，頭兒，喔不，羌然還有些東西沒收拾好，我跟他一起收拾收拾。」

等再進去的時候，劉婭楠又一次打開毯子，這次她觀察得可就仔細多了，而且她表現得很鎮定，完全是用救苦救難的醫者心態去觀察瞭解情況。

她終於明白為什麼羌然會越弄越糟糕，充氣娃娃都變形了。

而且就那地方的顏色來說，還真是挺厲害的，她覺得再不處理，羌然下半輩子就用不著充氣娃娃了。

不過灑上潤滑的東西試了兩次依舊不行，此時劉婭楠也著急了。

幸好她這個人還算有耐心，她把自己修眉用的鑷子找了出來，小心翼翼地一邊潤滑著那地方一邊努力地弄出縫隙來，她緊張得手心都出汗了。

人生這玩意兒總跟她開各種各樣的玩笑，把她當球似地踢來打去。

不管怎麼樣，劉婭楠覺得經此一役，她大概跟羌然更沒有任何可能了。

一個男人最尷尬、最不想讓親密的人看到的窘態，她都已經看到兩次，之前的性侵倒還好一些，現在這個……她都不知道傲氣的羌然以後會怎麼對她，要是換作她的話，估計這輩子都不想再看到這個人了……

不過在她小心翼翼地努力下，情況倒是有了些許好轉，只是眉毛鑷子顯然是不夠看了。

幸好羌然房間裡有一些工具，只是她不大會用刀子那些，而且怕會傷到羌然，所以就格外小心謹慎。

中間大概是觀止他們實在等不及了，又跑過來催了一次。

劉娅楠只好在房間裡手忙腳亂地回答：「哎呀別催了，女人需要準備的東西很多，你不知道啊？等一會兒就好了！」

她做這些事兒的時候，羌然一直沒有看她。

她也努力不去想這是羌然的傢伙，她只是在幫人而已，她就當自己是個醫生好了，醫生不就是救死扶傷麼。

她跟羌然不一樣，他因為體位的原因，有些地方壓根看不到，她倒是比他強多了，可以三百六十度沒有死角地看，也便於觀察判斷哪些是可以擴張扭開的。

慢慢地，一點一滴地，她終於弄好了，其實羌然要是能心平氣和的話，估計也能自己弄好。她猜著肯定是羌然太激動了，遇到這種情況又羞又囧的，有些失控才沒處理好。

現在見著羌然安全脫困，她由衷地開心起來，只是站起來時才發現自己蹲的時間太長，腿都蹲麻了，她當下就踉蹌了一下，羌然離她很近，很快就扶了她一把。

在被羌然碰到的那刻，劉娅楠卻跟被火燙到一樣，嚇得把手縮了回去。

主要是剛看了那麼多特寫鏡頭，她真有點心理障礙了。

她不敢再待在房間裡，趕緊往外走，同時腦子裡盤算著出去得找個藉口，幫羌然要點消炎藥、創傷藥。

這沒下限的人生啊，什麼時候才是個頭欸！

等劉婭楠找到藥後，羌然也穿戴整齊上車了。

地上車的空間很大，後座就坐著他們兩個人。

觀止坐到副駕駛座的時候，就發現後座的兩人跟約定好似地，一個頭向左扭、一個頭向右扭，中間留出詭異的大大空隙。

觀止知道最近兩人正在冷戰，不過此次出行，作為羌家軍的形象代表，觀止還是盼這兩位能給廣大圍觀群眾營造出夫妻恩愛的氛圍。

觀止進言道：「頭兒，咱們這次出行地上車特意調換了可透視的窗戶，您是不是跟夫人坐近一些？」

羌然繃著臉，一副動物凶猛、生人勿近的樣子。

劉婭楠倒是喔了一聲地挪了下屁股，稍微向中央坐了坐。

可是因為羌然不配合，所以從觀止那個位置看過來，就好像劉婭楠坐在正中央，羌然只是陪同一樣。

觀止也不知道這兩人在鬧什麼彆扭，不過頭兒都那個臉色了，觀止也不敢再說什麼。

路上還算順利，車子開得極其穩，很快就有巨大的遊船過來接他們。

然後車子穿過人聲鼎沸的窮人區、富人區，再陸續加快速度，別看只是地上車，可車速卻快得厲害。

劉婭楠坐不習慣，很快耳朵就跟堵了似的。

倒是觀止留心到她的情況不對，連忙讓司機把車速放慢了一些，而且觀止還特意打開舒緩的音樂給她放鬆。

立體聲的音樂環繞在身邊，不知道是不是觀止故意選的，那聲音柔和優美，就跟情人的低語一樣。

走了好一會兒，終於到了狹長的紅色山脈，日落大道是一條長長的通道，遠遠看去一眼望不到頭。

漸漸地劉婭楠他們終於駛入了西聯邦的地界。

在路上的時候，羌然一直是神情莊嚴地看著車窗外面。

劉婭楠也不大敢去看他的臉，因為在那張俊臉下，她滿眼看到的都是兒童不宜的巨大特寫。

只是出人意料的是，跟之前的窮人區、富人區震耳欲聾的歡呼和彩旗飄飄相比，這個西聯邦的歡迎儀式顯得特別嚴肅。

剛一駛入西聯邦區，劉婭楠就納悶起來，路上非常安靜，店鋪都是緊鎖著沒有營業，一個行人都沒有。

劉婭楠跟著就有些緊張，不斷深呼吸著。

地上車的車速已經逐漸慢了下來，在臨近傍晚的時候，他們終於駛入了西聯邦菲爾特家族的所在地。

那是一座帶著尖角的高大建築物，圍繞著那座建築物的是一圈紅色的圍牆，雖然有圍牆阻擋著，不過還是有高大的樹從圍牆後探出來努力伸展著，這裡跟羌家軍的感覺完全不一樣，也跟富人區不一樣。

劉婭楠瞬時就有一種時光穿梭的感覺，簡直就跟跑到了中世紀一樣。

而且就在她這麼想的時候，菲爾特家族黑色的大門打開，一對騎著白馬的騎兵迎了出來，那動作整齊劃一，很快就停到了他們面前。

在觀止還沒打開車門前，劉婭楠就聽到了禮炮聲，那聲音可真大，羌然已經從車上下去了。

劉婭楠知道自己不該亂瞄的，可還是忍不住瞄了眼羌然的動作，然後她就發現羌然的動作可利索流暢，一點都看不出有什麼不妥，這傢伙還真是能忍！

等劉婭楠從車內下去的時候，她能感覺到所有的人目光都投向她。

她努力地鎮定著自己。

不過現在看來，西聯邦的人都喜歡留長髮，她的視線先是在那些騎士的面上巡了一圈，然後又注意到這些西聯邦的人五官長得比較深邃，眼睛的顏色並不全是黑色的。

她一下就想起小田七了，這麼看來，小田七的五官跟這些人倒有些相似的地方。

她正打量著那些人，很快地在那些騎士後面就走出一個人來。那人長得非常特別，銀色的頭髮、碧色的眼睛。

等劉婭楠注意到那人的時候，那人也正在打量著她。

那人微微頷首，跟繆彥波見到她後的誇張表情、和何許有錢見到她的態度相比，這個人溫和得就像個紳士。

劉婭楠遲疑了下，趕緊也點了點頭。

這個菲爾特族長的態度不冷不熱的，既不奉承她，也不冷落她，只是看向她的視線總給她一種審視的感覺。

因為時間的關係，這一天也沒什麼具體的行程安排，劉婭楠一直亦步亦趨地跟在羌然身後，不管是揮手致意，還是走上旋梯，劉婭楠努力地不讓自己犯錯。

她知道自己很笨，所以在很多地方，她都格外小心注意。

除了太過緊張導致神情不太自然外，劉婭楠覺得她這次的表現應該算是可圈可點。

可在觀止他們這一群隨同人員看來，所有人都覺得那兩位太不對勁了。頭兒再冷、再傲，可在外事活動上也沒這樣過，現在的頭兒簡直就跟杆標槍似的，那副別惹我心煩的樣子太明顯了。

而劉婭楠雖說沒出錯，可女孩特有的溫柔和氣卻沒有了，簡直就跟個機器人似的，動作都很呆板。

一直到所有的流程都走完，準備用餐的時候，劉婭楠才終於放鬆下來，等一吃完飯，他們就可以回房休息了。

只是吃飯的時候她也不敢太放鬆，這個地方的椅子都是雕花的，椅背更是又長又大。

她以前看電視，什麼西方的紳士要幫女士拉椅子，她還覺得那是西方人對女人的尊重，現在她算是想通了，這椅子真沉，她估計要沒個男的幫忙拉，還真的拉不開。

就在羌然為她拉開椅子的瞬間，她下意識掃了一眼羌然的褲子，她覺得自己看得很快，可還是被敏感的羌然給察覺到了。

然後羌然很快地瞅了她一眼，那表情就跟惱了一樣。

劉婭楠這下可不敢亂瞄了，心虛地低著頭，就像是做錯事兒，安安靜靜地等著開動。

很快地菜被擺了上來，菜式精緻，味道也相當不錯，這裡的每一樣菜點都用精美得跟藝術品似的小碟子裝著。

別的菜色倒是還好，唯獨有一道煎香腸，劉婭楠看見後，表情瞬時就扭曲了一下，然後之前一直不能心意相通的兩人，偏偏在這個時候就心意相通了，幾乎是不約而同地瞟了一眼對方。

兩人瞬時都鬧了個大紅臉，然後就都吃不下飯了。

終於把所有行程上的事兒都熬了過去，等下就是休息蓋被睡覺了。

雖然說在菲爾特家做客，不過門口依舊會有羌家軍的人做警備，劉婭楠跟羌然被安排在同一間臥室。

裡面的布置自然是奢華漂亮的，床更是大大的，上面還刻意用玫瑰擺出了一個心型。

劉婭楠頭皮有些發緊，又一次瞄了眼羌然。而且都已經進到房間裡，又沒有外人，他怎麼還不脫褲子啊？就白天的那個情況，那地方現在怎麼樣了？

劉婭楠一想到這個，就趕緊把自己的行李箱找了出來，出發的時候，她特意找醫療組要了些藥，當時說是要預防用，其實就是想著這時可以給羌然用。

只是拿著藥，人還沒靠近羌然，她就已經緊張得手都哆嗦了。

羌然正坐在沙發上脫軍靴。他低垂著頭，眼睛更是往下看，在她靠近時，羌然長長的睫毛抖動了下，然後跟慢動作一樣，他緩緩地抬起頭來，面無表情地看著她。

劉婭楠緊張得都快說不出話來，臉更是臊得紅紅的，「給你藥，你、你一會兒記得擦一下……防、防止感染……」

羌然沒吭聲，也沒去接那個藥。

劉婭楠又想起那詭異的特寫鏡頭了，欸，太有心理障礙了。

她現在倒是不怕羌然了，那樣的羌然她也沒法怕，她完全是臊的，簡直都不敢看羌然第二眼，忙把東西放在羌然面前的茶几上，就跑到大床那裡去了。

她努力鎮定著自己，試圖靠收拾大床來轉移自己的注意力。

不過她在收拾的時候，一直都留意著羌然的情況，這個傢伙怎麼了？都這麼半天了，也不見他脫褲子上藥，那地方本來就傷著，還這麼捂著多不舒服啊！

劉婭楠怕他不好意思，連忙又提醒了一句：「你、你要是不好意思，你就去洗手間弄……」

結果說完了，羌然也跟沒聽見似的，那態度簡直就是故意跟她嘔氣一樣，劉婭楠真不知道他在瞎嘔什麼氣。

她已經把被子、枕頭都整理檢查好了，實在無事可做的劉婭楠，又看了一眼羌然，最後她嘆了口氣走了過去。

這一次她把藥分別打開，需要外敷內服的，她都弄好了，還把水也準備出來。跟哄孩子一樣的，她想起小時候班裡尿床的那個男生，記得那個男生自從被人知道尿床後，就跟長了刺的刺蝟一樣，其實想起來，好像雄性這種生物有時候就是喜歡死要面子活受罪。

她以前哄羌然都是為了討好羌然，怕羌然傷害自己，想跟羌然搞好關係，這次倒是全然發自內心，不想這個傢伙嘔氣嘔得那地方都發炎感染，於是她像哄孩子似地哄著他：「別耽誤時間了，真感染了，到時候更麻煩，來，把藥吃了。」

羌然抬頭看了看她，又看了看她手心裡的藥。

他的表情一直都是嚴肅的，就跟想要維持最基礎的體面一樣。

不過不管他表情多嚴肅，表現得多嚇人，說真的，見過那樣的羌然之後，劉婭楠已經很難再被他嚇到了，她沒當面笑出來已是給他面子……什麼人才能二到把自己弄成那樣啊！

劉婭楠很自然地回望著他，不管他表現得多凶悍，可在她眼裡，羌然已經成了全副武裝的刺蝟，刺蝟那東西看著渾身是刺，可她曾經養過一隻，那東西不管背上多硬，可轉過來就會發現肚皮很軟，把刺分開了，還能看到一張又囧又可愛的面孔。

這麼一想，劉婭楠的語氣不自覺就放柔了起來，「別嘔氣了，又不是被別人看見了，只有我看到，再說我早就見過了……」

羌然的眼睛很快地瞇了一下。

劉婭楠卻不覺得他是在生氣，這傢伙就是搞不清狀況！

她主動握住他的手，把藥塞到他手裡催促道：「別跟自己過不去了，你不是挺聰明的嗎，其實你該慶幸，被我看到總比被觀止他們發現強，而且我肯定不會說出去的，你可以放心。」

羌然的表情一直都繃得緊緊的，到了這個時候雖然臉色還是很不好，可終於不抵觸了，他接過她手裡的水，和著藥大口吞了下去。

劉婭楠笑了下，又把那些需要外敷的藥推到他面前，叮囑道：「那你自己上藥吧，我去洗手間躲著，等你上好藥了，告訴我一聲我再出來。」

劉婭楠說完以後就去洗手間躲了一會兒，等再出來的時候羌然已經弄妥當了，甚至已經換好睡衣。

兩個人還是有些尷尬，劉婭楠也能理解他。

等兩個人躺在床上的時候，因為知道羌然的刑具暫時還無法使用，劉婭楠就挺放鬆的。

倒是羌然全身都緊繃著，躺在床上就跟個僵屍似的。

劉婭楠背對他躺了會兒，因為一直睡不著，她又轉了過去，大概是覺得劉婭楠不會轉過來，羌然的表情有點憂鬱。

結果一看見她轉身了，他立刻又跟刺蝟一樣把刺都豎了起來，臉更是繃得緊緊的，雖然他表情變化得很快，可劉婭楠還是看到了他那一臉憂鬱的樣子，唉，這倒楣孩子啊！

劉婭楠也怕他從此有了心理陰影，再也不敢用充氣娃娃了，一旦他真不用了，就得找別的替代品，為了不讓自己上木驢，劉婭楠覺得自己還是有義務幫他把這個心結打開。

她試著鼓勵他：「羌然，其實你們男人用那個很普遍，我知道的人都有在用，像是觀止看著一本正經的，我聽楚靈他們說，觀止一次就團購六個……還有我以前的那些同事，都最女人裡面的，也都有用。」

見羌然沒吭聲。

劉婭楠膽子也大了起來，「再說你那個完全就是意外，商品不合格啊，誰拿來用都會有問題，對吧？」

為了讓羌然重拾對充氣娃娃的興趣，劉婭楠又跟推銷員一樣地推銷了起來。

當年嫵媚他們買的那些，她倒是有幸見識過一二，雖然很不願意，可在那時候還是被嫵媚他們科普了不少有關充氣娃娃的知識，比如材質、性能……

她詳細地說：「據說帶振感的最好，品牌也很多，有一些做得尤其好，你不要因為一根爛木頭，就損失欣賞一片森林的機會。」劉婭楠一邊說一邊觀察著羌然的表情。

羌然的表情淡淡的，也瞧不出是開心還是不開心，不過一想起他今天遭遇的那些，她就覺得羌然又囧又可憐，她同情心爆棚地撫摸了下他的手臂。

就跟安慰似的，他們靠得如此之近，因為羌然再也不是那個有威脅性的男人了，所以劉婭楠在床上一點防備都沒有，整個人都是放鬆的。

「我知道那種疼。」她更是以過來人的身分同他說：「別看不是什麼大毛病，可是疼起來真要命的！之前跟你做的時候，頭幾次差點沒疼死我，你也看見充氣娃娃什麼樣了，其實那時候我比充氣娃娃還慘呢，現在想起來我都覺得跟噩夢似的……」

說這話的時候，羌然倒是難得地低頭看向了她。

他還真是一個英俊的男人，不管從什麼角度看，都會覺得賞心悅目。

因為已經是過去的事兒了，劉婭楠笑著回望著他的眼睛，做著大方的樣子說：「不過都過去了，沒關係了。」

說到這裡，劉婭楠倒是忽然想起什麼來，她連忙跳下床，小跑著倒了一杯水給羌然，一邊遞過去，一邊叮囑：「對了，你得多喝水，不然上火就麻煩了，你別因為有傷就不喝水，這都是經驗之談，要是上火了會更難受。」

【第五章】

傲嬌男的自尊

劉婭楠覺得奇怪了，這是又要有什麼神展開？難道劉廢物要成劉女王了？這劇本不對啊！熊成這樣的女王有沒有啊？

劉婭楠終於忍不住問向羌然：「羌然，他們怎麼會送我皇冠？還有女王是什麼意思？」

羌然淡淡地扭過頭去，一臉妳才知道的表情，「妳不是嚷嚷著要尊重、要權利嗎？」他挑了挑眉頭，「我說過妳找繆彥波不如找我，我一樣可以幫妳做到，還可以做得更好。」

給羌然喝過水後，劉婭楠忽然覺得肚子有點餓，晚餐雖然豐盛，可惜被煎香腸給耽誤了。

再者白天又趕了一天車，羌然他們這些軍人習慣了行軍的時候風餐露宿，可她在那種快速移動的地上車內，別說吃東西了，坐久了都會覺得特別累、不舒服，這個時候人一放鬆起來，就覺出肚子空了。

幸好劉婭楠來之前想到飲食不習慣的問題，特意帶了一些小點心，她連忙又從行李箱裡翻出來，自己揀了幾樣，又把其他的遞給羌然。

羌然沒有在床上躺著吃東西的習慣，劉婭楠卻是習慣得很，邊吃邊用手托著那些點心渣跟羌然閒聊。

羌然看著她的臉，還有不斷動著的嘴巴，其實整個人什麼都聽不進去。

有些點心渣掉到了劉婭楠的脖領子裡，羌然又看著劉婭楠用手扯著領子去撣身上的點心渣，結果因為光顧著脖子那的點心渣，手上的一沒留神都掉在了枕頭上，劉婭楠又手忙腳亂地整理枕頭套。

之前還算整潔的房間，很快就變了個樣，點心、藥物隨意地擺著，還有劉婭楠非要留在床頭的水杯。

劉婭楠是真的累了，白天坐了一天車，晚上又要小心地應酬，在羌然打量房間的時候，劉婭楠就打著呵欠沉入了夢鄉。

羌然看著她的睡臉，盯著她看了好一會兒，才終於嘆了口氣，睡下了。

等第二天劉婭楠醒來的時候，就看見晚上還跟僵屍一樣直挺挺躺著的羌然，又恢復原狀，睡覺特別不老實，還把胳膊壓在她的肚子上。

劉婭楠欸了一聲，把這個睡得沉沉的羌然叫了起來，今天可是有大事要談。

劉婭楠不知道他是不是還在不好意思，不過她倒是好多了，兩人按部就班，一言不發地洗漱完，劉婭楠又跟想起什麼似的，叮囑著他上藥。

這一天可是所有安排中最重要的一天，她知道羌然要跟那些人談要緊事。

等羌然出去後，劉婭楠也不敢亂跑，隨便吃了一些早餐後，就在附近走走。

雖然中間有菲爾特那邊的人過來邀請她去什麼玫瑰宮，不過她有了酒店綁架案的教訓，哪裡還敢亂跑，不過這個住所的走廊裡倒也有不少可以看的東西。

那一幅幅的畫像看著就很古老，有男有女的，大部分都是單人的畫像，服飾都特別華麗，高矮胖瘦什麼樣的都有。

不過在走廊盡頭，她倒是看到了一幅非常簡單的畫，跟之前那些色彩豔麗的相比，這幅畫裡的女人衣服太單調了，身上更是一件裝飾品都沒有，唯一的那個皇冠更是簡陋得可以，別說沒有寶石鑲嵌，就連造型都是特別簡單，而且跟那些人華麗的背景比，這個女人背景只是一個簡單的牆壁。

而且這個女人也沒有任何誇張的動作，姿勢也不是特意擺出來的，她手裡很自然地拿著針線，看樣子好像是在縫補什麼，而畫家所捕捉的那一瞬間，正是這個女人神情溫柔地看著什麼。

劉婭楠隨後就看見在畫的右下方，有一張不起眼的嬰兒床，床上躺著胖胖的嬰兒，嬰兒的手伸展開，顯然想要摸媽媽的臉。

她留心到畫下面的字跡：菲爾特一世。

畫面上這個孩子是菲爾特一世？她納悶地走了幾步，然後忽然跟想明白什麼似的，她看錯畫的順序了，這幅簡單的畫像應該是第一幅，這裡所有的畫都是菲爾特家族的畫像。

她又按照正確的順序看了一遍，隨後她就豁然開朗起來。

原來這是菲爾特家族的歷史，從很簡陋的小房子，到現在的古堡。後來畫像大部分都是男人了，漸漸地沒有了那些女人，然後就斷掉了。

她大概明白了，以後的繼承人都是再生人了，沒有再畫畫像。

不過走到最後一幅畫的時候，她仔細地看了看，就覺得畫像裡的人跟迎接她的那個人長相差得挺遠的。

而且那人眼睛的顏色，又讓她忍不住想起了小田七。

而且這些畫裡的人都是淺顏色的頭髮，她記得以前看過一篇報導，東西方的人一旦通婚後，大部分都會長出黑色的頭髮，那這麼看來，菲爾特家族的人那些年很少跟東聯邦的人通婚。

劉婭楠一邊看一邊琢磨著。

到了晚上，大概是重要的事情談完了，菲爾特的族長要宴請他們。這次族長親自作陪，劉婭楠為了應付這個場面，特意換了一身衣服，在就餐的時候，更是打起了十二分的精神。

那排場大得她手心都在出汗。

統共就三個人而已，可光伺候的人就有一個連了，有人專門拿著各種飲料的壺在旁邊等著，還有各色的餐具。

吃到六成飽的時候，又有一道大菜要上來了，只是這次的菜不是端上來的，而是由兩個人抬上來，那盛菜的盤子可大了，上面還罩了大大的金屬罩子。

劉婭楠深吸口氣，不知道主人要款待他們什麼？

結果那罩子一打開，她就被驚了下。

那完全就是一個剛刨出來的樹根，上面還沾著好多泥土似的東西。劉婭楠臉色變了一下，不過很快她就鎮定了下來，拿起勺子來舀了一小點那種泥土樣的東西，等那東西到了鼻子邊的時候，一聞到味道，她就放下心了。

幸好她來的時候做了好多功課，雖然正經東西沒學到什麼，不過因為她喜歡烹飪，難免在查資料的時候假公濟私一下，偷偷查了一些餐飲上的講究特色。

像這種東西一般人都不會注意到，她卻因為太奇特了，都記了下來。現在看到這道菜，她一下就認出來了，這不就是傳說中的附根菌類，就跟蘑菇、蟲草那類一樣。

就好像好吃的鮭魚要生吃保持原味一樣，西聯邦的人也喜歡用這種生吃的方式保持食材的原始滋味。

只是不知道她吃不吃得慣，她試著吃一點，那口感簡直就跟要融化的巧克力一樣，味道非常奇特，簡直是她至今為止吃過最為神奇的東西。

而且那麼小小的一點，她吃到嘴裡卻覺得整個口腔裡都瀰漫著那種香氣。

菲爾特的族長一直在看她的表情，見她露出笑容來，就問道：「味道還好嗎？」

劉婭楠遲疑了下，對那人說道：「味道很特別，尤其是口感，很像巧克力的感覺。」

那人淡淡地說道：「這是菲爾特一世最愛吃的一道菜，曾經在玫瑰花園裡大片種植過，可是自從女人消亡後，就很少再種了，夫人喜歡的話，我會命人重新種植。」

劉婭楠不懂得他們這種宮廷的禮節，她靦腆地笑了笑，眼睛倒是瞟了眼身邊的羌然，羌然還是那副外交專用表情。

倒是回去的時候，劉婭楠跟羌然又經過了那個掛滿畫像的走廊。

就跟劉婭楠一樣，羌然也抬頭看了幾幅，只是羌然看得很奇怪，每次都是看看她，又看看那些女人的畫像，像是是在比較似的。

劉婭楠就納悶地問他：「你在看什麼？」

戚都沒有。

「看妳跟這些女人的區別。」

劉婭楠一下笑了，「那區別肯定很大。」

那都是皇族的女人，她哪兒比得上，別說她家三代以內，就算刨開祖墳也找不出一個當官的來，她可是從裡到外、從古至今碩果僅存的平民百姓，絕對是根正苗紅，就連給政府看大門的親戚都沒有。

不過大家總歸都是女人麼，她也跟開玩笑一樣，學著其中一幅畫的樣子擺著姿勢，想像著自己在彈琴，只是既沒有琴也沒有椅子，所以做出來的姿勢就跟騎馬蹲襠式一樣……

羌然也沒說什麼，表情淡淡。

劉婭楠忽然就有點不好意思了，自從羌然出事後，她好像有點太活潑了。就跟壓在頭上的一座大山忽然出了裂子，讓她發現那山也是血肉之軀一樣，至少在她看來，不那麼完美的羌然變得親近了一些，也不那麼壓得她喘不過氣來了。

不過跟羌然這麼安靜地走一走也滿不錯的。

她在旁邊，跟講解員似地給羌然科普：「我今天在這看了整整一天，我就在想這些人都該是什麼樣的，你看這個，看她擺的姿勢就知道了，她多半很喜歡彈琴，看畫像裡還有一架鋼琴，這個肯定是喜歡養貓，有這麼多貓。」

走到第一幅畫像前，她忽然停下腳步：「這個一定很勇敢……」

在那個沒有婦產科，也沒止痛藥的年代，女人生孩子就跟玩命一樣，還有撫養孩子那些，怎麼想也是辛苦得不得了，可是這個女人的表情卻那麼恬淡。

她忍不住就多看了幾眼，跟那些女人相比，她總覺得這幅畫像是最漂亮的，那女人的臉上就跟罩了一層柔光一樣，特別慈祥安寧。

羌然倒是想起什麼似的，忽然問她：「妳怎麼知道那道菜？」

劉婭楠喔了一聲，趕緊解釋：「我怕自己出醜。」她已經不知道鬧過多少次笑話了，「因為我很笨，所以就想多知道一些事兒，省得到時候又鬧笑話，只要找得到的資料我都看了，亂七八糟的那些看得特別多，也沒什麼用上的，不過幸好有點用，至少沒被那道菜嚇到。」

說話的時候，劉婭楠多少有些不好意思，不過心裡卻是雀躍的，終於做對了一件事，要是羌然能誇她一句就更好了，她小心翼翼期待地看向羌然，結果他卻已經扭頭去看畫了。

自從被她見識過那副樣子後，羌然就總躲著她的視線，每次她看過去的時候，他都會很快地別開眼睛。

其實劉婭楠真不覺得那有什麼，這羌然得純情成什麼樣啊，現在還緩不過來。

等回到臥室的時候，劉婭楠還是按部就班地收拾著床鋪。

只是時間還早，她知道羌然一時半會還睡不著，她另外找了一個墊子給羌然靠在背後，她很用心照顧羌然，她能感覺到羌然跟她的關係在修補中。

雖然羌然還是淡淡的，不過誰讓他那什麼被她看見了，估計面皮怎麼也得緩段時間。

躺到床上後，兩人都睡不大著，劉婭楠轉過身去，問了他一句：「對了，你今天跟他們談得還順利嗎？」

羌然側開一點位置，一隻胳膊支撐著自己，回道：「還好。」

劉婭楠把被子拉高，蓋在自己的身上，看著近在咫尺的羌然。

羌然半撐著身體，他的位置比她高一些，他看向她的樣子，忽然就給了劉婭楠一種錯覺，她以為他要俯身吻她。

不過很快地，羌然就跟要躲開她似的，就把身體往後退了下，結果因為往後靠得太多，他整個人咚的一聲就掉了下去，劉婭楠聽著都覺得疼得慌。

而且就連外面的警衛都聽見了，在門口紛紛叫著：「頭兒，沒事吧？」

劉婭楠趕緊憋著笑，對門外的人喊著：「喔，沒事，是我把東西碰掉了。」

等羌然從地上起來的時候，為了顧及他的面子，劉婭楠低著頭都不敢看羌然了。

怎麼辦，現在只要看到羌然的臉，她就想笑，不管羌然表現得多麼驕傲，可那個光屁股的羌然太有殺傷力了……

就跟要找回面子一樣，等他們重新躺好，羌然再開口的時候嗓子都低沉了下去，簡直跟刻意的一樣，裝腔作勢地說道：「明天走的時候，需要找人把這裡都清理一下，像是妳的頭髮這些都要做好處理。」

劉婭楠喔了一聲，其實這些行程單上都有，她努力地憋著笑。

「然後……回程的時候我想給自己放兩天假。」

這個倒是頭次聽說，劉婭楠當下就欸了一聲。

不過很快地劉婭楠就想到，羌然是在跟她商量嗎？她看了他一眼，快速地回道：「行啊，你正好可以養養傷。」

不知道為什麼，在她說這句話的時候，羌然的眸子忽然變深了一些，有什麼情緒在他的眼眸裡湧動了下。

然後羌然很快就翻過身去，跟自言自語一樣地說：「還有正事呢，等處理完……再……」

劉婭楠也不知道他說的等處理完是什麼意思，不過這樣的羌然真是越來越順眼了。

而且第三天的安排還真是不錯，簡直就像主人帶著他們吃喝玩樂一樣。

劉婭楠能感覺出對方的用心，不管是帶他們參觀還是打獵。只是帶他們去附近莊園打獵的時候，劉婭楠有點緊張起來，那個菲爾特族長應該是好意的，想要讓羌然試試騎馬，其實這種事原本對羌然來說不算什麼，可是劉婭楠卻知道此時的羌然能夠面不改色地走路就很不容易了，還要騎馬，那不是找罪受嗎？

反正也是遊戲性質的，不騎也沒什麼關係。

劉婭楠很怕羌然不知道愛惜自己的身體，她趕緊抓著他的胳膊，跟小貓似地扯著他的手臂撒嬌：「羌然，你別騎馬了，陪我走走不好麼……」

羌然低頭瞟她一眼，他是聰明人，當然明白劉婭楠的用意，他很快就做出為難的樣子，回絕道：「看來我得婉拒了，沒辦法，我是妻管嚴，什麼都要聽老婆的。」

劉婭楠沒想到他能把老婆兩個字叫得這麼自然。

不過等她想鬆開手時，她就發現羌然的手居然向她伸了下。

劉婭楠一開始還沒反應過來，直到羌然又一次地把手伸向她，她才明白過來，這是羌然要握她的手吧？

以往兩人走在一起，不是她加快速度追趕他的步伐，就是他刻意減慢速度等著她，這麼輕握著她的手，卻是頭一次，而且還是這麼正式的場合。

她把手交過去的時候，不期然地對上了羌然的目光。

只是一對上視線，羌然很快地就別過了頭去，劉婭楠笑了下，知道他還在尷尬。

估計這是要營造夫妻恩愛的氛圍，她很自然地把手讓他握著。

羌然的手心暖暖的，跟她握在一起的時候，能感覺到他一直試圖找出一個合適的力道來。

跟從小就跟小夥伴拉慣手的劉婭楠不一樣，羌然還是頭一次跟人手拉著手地走路。

不過兩人倒是默契十足，不管是去餐館還是打獵，劉婭楠一直都跟羌然手牽著手，那副樣子簡直就跟要去度蜜月的小夫妻一樣。

一切都滿順利的。

大概是被人握著手，劉婭楠發現只要在羌然身邊，她就不那麼緊張了。

在所有的活動進行完，就要離開的時候，那個菲爾特家族的族長忽然表情嚴肅地拿出一樣東西來。

而且本來歡送的場面很熱烈，可在那個瞬間，忽然所有的人都停了下來，那場景簡直就跟慢動作一樣，所有的目光都盯在了那個盒子上。

菲爾特族長走得很文雅，他走到她的面前，小心地打開木盒子。

他從裡面拿出一樣東西來，那是一頂很樸素的小皇冠。大概是純金打造的，不管是款式還是做工，都很粗糙，而且也沒有鑲嵌寶石，可這個菲爾特族長捧著皇冠的表情卻是莊嚴肅穆。

而且那個皇冠看著很眼熟，好像她在畫像裡看到過。

對！就是第一幅畫像裡的那個女人戴的！

看著對方恭敬地把那東西捧到自己面前，劉婭楠覺得自己的呼吸都停住了。她下意識地看了看羌然，在羌然的示意下，她深吸口氣，小心翼翼地把那個皇冠接了過去，這東西可真沉，她不知道這是怎麼個狀況。

可在她接過皇冠的瞬間，她卻聽到聲音就好像炸開了一樣，不管是儀仗隊，還是那些侍從，無數的人呼喊著女王……

羌然倒是知道什麼似的，走上前一步，主動抱了抱菲爾特族長。

劉婭楠這下更覺得奇怪了，這是又要有什麼神展開？

難道劉廢物要成劉女王了？

這劇本不對啊！熊成這樣的女王有沒有啊？

等坐進車內的時候，劉婭楠終於忍不住問羌然：「羌然，他們怎麼會送我這個？還有女王那些，是什麼意思？」

羌然淡淡地扭過頭去，一臉妳現在才知道的表情，「妳不是寫了那麼多頁紙，嚷嚷著要尊重、要權利嗎？」他挑了挑眉頭，「我說過妳找繆彥波不如找我，我一樣可以幫妳做到，還可以做得更好。」

劉婭楠忽然就說不出話來了。

被男人送花討好簡直弱爆了有沒有啊！羌然這是要給她個皇冠啊！本來就沉的皇冠此時更是沉甸甸的了。

劉婭楠捧著那個皇冠，簡直都覺得這玩意要長出刺來了，她就知道不該聽專家的，聽一次就歪一次。

所以他做這些事兒，都是因為她寫的那些紙，她是提過尊嚴也提過權利，可是這個是不是大了一些？

唉，腦電波不同步真是要人命啊！

劉婭楠真覺得自己的腦袋都大了，這都哪個跟哪個啊！可她要說她不是這個意思，女王她也做不來的話，她會被羌然一巴掌糊牆上不？而且這人也是太實在了，下這麼大力氣幹麼啊？

心煩意亂的劉婭楠在路上的時候，就跟尋求慰藉似的，不著痕跡地摸了摸羌然的手。

她覺得自己做得很快，應該不會被察覺，可羌然還是順著手的位置看向了她。

在看到她臉的時候，羌然終於忍不住露出一點點的笑容，就跟小刺蝟終於露出了小小的肚皮一樣，羌然很快地反握住她的手，就跟握到什麼寶貝一樣，他如獲珍寶地握著她的手。

他就知道她會感動。

羌然要去度假的地方，就在紅色山脈附近。

劉婭楠還以為那個地方挺荒涼的，因為去的時候她見著紅色山脈上都沒什麼植物，結果在車子開入紅色山脈後，她才發現這山脈還真是千奇百怪。

在日落大道那裡看，就跟光禿禿的山一樣，可真開到山裡，那些植被卻越來越多，尤其是當車子漸漸駛入密林時，視野也逐漸變得開闊起來。

在路上的時候，劉婭楠有聽到他們要去的地方，觀止在跟羌然確認目的地時提了一句，他們要去的地方應該是西聯邦跟東聯邦交界處的白色別墅。

路倒是不遠，開了沒多久後，地上車就緩緩地停了下來。

等車子一停穩，觀止就機靈地幫劉婭楠打開了車門，看到劉婭楠傻不愣登地抱著那頂皇冠，觀止忙又找了盒子裝那個重得要死的皇冠。

劉婭楠在隨行人員忙碌的時候，抽空看了看面前的別墅，純白色的建築，造型特別簡單，沒有一點修飾。如果不是車子停在這裡，壓根不會有人注意到這裡會有這麼個地方。

他們隨行的人很多，只是小別墅太小了，有很大一部分人需要在外面紮營，不過隨行人員都是軍人出身，對於野外生活早都適應了。

劉婭楠看著那些人熟練地弄著帳篷，那場面倒真跟野營似的。

就是劉婭楠有些納悶，羌然說來這度假，可是等她進到白色小別墅裡，卻發現這裡也太簡陋了些。

而且從別墅另一面的窗戶看出去，劉婭楠就有點傻眼，本來以為這是隱在密林裡的別墅，結果從另一面看出去，卻發現這壓根就是建在峭壁上，她往下看了眼都覺得眼暈。

而且這個地方男性氣息太濃了，進門後連個沙發都沒有。

羌然倒是心情挺好，只是很奇怪，一進到別墅裡，羌然就把跟著他們的警衛打發了，讓他們出去站崗。

劉婭楠也沒多想，習慣地打開箱子，準備找睡衣和洗漱用品，正找著，羌然忽然湊了過來，路上兩人的手一直是握著的，劉婭楠不知道怎麼的，再被羌然靠近的時候，就覺得臉燙燙的。

羌然最近都不怎麼跟她說話，也不怎麼看她，可此時卻臉帶興奮地叫著她：「別收拾了，我帶妳去後面看看。」

劉婭楠欸了一聲，後面不是懸崖嗎？

羌然行動力很快，壓根不管她要不要去，已經拉著她的手往別墅後門走去，劉婭楠這下更納悶了，後門那不是峭壁嗎？那地方有什麼好玩的？難道找她攀岩？

結果羌然一打開後門，劉婭楠就驚住了。

她早該知道，羌然肯定不會去普通的地方度假！

果然！劉婭楠簡直被自己眼前的一切給驚呆了！在這麼個毫不起眼的地方，居然沿著別墅的後門，鬼斧神工地修了一部通往下面的升降梯！

靠！這工程簡直逆天了！她一開始還覺得這個地方全無特色，此時跟著羌然坐在電梯裡的時候，看著峭壁兩邊的景色，她整個人都呆住了，這簡直就是電影裡才會有的景色！

而且坐升降梯的時候，不知道羌然是怎麼操作的，降到一半時電梯忽然就停下了，然後羌然就指給她看日落。

本來他們離開西聯邦的時候就不早了，此時的太陽正在漸漸西沉，原本就跟被火燒過似的紅色山脈，從他們這個角度看去，再加上夕陽的餘暉，美得簡直就跟一幅畫一樣。

當初的人是怎麼找到這個地方的？她瞪大了眼睛，心情都跟著波瀾壯闊了。

羌然扭過頭來，看著她的臉，就跟知道她在想什麼似的，為她解說道：「在東西方戰爭的時候，第六代的羌然曾經受傷在此休養身體，一次偶然的機會，他發現了這個地方，在戰爭結束後，他把當初的據點做了改動，修成了現在的白色懸梯，我幾年前來過一次，一直覺得這裡的日落很美。」

劉婭楠點了點頭，真的是很美。

只是在看過日落後，羌然並沒有直接帶她回去，劉婭楠注意到他特意從升降梯那拿了一個照明燈似的東西。

升降梯依舊在向下降落著，天已經暗了下來。

依附著峭壁的升降梯卻不是直通下方，在離地面還有幾十公尺的時候，電梯終於停了下來，羌然此時也終於打開了手裡的照明燈，然後劉婭楠看到附近有一個像是山洞的地方。

她已經驚得不知道說什麼好了，簡直就跟土包子一樣，羌然又一次地把手伸向她，她跟夢遊仙境的愛麗絲一樣，被羌然拉著手，走到了山洞裡。

山洞倒是沒什麼太特別的，除了一些晶體外，她能感覺到的就是濕乎乎、陰森森，而且地面很不好走，還有些滑，幸好羌然一直在牽著她走。

劉婭楠也不知道羌然要帶她去哪裡，往裡走了一段路後，就聽見了水聲。

然後道路豁然開朗，她先是看到照明燈都照不到盡頭的高高頂部，隨著往裡走，她的視野越來越開闊，之後就看到了一個冒著熱氣的池子。

劉婭楠當下就欸了一聲，這是溫泉嗎？

她看了看大概的情況，這個地方應該是被人整理過，純天然的岩石不是這樣的，所以羌然是帶她過來泡溫泉？

她這麼想著的時候，羌然卻跟期待已久般，先是找地方把照明燈放下，隨後就開始脫衣服。

看著羌然脫衣服的動作，劉婭楠不由得趕緊提醒他：「不要吧？你的傷口好了嗎？沾到水會感染的。」

「已經癒合了。」羌然脫衣服的動作快得不可思議。

劉婭楠喔了一聲，可還是有點擔心，但又不好說你讓我看看這種話。

這個時候羌然已經跳到溫泉裡了，也不知道這個溫泉有多深，看著羌然才走了幾步水就到胸口那了，這麼看來這個池子還滿深的。

不過劉婭楠倒也不怕，反正她學過游泳，度假麼，就是要放鬆，再說她土包子一個，還真沒泡過溫泉。

她沒敢脫太多衣服，只把外套、褲子脫了，就下到水裡。

水溫比想像的還要熱一些，不過真是舒服，而且這個池子沒有那種刺鼻的硫磺味，也不知道是什麼原理導致這裡有這麼個熱水池。

她剛進到水裡，就被熱氣熏得微瞇了下眼睛，等她再張開眼睛的時候，羌然已經到她身邊了，幾乎是挨著她的，他聲音沙啞地說：「這個地方可以讓人放鬆……」

劉婭楠當然知道，只是羌然靠這麼近，讓她緊張起來。

而且最近幾天羌然一直都主動避開她的，可此時的羌然眼神顯然跟看見大餐一樣，他整個人都冒著熱氣的，臉更是都紅透了，呼吸急促地打在她的身上，他傷口才剛癒合，就又要那個什麼了嗎？

劉婭楠下意識就往邊上挪了挪，所以羌然迫不及待地帶她過來，是要弄個鴛鴦浴嗎？既然木驢修好了，她還是跑吧……劉婭楠二話不說就要往岸上溜。

羌然也沒說話，在她要爬上去的時候，他伸手就抱住了她的腰。

她的力氣一般是推不動羌然的，不過也是趕巧了，羌然大概是沒踩穩，她掙扎的時候，本能地一腳踢下去，就把羌然踹倒了。

等她爬到岸上的時候，卻看見羌然居然還在水裡撲騰著，劉婭楠起初沒弄懂是怎麼回事，因為按說羌然那樣的人，不該不會游泳，可看著對方撲騰了好半天，她忽然覺出不對來了。

劉婭楠趕緊又跳到水裡去拉羌然，藉著水的浮力拉著他上來。

到了水淺點的地方，她才鬆開他，劉婭楠真無語了，這麼強大的一個男人，居然也有這種Bug嗎？

她怕他再突襲她，她跳到岸上，跟他保持著安全距離。

一時間兩人都沒有說話，倒是劉婭楠實在是好奇死了，她還以為羌然什麼都不怕，他怎麼可能連游泳都不會？她小聲地問：「你、你不會游泳啊？」

羌然站在及胸深的溫泉裡，因為是側著頭，劉婭楠也看不清楚他的表情，過了片刻他才淡淡地解釋：「這有什麼奇怪的，西聯邦的人百分之四十都不會游泳。」

百分之四十！劉婭楠真是被嚇一跳，她身邊的男人雖不能說百分之百會游泳，但純旱鴨子還是很少見，百分之四十這個機率是打哪來的？

「怎麼會這樣？」她忍不住又問了一句。

羌然依舊淡淡地回道：「誰小時候沒被水嗆過，後天有些心理障礙也是很正常的事。」

劉婭楠這才明白過來，原來如此！她見過那些被倒吊的小孩子被水沖什麼的，她就知道，那麼做肯定有後遺症，不過羌然小時候也被那麼沖過嗎？她還以為他這種身分地位的，小時候應該是不一樣的。

她問了一句，羌然無所謂地回著，大概是被劉婭楠拒絕，他的口吻有些冷淡。

「我可沒被嬌生慣養過，不管是從出生還是後期的訓練，羌家軍信奉的可是適者生存。」

聽了這話，劉婭楠點點頭說：「不過不被嬌養跟故意虐待還是不一樣的，那種用水沖的方式太恐怖了，我知道那個會有後遺症的，所以弄養育院時我還特意把那個沖水的程序改了改，我給你說啊……」

她伸出手指來，她的手指很嫩很白，在深色的岩石上比劃的時候，尤其顯得纖細瘦弱，可是她的動作卻很快，帶著很大的熱情地說：「我設計的是這樣的洗澡程序。」

家裡親戚生孩子的時候，她有去醫院看過，她模仿那些設備，又加上了一些自己的想法，還跟小田七他們討論了好久，「這樣設計的話……就很厲害了，你看這下就不用沖水了。」她說完就得意地抬起頭來，「如果你……」

話才說完，站在水裡的羌然早不知道什麼時候到了她身邊，在她抬頭的瞬間吻了上來。

劉婭楠覺得有些奇怪，她伸出胳膊想要推拒，可是手很快地被羌然握了住，熱氣熏得人暈暈的，她的大腦有瞬間缺氧，她知道自己被旱鴨子拽到了溫泉裡，溫熱的水包圍著他們，她緊繃的肌肉漸漸放鬆起來。

但呼吸卻是急促的，而且不光是她的，她能感覺到他的呼吸比她的還要急促。

在接吻的間歇她又看到了他的眼睛，他們對視著，望著彼此……

他托著她的身體，她跟被誘惑一樣地閉上了眼睛。

起初的時候還是很疼，不適應的感覺很強烈，她的身體繃緊了，羌然肯定也在緊張。

明明已經不是第一次了，可兩個人都不斷地試探彼此。

「還好嗎？」她聽見羌然啞著嗓子問道。

她也說不清楚，她整個人都依附在羌然身上，水的浮力讓她喘不上氣，可身體很溫暖，而且也沒想像中的疼，反倒是一種很陌生的感覺，她說不準。

她的手無所適從地撫著羌然的後背，而且身體隨著他的動作在微微戰慄。

他在吻她，嘴唇、眼睛、耳朵、脖子……

她遲疑了下，就跟後知後覺似的，也回吻了起來。

身體被點燃了，就跟被喚醒了一樣，她以前不能理解男女間的歡愉，因為那些只會讓她覺得疼，可是現在有點不同起來，很像舞蹈。

他的手托著她的臀部，他們緊密地貼在一起，摩擦著彼此。

視線焦灼著，不斷地靠近著，呼吸也連在了一起……

劉婭楠就跟要暈倒一樣，以前她也這樣過，那時候她恨不得趕緊暈過去好熬過酷刑，可現在不大一樣了，有陌生的感覺在她身體裡竄動著。

在回到岸上休息的時候，羌然把她放在懷裡，她趴在羌然的身上，好像羌然是她的大墊子。

他們都沒有說話，在那之後，羌然又抱著她進到水裡。

他們又做了一次，這一次羌然的動作變得很大。

她感到些微吃力，主要是體力上的，她堅持不了那麼久，很快就覺得累了。

羌然卻沒有停下，他抱著她，水因為他的動作不斷地上湧著，她的肩膀、臉頰都被濺起的水花浸濕了。

一直到劉婭楠肚子餓得咕嚕嚕叫的時候，兩個人才乘著升降梯重新回到別墅裡。

他們很快地吃完晚飯，劉婭楠能感覺到羌然在吃飯的時候，一直在看她，在用腳碰她的腿，她的身體因為他的碰觸在戰慄，她不知道自己的身體發紅是因為溫泉還是因為情動那些……

只是不知道為什麼，在床上做的時候，劉婭楠還是會覺得疼。

最後兩人又乘著電梯跑到溫泉那做了一次，一直做到劉婭楠筋疲力盡暈了過去。

等第二天醒來的時候，劉婭楠發現自己在床上，她迷迷糊糊地揉了揉眼睛，才猛地想起來自己昨晚太累了，好像做到一半的時候睡著了。

她有點囧住了，這個……做那什麼做到一半睡著了……她都不敢想羌然的表情會是什麼樣？

她趕緊坐起來穿衣服。

劉婭楠腦子裡也是亂亂的，不過身體倒是很舒服，不知道是不是因為泡溫泉，就連皮膚都是滑滑的。

她在洗漱的時候，特意照了照鏡子，就看見鏡子裡的自己，臉色粉嫩粉嫩的，氣色特別好。她深吸口氣，等穿著睡衣走出去的時候，就聽見羌然在外面正在同觀止他們說著什麼。

劉婭楠當下就有些奇怪，雖說羌然對手下不錯，可羌然很少跟下面的人聊天，尤其還是聊打獵那些話題。

此時她就聽著門外的羌然像是跟換了個人似的，簡直是喋喋不休了，而且她透過門的縫隙，看見觀止一副被嚇到的樣子。

包括觀止身邊的那幾個警衛，都是戰戰兢兢的，不管羌然說得多麼熱火朝天，沒一個人敢接話，因為所有人都察覺出羌然不大正常……

劉婭楠知道自己不能總躲著，在聽了一會兒後，她終於小心地推開了門。

羌然大概聽見了開門的聲音，他扭過頭來的時候，就看見了穿著睡衣的劉婭楠。

劉婭楠穿衣服一向很保守，在這種純男世界，她一直都很注意，可饒是這樣，還是露出了脖子的吻痕，而且不光是脖子，就連小手臂那也有一些。

當時覺得很過癮，可現在看起來，劉婭楠的脖子簡直都有點慘不忍睹了，而且一想起昨晚兩人發生的那些，羌然忽然就紅了臉。

就連觀止他們也察覺出了兩人的尷尬，那些人趕緊識趣地告辭走了。

等那些人一走，整個空間就只剩下他們了。

劉婭楠也挺不好意思，她躊躇了下，正想著要說點什麼，羌然已經開口問她了：「肚子餓了嗎？」

劉婭楠點了點頭，羌然身邊就放著早餐。

等她過去的時候，就被羌然拉住了，他很自然地把劉婭楠扯到自己懷裡，讓她坐在自己的腿上，頭抵著頭，他關心地問著她：「昨晚疼了嗎？」

劉婭楠不好意思地搖了搖頭，不明白這洞房花燭的感覺是怎麼個意思。

而且之前不是沒做過的啊！比昨晚難度更高的動作都演習過的！

現在卻跟新婚小夫妻似的，要不要這麼傻啊！

劉婭楠覺得很神奇，她都不知道自己跟羌然的關係怎麼就變得這麼融洽了。

難道說兩性關係真就是兩性關係？和諧的ＸＸ生活既有利於家庭團結，又利於社會穩定，還具有消炎止痛、平心靜氣的功效？

劉婭楠坐在羌然的腿上，跟做夢似地吃著早飯，只是在吃飯的時候，還要被人參觀實在是太怪了。

吃點心、喝粥外帶吃鹹菜，用不著這麼不錯眼地看吧！又不是參觀動物園，看見大貓熊掰竹子都要看上半天……而且這傢伙知不知道自己很帥啊？這麼盯著她，她會很緊張的！

劉婭楠都不知道飯菜是什麼滋味了，只覺得特別緊張。

羌然的手偏偏還時不時地在她身上撫摸著、碰觸著她，身上一陣癢一陣癢的，劉婭楠飯都吃不下去了。

她知道他大概又在激動了，她也被他摸得渾身麻酥酥的……

之前還覺得那什麼真是痛不欲生，但在經過那什麼之後，就跟開竅了似的，只是這個感覺也變化太快了。

所以說這就是處男處女開葷了，然後一發不可收拾？

湊合地吃過早飯後，因為還有時間，羌然又迫不及待地帶她去溫泉。

氤氳水汽間，在相對密閉的空間裡，劉婭楠很快地被羌然脫去了衣服。

這個山洞在照明燈的照明下，給人一種彷如仙境的感覺，而且羌然的樣貌那麼出色，此時頭髮濕漉漉的，原本凌厲的眼神現在也帶上了暖色。

在劉婭楠看來，簡直就跟水墨畫中的人一樣，漂亮得讓人心悸……而且這個場景太美了。

劉婭楠很有一種自己在跟人拍三級片的感覺，所有的動作都被打上了柔光，表情動作、還有呼吸都是綿軟纏綿的……可是現實又是最勁爆的Ａ片，她的身體被羌然不斷衝擊著。

因為害羞，她什麼話都說不出來，只能依靠本能抱緊羌然。

身體是舒暢的，就好像食髓知味一樣。

羌然之前對她做過很多很過分的事兒，什麼性愛十六式那些，簡直都跟耍雜耍一樣，不管是動作還是角度都太高難度了，現在的動作卻是最原始的，可也是最纏綿的……

劉婭楠終於有些明白了，所有的事情都是有步驟的，經典動作之所以是經典動作，就是因為它的易上手好操作，更適宜初學者。更重要的是不管是做什麼，團體項目都是需要配合的。

實力差距太大，就要努力地配合實力弱的那一方，此時的羌然就在體諒著她的柔韌度，沒有再讓她做那些匪夷所思的動作，她既不用扭腰也不用踢腿了。

只是剛吃過飯做這個，肚子總有點不舒服。

水汽也蒸得人難受，昏昏沉沉的，劉婭楠不知道做了多久，覺得身體都跟不是自己的一樣，羌然終於放開了她。

這次羌然倒是準備充分，還帶了毯子下來。

看她氣喘吁吁的，羌然就把她放到毯子上，用毯子包裹著她，在她躺在岸上休息的時候，羌然就在水裡學游泳。

劉婭楠頭髮濕漉漉的，因為靠近溫泉，有水汽熏著，又有毯子的，她倒是不覺得冷。

她用手支撐著自己，盯著水裡的羌然。她挺擔心他的，小時候被水嚇過的人，哪有忽然就不怕水的，聽羌然話裡的意思，好像他們這種人只要把頭伸到水下，就會下意識地覺得憋得難受。

不過看羌然的意思，倒是真的想學會游泳。

在那嘗試著把頭伸到水下後，連一秒鐘都沒到，羌然就又把頭抬了起來，臉色也不是太好，看來在水裡憋氣對他來說還是太難了。

劉婭楠忙在岸上叫著他。

羌然涉水來到她身邊，站在齊腰深水中的男人，身上有很多傷疤，曾經為了救她，他的後背受了很重的傷，只是他身上的傷太多了，她有些分不清楚具體是哪一處。

她伸手摸了摸他的後背。

兩個人靠得如此之近，就連呼吸都會打到對方的身上。

她的手指慢慢下滑，終於伸到水裡握住了他的手指，水溫很暖，他的手心比水還要熱一些。

她望著他的眼睛，明明有好多話想說，結果卻不知為什麼，親吻了起來。嘴唇交融著，先是輕輕地碰觸著，然後吻逐漸變得激烈起來，在她還沒反應過來前，她又一次被羌然拉到了水裡。

在停下那個吻後，劉婭楠才終於說道：「我來教你游泳吧……」

她從沒想過自己可以教羌然什麼，可她現在確實是在教著羌然，而羌然也很有耐心地聽她講解，這場景太溫馨了，簡直就跟在夢中似的。

她臉紅紅的，努力一本正經地說著自己游泳的心得，她也沒怎麼系統地學過游泳，當年暑假報了個班，學了點自由式，其實動作壓根不怎麼標準，只是不會沉下去而已。

怎麼閉氣、怎麼在水裡游泳，她說得也有些亂。可羌然領悟得很快，在她試著讓他憋氣的時候，她陪著羌然一起潛到了水裡。

然後羌然在水裡又吻了她一次，那不是學習，劉婭楠覺得羌然大概是在同她調情……

她有些明白，為什麼有人喜歡形容情侶是並蒂蓮了。

她跟羌然在水中就是那樣，有點像是嬉戲，又有點像是調情……

可漸漸的，羌然還是學會了游泳，而且到了最後，羌然游得比她還好。

等劉婭楠再到岸上休息時，當她把手伸到水裡，羌然已經可以很輕鬆地在水裡游著靠近她的手指了。

偶爾他還會故意起來親親她的臉頰，然後又很快地游走。

劉婭楠不記得那天他們做了多少次，只知道到最後的時候，她全身跟散了架一樣，腿更是軟得不得了，上升降梯的時候，還是羌然背著她上去。

大概是被羌然背著，在回去的路上，劉婭楠難得仔細打量了這個洞穴，然後她就發現在洞穴口的壁上還有一些刻上去的字。

她覺得奇怪，忍不住就伸手摸了摸石壁上的字，這些字可真漂亮，看得出來當初刻這些字的人，力氣很大，而且字寫得也特別好。

在經歷了那些歲月後，雖然有些模糊了，可用手摸的話，還是能感覺到那些筆劃。

「這是當年青侯留下來的。」羌然很自然地告訴她。

劉婭楠卻覺得奇怪了，「青侯是誰？」

「就是大家說的那個侯爺。」羌然說得挺漫不經心。

欸，劉婭楠光聽人說什麼侯爺侯爺的，想了半秒，她才反應過來，羌然是不會說侯爺那種尊稱，因為按地位來說，羌然跟侯爺應該是競爭又是戰友的關係吧？她一下好奇起來，「他怎麼會在這種地方題字？」

「在他決定把所有財產捐出去的時候，那一代的羌然曾經請他過來度假。」

這可就更神奇了，劉婭楠還以為那兩人一直都是競爭關係。

就跟要幫她解惑一樣，羌然說：「據說那一代的青侯跟羌然是不錯的朋友。」

「一直都是嗎？」劉婭楠問了一句。

「不一定。」羌然笑著告訴她：「再生人又不是翻版，脾氣性格都是不同的，要都是關係惡劣的話，不可能有當年的那個盟約。」

劉婭楠也想起那個來，其實有點擔心，萬一來了個侯爺想玩3P要怎麼辦？她就很想問一句，到時候你真會按盟約來嗎？可是看到羌然看她的目光，劉婭楠忽然覺得那種問話很傻。

於是她把自己的手輕輕地交到羌然的手心裡，羌然習慣地用手指劃著她的指腹，那感覺酥酥麻麻的。

回到房間後，羌然就跟她躺在床上休息。

他的手放在她的身上輕輕撫摸，她聽著他的呼吸。

兩人也不知道要說些什麼，這麼久以來身體頭一次和諧起來，性也成了享受。

可兩人反倒沒什麼話說了，因為都不想打破難得的平和，他們只知道撫摸對方。

等返程的時候，隨行人員都發現那兩位的不同。

來前還一左一右，跟怕傳染似的兩人，在回程的時候，簡直都要成連體人了。

劉婭楠一直在小聲地同頭兒說著什麼，頭兒也會俯下身，露出會心的笑。

而且在車子行駛到一半的時候，頭兒居然還很體貼地讓車停在路邊休息一會兒，因為夫人坐不習慣快速行駛的地上車。

看著跟在夫人身邊的頭兒，觀止他們都傻眼到不行，這是多麼的不可思議，外加讓人起雞皮疙瘩啊！

因為走走停停的，等車隊行駛到東聯邦的時候，天色已經有些暗了，等從富人區穿過的時候，劉婭楠就覺得情況有些詭異。

就像有多麼喜慶的事情發生了一樣，地上到處都是那種彩帶。

而且她在車內坐著的時候，就看見不遠的摩天大樓間，有四維立體的圖像打出了一個巨大的人形影像。

那是一個穿著華麗服飾的女人，劉婭楠發現那影像的五官雖然做了微調，可仔細看的話，那影像不正是她嗎！而且那個影像上的自己還戴著個皇冠，上面特意打出了五顏六色的珠寶！

最神奇的是，頭像後面還掛個圈，那圓圈還一閃一閃的！

簡直就是聖母光輝普照大地的風範啊！

劉婭楠目瞪口呆，就聽見外面跟衝擊波似的，不斷地有聲浪湧了過來，只是聲音很嘈雜，隱約是什麼女王萬歲、聖母萬歲……

劉婭楠腦袋就有點懵。

她下意識就往天上看了一眼，果然就見天上又開始折騰了，無數的新聞媒體跟空戰似地，正在天上邊打邊航拍。

她就有點傻眼了，沒想到她要做女王的消息會傳得這麼快，這是黃袍加身的加強版嗎？之前她還想著跟羌然商量下，別當那個女王了，折騰那個做什麼？可此時看見這個陣仗，劉婭楠就有點蒙住了。

不管是富人區還是窮人區，劉婭楠聽到的都是讓人熱淚盈眶的呼喊聲。

劉婭楠覺得這已經不是開金手指的問題了，這是開了金手掌啊！

車子順著預定的路線駛回了羌家軍的地盤。

平時車子停下之後，都是觀止先下車，跑去給劉婭楠開車門，可這次他才剛跳下去，就看見頭兒早已經下車去給劉婭楠開車門。

然後劉婭楠就跟兔子一樣蹦了出來，那兩位又跟黏了強力膠似的，很自然就手拉著手了。只是前來迎接他們的第二軍團，似乎都有了什麼難言之隱似的，站著敬禮倒還沒感覺出有什麼異樣，等一開始走動了，劉婭楠就敏感地留意到那些人走路的樣子很奇怪，腿更是一拐一拐的。如果只是一兩個人這樣她不會亂想，可呼啦啦十多個人都這個毛病，楚靈更是跟得了歪眼似的，都不敢看她……劉婭楠瞬時就有了一種不大好的猜想，看來喜歡使用三無產品的傻大膽不止羌然一個人啊！第二軍團被三無產品滅團了吧！

她下意識地瞟了羌然一眼，她不知道羌然是不是也注意到了。不過看羌然的表情好像沒有，可是接下來羌然說的話，又有那麼點不同尋常。

劉婭楠就聽著羌然輕飄飄地給楚靈他們安排加訓的科目，什麼翻越障礙、急行軍、負重長跑……等楚靈他們跟赴死似地一拐一拐走遠後，劉婭楠忍不住嘀咕了一句：「欸，這樣會不會……太……」

「這只是正常的訓練而已。」羌然拉著她的手，跟邀功般地說：「來，我帶妳去看新安裝的浴池。」

劉婭楠是真佩服羌然了，這得什麼腦子、什麼行動力！

等到夏宮的時候，她就看見那個誇張得跟性用品似的浴池。最近兩天她跟羌然簡直是形影不離，她真沒想到羌然在百忙之中，還能為今後的生活做出如此周到的安排，而且還能安排得這麼專業！果然是領導人的頭腦啊，連一天都不耽誤的！

只是世事難料，就在劉婭楠準備換衣服的時候，她發現了一個很不幸的情況……

蜜月大殺器——大姨媽到訪了。

【第六章】

甜蜜生活

劉婭楠努力跟他溝通：「羌然，你覺得我能勝任嗎？」

她有自知之明，女王跟她的差距應該是從北極到南極吧？

「能的。」羌然摟著她的腰，自信的樣子，簡直就像她不做女王是多大的浪費。劉婭楠真希望能分她一點自信，她揪了揪他的耳垂，小聲嘟囔：「那可是女王啊！」

「妳就是我的女王。」羌然說得太自然了。

以至於劉婭楠都愣住了，不好意思地低下頭去，頭對著頭跟羌然貼在一起。

等羌然匆忙地把事情處理完，興沖沖地要回來試試新型浴缸的功能時，劉婭楠就告訴他這個不幸的消息。

羌然的臉色立刻就像被人下了老鼠藥似的，劉婭楠以前挺怕他的，可見到這樣的羌然，別說怕了，反倒還想揉揉他的頭髮哄哄他。

兩人都有點食髓知味，奈何趕上這種不可避免的官方休息，羌然沒法，只好跟她做些友愛和諧的休閒活動。

可是已經開過葷的孤男寡女，就算想要做純蓋被聊天的活動，終歸身體也是不做主。

兩人剛溫情無限地躺了一會兒，羌然忽然就忍不住似的，整個人都爬到了劉婭楠身上。劉婭楠緊張死了，很怕他讓自己做那個、做這個服務，結果緊張了半天，卻發現羌然只是拉她的手過去摸他。

她就臉紅紅的，很不好意思，把自己藏在被子裡。羌然也跟著鑽了進去，兩個人的衣服漸漸被拉扯著減少了。

劉婭楠死活地扯著自己的睡褲，終於讓羌然消停了一些，她不大敢看羌然的臉。

她沒想到自己有一天也會享用「美色在前」這四個字。

大概是怕自己又會忍不住，羌然休息了一會兒，難得地帶她玩起了遊戲。劉婭楠還是頭次知道那個玻璃牆還可以當成遊戲牆，雖然在她的世界已經有一些3D的遊戲，比如拿著球桿打球、打高爾夫，然後螢幕上會即時顯示結果。

可按真實的感覺來說，這裡的技巧顯然要強很多，那些遊戲場景就做得身臨其境般，而且音效也是立體的。

羌然先是弄了一些射擊類的遊戲，可惜劉婭楠不怎麼會玩，打起來也亂七八糟。最主要是打到獵物後，血花四濺的特效也做得太真實了，就連獵物倒下抽搐的樣子都跟真的似的，劉婭楠一見這個就有些肝顫，最後就怎樣都不肯玩了。

可她現在情況特殊，別的太劇烈的運動她做不來，最後羌然就說要教她玩一種遊戲棋，不過光聽規則，劉婭楠就要被繞進去了，最後劉婭楠想起五子棋來，就問羌然要不要玩簡單一些的。

不過劉婭楠沒覺得自己可以贏過羌然，因為羌然一直說她笨，再說她腦袋是不大靈光，當年上學的時候，她的五子棋就下得不好，可不知道羌然是不太會玩還是怎麼的，頭幾次居然都輸給了她。

這下劉婭楠可眉飛色舞起來，手指輕點觸螢幕，每落一子都要抬頭去看羌然，那樣子就像在得意似的。

羌然每一次都會回望著她，中間還會用手去摸她的頭髮。她跟受到感召似的，也把手伸了出去，只是她沒有去摸羌然的頭髮，而是摸了摸他的耳垂。

只是到了晚上，劉婭楠忽然肚子疼了起來。

她一直都有痛經的毛病，這次來大姨媽能拖到晚上才疼，已經算是不錯了。以往她都會忍耐著，該怎麼樣就怎麼樣，這次大概是被人寵著，劉婭楠就把自己裹在被子裡，想喝水了，她就會試探著問道：「羌然，能麻煩你幫我倒杯水嗎？我想喝水。」

於是水很快就遞了過來，羌然的動作很快，劉婭楠就抱著被子看著羌然的臉笑。

只是在要吃晚飯的時候，觀止忽然神色緊張地走了進來，他平時有話從不會背著她，此時觀止卻跟有什麼難以啟齒的事兒似的，走到羌然耳邊悄聲說了幾句。

然後劉婭楠就看見臉色從來都不會驚慌的羌然，忽然表情變了一下。

羌然也沒說什麼，只狀似平常地拿起外套，一邊穿著，一邊對她說：「老婆，我有事出去一下，妳先自己吃飯，我晚些回來……」說完羌然就跟著觀止出去了。

劉婭楠覺得不對勁，等羌然一走遠，她立刻打開電視。就憑羌家軍現在這麼受人矚目，出大事的話，估計新聞上早已經有蛛絲馬跡了。

隨後劉婭楠就在電視裡看到了繆彥波的臉，繆彥波以女性維護人的身分，正一臉得意地對著鏡頭說：「是的，我們已經找到了侯爺，目前我們正在同羌家軍溝通中，希望他們可以遵守最強契約。」

劉婭楠一下就傻在屏幕面前了，這是怎麼樣的神展開啊？這個繆彥波還真從旮旯角裡找到那個侯爺了？

然後電視鏡頭一轉，一個算得上清秀的男人在聚光燈下走了出來，要說相貌的話還真有五、六分的相似，只是那個人，劉婭楠跟這些人精待慣了，很容易就能區分出什麼是人精、什麼是棋子。這個人明顯氣質不夠，也沒那種氣勢，要說像的話也只是臉像而已，不過也許侯爺的再生人就該是這樣的？

劉婭楠瞬時都覺得腦袋疼了，這是一波未平一波又起。

在她準備轉臺的時候，羌家軍的代言人已經官腔十足地回覆了政府的難題。

劉婭楠就見一臉軍人模樣的發言人，言簡意賅地闡述了羌家軍方面對繆彥波一行人辦案不力的意見，還有對於此次侯爺身分的疑點，外加羌然的一份聲明。

聲明裡第一次公開表示，他不是言而無信的人，但要在對方確實地證實自己的身分後，他才可以履行職責，而能夠確認對方身分的唯一辦法就是……

劉婭楠簡直都能想像出羌然說那句話的流氓樣子。

雖然那是官腔十足的一句話，可按道上的話來分析，說白了那就是一句：你他媽畫出道來，咱們比比！

要再粗俗點就是：是騾子還是馬，拉出來遛遛！

下面的那些專家分析，各地感言、群眾調查什麼的，劉婭楠就沒再繼續看，估計民間是不會說羌然好話的，羌然這個人以前名聲就差，自從有了她後，在普通人眼裡簡直就是加了「更」字的跋扈。

她安安靜靜地吃著飯。

等羌然回來的時候，羌然也沒跟她提發生的事，反倒還問了問她晚上吃得好不好？劉婭楠都一一跟羌然說了。

等洗漱完畢後，上床的時候，她主動抱了羌然，羌然的身體很暖和，手掌更是熱熱的，覆在她肚子上正好可以驅驅宮寒，只是羌然不能理解為什麼女人來月經會肚子疼，具體怎麼個疼法，兩人抱在一起的時候，劉婭楠給他科普了半天，他也沒聽懂。

羌然不斷地問：「是像刀砍，還是被刺扎？」

這種事兒沒親身經歷的真的很難理解，劉婭楠沒法了，她每次來大姨媽都會腳涼，她把自己的腳伸到羌然的肚皮上，同他說：「就是肚子涼涼的。」

羌然沒有避開她的腳，反倒把睡衣掀起來些，讓她的腳直接貼到自己的肚皮上。

羌然渾身上下都跟鐵板一樣，就算是肚皮也有很結實的腹肌，每一次他呼吸的時候，她都能感覺到。

以前覺得他滿是肌肉，現在有了些親密的關係後，劉婭楠真覺得男人有這樣的腹肌看起來特別性感。

「那……」在沉默了片刻後，劉婭楠忽然主動地說了起來，就算會被羌然罵笨蛋，她還是想跟羌然說些正經事，「那個侯爺的事，你是怎麼想的？」

說話的時候她看著羌然的眼睛。

羌然倒是沒太意外，摸著劉娅楠涼涼的腳，因為不習慣跟人商量事情，也沒跟任何人彙報過自己做事的方式，過了好半天他才說道：「這是繆彥波想要噁心我。」

劉娅楠抬起頭來，看著他的眼睛。

羌然不太習慣地說：「這件事我會處理好。」

兩人多少有些不太適應這種轉變，如果能做愛就好了，劉娅楠想，沒有比那個更讓人覺得親密的了。

她把身體靠近羌然，用力地摟抱他。

✿

第二天劉娅楠雖然還在不舒服，不過她還是早早起來，跑去找小田七他們。

倒是羌然臨出門的時候跟她說，菲爾特家族的人有送一些當地的特產給他們，東西都在外事部那裡，她可以挑選一些送給小田七他們。

以前羌然不在意這些事的，現在劉娅楠能感覺到，這個心很大的男人，也在小事上開始改變自己，努力配合她。

不過那些禮物劉娅楠還真是求之不得，她趕緊跑去選了一些菲爾特當地的特產，讓那些保安人員幫她提著，就去找小田七他們了。

分開了幾天而已，等再見到小田七的時候，劉娅楠就發現這個小傢伙最近可真能長，簡直就跟吃了催生劑似的。估計也是羌家軍的伙食好，現在這小傢伙都到她的肩膀了。

她趕緊把那些特產都拿了出來，跟獻寶似地分別送給小田七跟野獸。

野獸倒是滿沉默的，自從見了她後，就只知道瞅著她看。

劉婭楠也順便說了說出訪的事兒，還提到了傳聞中的菲爾特族長，因為據說菲爾特族長輕易不露面，她詳細地說了說，那個人給她的感覺滿淡薄的，總覺得這個菲爾特族長沒什麼特色。

倒是小田七在聽完她那些話後，忽然說道：「姐姐，其實真正的菲爾特族長是不會公開露面的。」

劉婭楠當下就欸了一聲。

小田七忙解釋：「我看過很多菲爾特家族的報導，真正的菲爾特族長不管在什麼場合，都沒有露過面，我想羌家軍也明白這個，只是大家都沒有明說。」

劉婭楠倒沒想到會這樣，不過是不是本人，她倒是無所謂了。

趁著這個機會，她把得到皇冠的事，給小田七和野獸他們說了說。

其實自從回來後，她就一直想跟羌然提這個，她總覺得這次的金手掌開得太大了，可看羌然的樣子好像還挺開心似的，他們關係難得這麼融洽，劉婭楠就有點說不出口，而且她也在猶豫，畢竟這是很大的事，平民百姓的給個村長當當也許不會動心，可給個女王……那簡直就跟天下掉了金餡餅一樣，都要把她砸暈了！

小田七倒是很支持，「姐姐，我早就說過妳是最合適的人選，而且對那些聯邦政府的人來說，比起羌然稱帝，他們肯定更希望由妳來當……」

劉婭楠沒想到小田七的心還滿大的，只是她這麼廢材行嗎？她拿不定主意地看向野獸。

野獸最近是一天比一天更穩重了，此時更是回望著她的眼睛，一臉平靜地告訴她：「在我心裡，妳就是最合適的女王。」

劉婭楠都被他說得臉紅了，誰沒個公主夢，更何況是女王，真是挺心動的……

而且野獸隨後還說了些養育院的事兒，通過他的分析，劉婭楠也大概明白了，如果她有這麼個名譽主席的頭銜，再遇到跟聯邦政府扯皮的時候，多少都會有些幫助。

中間休息的時候，趁著小田七去查資料，劉婭楠忽然想起侯爺的事了。

她趕緊打開電視，又看了一會兒追蹤報導，野獸也抬頭看電視上那個英俊的男人。

那個男人正被許多記者包圍著，可以看得出來，他整個人都有點不在狀況內。

羌家軍真是咄咄逼人，羌然一臉大流氓的樣子，早把道畫出來了，此時就是在逼著對方上套，劉婭楠也不知道羌然是不是在嚇唬對方。

而繆彥波一夥則對著電視鏡頭，義正詞嚴地重申他們是文明人，更希望能跟羌然用文明的方式解決此次事件。

「侯爺不會那樣。」野獸忽然說道，他低下頭，「真正的侯爺不會被繆彥波當猴子耍。」

劉婭楠當然也知道，不過聽著野獸的話，倒是有點心有戚戚焉，她看了一眼野獸的表情，隨後她就想起來了，對耶！這個傢伙當年不也是被人忽悠著是什麼侯爺的再生人，然後被什麼地下拳擊場的老闆給利用了。

於是她趕緊安撫般地伸手碰觸了下野獸的胳膊，「人都有犯傻的時候，只要以後不再被人騙就好了。」

野獸現在倒是坦然了起來，他望著劉婭楠的眼睛。

劉婭楠有一種女孩子特有的溫柔，這在純男人的世界裡是很特別的一種存在，不管是表情還是目光，都是溫柔的。他忽然就不可抑制地想到了一種情況，目光這麼溫柔，不知道劉婭楠的身體是不是也是柔軟的……

女孩特有的氣味、特有的身體……就在他觸手可及的地方……

他的身體在發熱，他忽然很想湊過去感受那種柔軟……

劉婭楠正納悶野獸幹麼用看紅燒肉似的眼神看她？忽然就見電視上的主持人表情嚴肅地站了起來。

瞬時劉婭楠就屏住了呼吸，一眨不眨地看著電視，主持人的表情就跟要發生什麼大事一樣。

野獸也留意到她的神情轉變，兩人都抬起頭來看著。

就見主持人神情激動又嚴肅地說著：「插播一條新聞，我臺得到最新消息，聯邦政府對於西聯邦提請的女王立憲制修正法案（草案），做出了表決，各聯邦成員代表對修正案進行了審議，會議通過以後，各代表團再次進行了第二次審議，經過兩小時又六分鐘的審議表決，贊成兩千三百五十二票，反對三票，棄權九十六票……」

劉婭楠傻了。

「關於女王官邸的所在地，聯邦政府還在同羌家軍商議中。」主持人頓了一頓，終於激動地喊了一句：「女王萬歲！」

隨後好像有人在呼應般的，導播室內也響起了幾聲女王萬歲的聲音。

劉婭楠真要傻眼了，她以為女王那件事怎樣也要折騰個一年半載，然後還有人反對否決什麼的，對吧！

聯邦政府的效率她又不是不知道，它以前從沒這麼有效率過啊！今兒這是怎麼了？

正在納悶的時候，小田七估計也聽到了消息，氣喘吁吁地跑了過來，一看見劉婭楠，小田七就露出了孩子般的開心表情，高興地說著：「姐姐，妳看見新聞了嗎？」

劉婭楠傻不愣登地點了點頭。

小田七已經走到她面前，再穩重也是個半大的孩子，此時他就嘰里咕嚕地說：「我就知道一定能行的，沒人會跳出來反對！」

劉婭楠這下更奇怪了，為什麼沒人會跳出來反對？就算羌家軍有武力，可是這個世上罵羌然的人還少嗎？

「怎麼會反對。」小田七一臉理所應當地說：「妳是所有女性再生人的母親！若是反對妳就等於反對自己妻子的基因提供者，除了那些幸運者外，誰會傻乎乎地反對？」

欸！劉婭楠也有點想通了，這就是丈母娘效應，說白了，這個世界的光棍們既沒爹又沒娘的，她就算再年輕也算是半個丈母娘，做女婿的除非是傻了，才會反對丈母娘？所以丈母娘就要做女王了？

何況那壓根是一個虛職，與其看著肚大腸肥的聯邦總統主持外事活動，還不如看漂亮的女人在上面。

劉婭楠張了張嘴巴，覺得她得去找羌然，不知道羌然現在是什麼態度？

她出去走了一圈，正好趕上吃飯時間，羌然那裡還有很多事要處理，劉婭楠跟他說了一聲，要他處理完去小廚房找她。

之前她被羌然逼著在小廚房裡天天做飯，現在雖然不用了，可閒著也是閒著，這麼大的事兒辦下來，她有點心緒不寧，現在想做做飯冷靜冷靜。

她剛把菜準備好，要開始做，羌然就來了，他還穿著那件制服，樣子帥氣得讓人怦然心動，不過進到廚房後，大概是怕弄髒外套，羌然很快就把外套脫了下來。

見劉婭楠在忙著準備飯菜，他走過去從背後抱住她，貼著她的頭，低頭親了親她的脖子，然後又啄了幾口。

劉婭楠趕緊捂住了脖子，自從她家大姨媽來了後，羌然就開始拿她的脖子洩火，所以搞得她脖子就跟開了顏料鋪似的，就算是吻痕也得低調點。

她轉過身去，回抱羌然。羌然又想親她的脖子，她嚇得趕緊踮起腳尖主動地吻了吻他的嘴唇，跟哄孩子般小聲地說：「乖啊，別啃脖子了……」

等她再轉過身去做飯的時候，羌然就不知道該做什麼地在旁邊看著。

兩個人現在是很純粹的性關係，雖然表示方式各不相同，可本性裡或多或少還是純情的，可其實不管是性格還有為人處世上，還是各種的不和諧。

兩人對這種情況也都心知肚明，只是性字當頭，那東西對兩人的吸引力實在太大了。

劉婭楠就拿出竹筍給他，讓他打下手，幫忙剝剝竹筍。

看他坐在小凳子上剝筍的樣子，簡直就跟個乖巧版的大男孩似的，劉婭楠忍不住伸手摸了摸他的頭髮，只是他的頭髮看著再怎麼漂亮，可摸到手裡也是扎扎的。

其實她一直在想剛才電視裡看到的事，也不知道該說什麼，腦子亂哄哄的，總覺得金手掌開得太大了，而且女王到底該是什麼樣的？

等她把佐料都弄好了，準備切竹筍的時候，就見羌然正一臉懵懂地看著指頭大小的竹筍尖在發愁，劉婭楠也跟著呆住了，這傢伙是怎麼剝竹筍的啊？

「你把能吃的地方都剝掉了？」劉婭楠邊說邊鬱悶地接過指頭大小的筍尖，悶悶地用剩下的筍尖戳了戳他的肚子。

羌然趕緊把她抱在懷裡，劉婭楠被他抓到懷裡，過了好幾秒，才悶悶地說：「羌然，我看見新聞了……」

「嗯。」羌然把頭枕在她的肩膀，慢慢搖晃著她，他們身體無比默契，可在商量事情上還是有很多隔閡。

劉婭楠努力跟他溝通：「你覺得我能做好嗎？」就算是個花瓶，也該是優雅漂亮的花瓶，她有自知之明，女王跟她的差距應該是從北極到南極吧？

「能的。」羌然摟著她的腰，那自信的樣子，簡直就跟她不做是多大的浪費。

劉婭楠真希望能分她一點自信，她揪了揪他的耳垂，小聲嘟囔：「那可是女王啊！」

「妳就是我的女王。」羌然說得太自然了。

以至於劉婭楠都愣住了，她最後不好意思地低下頭去，頭對著頭跟羌然貼在一起。

而且也不光是女王的事兒……最近還有侯爺的事，羌然一直沒跟她說過什麼，她緊跟著小聲地嘀咕了一句，「那羌然，侯爺那個……你想怎麼辦啊？」

剛才看電視的時候，剛播放完女王的新聞，那個電視臺又開始播放侯爺的事了，好多人都在恭喜侯爺要做什麼親王的，那不是很扯嗎？說不好聽的，一個男人她都要應付不來了，這要再追加一個，她還活不活啊！

而且這種事兒有二就有三，她可是保守星人，脖子多兩個吻痕都會心虛的，這要給她添個三、四個丈夫，她估計就直接抹脖子去了。

而且三夫四侍的難保後宅不寧，就憑她的手腕，不說別的，單憑羌然這樣的，再加幾個人精，她日子可就別想過踏實了，保準是人腦袋打出狗腦袋來！

她就很想跟羌然表明下自己的想法，比如她是堅決的一夫一妻制擁護者。可是她又有些不好意思，兩人就算再如膠似漆，可是那種話說出去，簡直就跟在表明心跡一樣。

不過她不敢說，不代表羌然就不會說，此時作為膩死人不償命二人組之一的羌大情聖，倒是語氣淡然地回道：「這事兒妳不用操心，我早晚會把他剁碎了餵狗。」

劉婭楠以為這是羌然在安撫她，笑著抱著羌然。

不過跟她的心事重重不同的是，外面的男人們正歡欣鼓舞地等待女王降臨。

當然這事兒也不是家家戶戶都會歡天喜地的，此時的羌家軍內，就有點不大和諧的氣氛在湧動著。

這群頂天立地渾不怕的男子漢們，終於發現也有他們扛不住的情況了，不管是敵人的威逼利誘，還是缺胳膊斷腿，千難萬險他們都能扛過去，就拿觀止來說，別看他長得跟小白臉似的，其實他絕對是個胳膊斷了眉頭都不皺的硬角色。

可此時對他來說最難的事兒，就是早起去叫頭兒起床！太長針眼了有沒有啊！太噁心了有沒有啊！

之前那兩位鬧彆扭的時候，他愁得簡直恨不得把自己當成膠水把兩人黏在一起，可現在……那兩人是不用膠水了，只是視覺太刺激了有沒有啊！

不管他怎麼拖延到最後一秒到達，以往絕對是軍事化生活的羌然，此時都成賴床的了。

就算夏宮的牆壁擋著裡面的春色，但在他等著頭兒起來的時候，還是能隱隱聽到裡面傳來的嘻笑聲。

然後等玻璃牆變成透明的時候，他不是看見頭兒在幫夫人整理領子，就是夫人在幫頭兒整理領子。兩人還跟不夠噁心似的，臨了還得來個告別吻，還得一回吻兩次，什麼這次不算啦，再來一次啦……哎呀就不給你親啦……

能不能別這麼刺激光棍啊！

觀止很發愁，再這麼刺激他就要變態了！好幾次觀止都想鼓足勇氣，豁出去、命都不要地問他們一句：「你們難道就不覺得噁心嗎？」

可是眼瞅著媳婦都在再生的路上了，他終於忍著各種長針眼的視覺刺激，咬著牙扛了下來。

而且頭兒只要一離開夫人的身邊，馬上就能恢復正常，既不會膩著說話，也不會笑得嘴都裂開了。

所以現在觀止就盼著頭兒能離夫人遠點，不然總這麼噁心下去，這還是他們威武雄壯野心勃勃的頭兒嗎？

時間過得倒是很快，最近聯邦政府就所謂的女王官邸，跟羌家軍扯皮扯到家了，劉婭楠經常在電視上看見兩方在打嘴仗。

她則每天按部就班地忙著自己的事，不管外界怎麼忙亂、又有什麼安排，她都按照自己的計劃做著，因為知道自己很笨，所以做起事來格外小心，也格外用心。

最初挑選的那個養育院既有成功的地方，也有不少教訓，她跟小田七他們一一總結起來，準備以後要推廣開來。

而且除了養育院外，劉婭楠發現在這個沒有父母、沒有親人的地方，人老了之後大部分的人都會選擇安樂死，而且很多人都是身體才出現狀況就會直接安樂死，這對她來說，簡直是不可思議，可是小田七跟野獸他們卻覺得這是很自然的情況。

劉婭楠這才明白，這個世界壓根沒有安享晚年這件事，怪不得她看到的人大部分都是中青年，很少看到老人。

可是總要做點事情的，如果每個人都知道終點會是孤獨死去。只是她暫時還不知道具體該怎麼做。

她想著要有機會的話，能出去親眼看看那些老人的生活狀況就好了，不過那些都不急，既然她有女王的頭銜，估計以後做這種事兒會容易得多。

另一方面，跟羌然的關係也越來越好了。

自從大姨媽走了後，羌然每晚都會跟她在一起。以前她覺得自己跟羌然不合適，兩人簡直就是兩個物種的人，可現在劉婭楠隱隱覺得，也許正因為不同，所以才能互補。

跟羌然的強勢相比，她則是那種隨遇而安的軟趴趴性子，而且適應性很強，每次不管遇到什麼，都能想辦法活下來。

只是快樂的日子過了沒多久，一個月取卵一次的時間又到了。

以往都是由羌然帶著劉婭楠過去，然後全程由他來參與，結果這次大概是跟劉婭楠關係難得融洽，羌然竟然像是忘記了這事兒似的，最後還是參謀部的負責人不得不提醒頭兒。

在聽見那些話的瞬間，一向在屬下面前很嚴肅的羌然，破天荒地出現了茫然的表情。

參謀部的負責人也察覺到頭兒的情況不大對，可是做這種工作，他怎樣也要盡忠職守，他努力忍著頭皮發麻的感覺，把醫療組的申請又拿出來給頭兒看了一次。

羌然低頭看著自己簽名的地方，過了好半天才回道：「我知道了。」

停頓了下，他很快就想起早上起來時，劉婭楠笑著跟他商量新式菜譜的事。那傢伙喜歡嘗試各種新奇的事物，不管什麼食材都想搭配著做一做，有些做出來會特別好吃，有些又難吃得不敢恭維。

他並不太懂得女人的心思，那些千轉百迴的念頭，在他眼裡只是簡單的高興或不高興。

可是現在卻知道了一些，也明白之前的劉婭楠一直在強顏歡笑。也因為這樣，才越發覺得現在的劉婭楠能笑得這麼開心是多麼難得。

羌然沉默著，把處理完的文件交給參謀部的人，一面吩咐著那人去處理，一面走到外面。

打開門他就看見焦急的醫療組負責人已經等在外面了，在那人身後，還有數十個醫療組的骨幹成員，除了以前羌家軍的那些成員外，這個醫療組還補充了一些頂尖的專家。

裡面那些人，有很多都是他親自挑選的。他不是基因學專家，可為了能夠盡早實現女性再生人計劃，當初那份文件遞上來的時候，他毫不猶豫就批准了。

❀

羌然找到劉婭楠的時候，她正在跟小田七他們計算改造養育院的預算。

因為工程太大，劉婭楠有點被繞糊塗了，她就是普通人的智商，雖然有小田七幫她把關，可是她還是希望自己也弄清楚，只是邊學邊算太費勁了，她當年高等數學都沒及格過，對這種微積分就更是摸不著頭腦，算起來格外吃力。

就連野獸都算出來了，她還在那反反覆覆地糾結著小數點。

所以羌然來的時候，就看見劉婭楠急得把自己的頭髮都撓亂了，正一臉苦逼地算著。

他走過去時，小田七跟野獸就跟本能反應般，一看到他立刻就恭敬地站了起來。只要待過羌家軍的人難免都會沾染些軍隊的習氣，看到羌然時都是大氣不敢出地小心應付。

倒是小田七他們一動作，劉婭楠也注意到不對勁了，等她抬起頭來，就看見羌然面色陰沉地看著自己。

雖不能算是心有靈犀，可是這段日子什麼時候該做什麼事兒，她還是清楚的。她自己私下也算過日子，也知道最近幾天取卵的日子要到了，而且她每天都要體檢，看著那些檢查人員的表情，她就能知道個大概了，此時一見羌然過來，她主動站了起來，準備跟著羌然走出去，反正反抗也是沒用的，再說都被取過兩回了，她也習慣了，一回生二回熟，就跟下雞蛋一樣，被主人養著掏窩，掏著掏著都麻木了。

她努力地表現得若無其事，只是走了幾步後，羌然忽然沒有任何徵兆地停了下來。

劉婭楠本來跟在他身後，這一下她差點撞到他身上，她也趕緊停下來，納悶地抬起頭來。

羌然個子很高，看向劉婭楠的時候，就有點居高臨下的意思，此時他微微彎了腰。

劉婭楠也抬頭看著他。

兩人對視了一會兒，一時間誰都沒有開口說話。

明明早上的時候親密得好像一個人似的，可是現在的氣氛不對了，就好像風花雪月跳到了嚴寒酷暑，夢幻的愛情遇到了柴米油鹽，而在他跟她之間，就是這個……一個準備掏窩的養雞戶，跟一個等待掏窩的小母雞。

羌然的表情多少有些不自在。劉婭楠努力做著洗耳恭聽的樣子，結果等了好久，羌然都沒有開口。

就在劉婭楠都等到怕了，羌然才終於說道：「妳不想去的話，可以不用去。」

劉婭楠當下就愣住了，下意識的，她看了看旁邊那些憂心忡忡的醫療組，又看了眼羌然，可是這個陣仗不像是不讓她去啊？她遲疑地小聲問：「那，羌然，真的可以不去嗎？」

「可以。」羌然非常肯定地告訴她。

劉婭楠這下更吃驚了，她以前那樣抵觸、那樣抗爭，羌然都沒往心裡去過，每次都跟哄小狗一樣地哄她……現在這是怎麼了？她眨了眨眼睛，疑惑地看向羌然。

羌然一般不會同人商量什麼，這個時候他只是在傳達一個命令。

一個她可以拒絕的命令。

只要她不想，就可以拒絕。可既然可以不用去了，那這些醫療組的人又是怎麼回事？

劉婭楠遲疑著，最後看向羌然，小聲地問道：「是計劃停了嗎？還是你不想我去的？」

羌然沒有回答。

劉婭楠也有點想通了，這是羌然在顧忌她的心情。

最近兩人跟蜜裡調油一樣，哪怕是炮友也好，也總得有點打炮的情誼在，有些事兒太熟了總歸是不好下手……

劉婭楠躊躇了下，過了片刻才說道：「那羌然……正好趁這個機會，我能不能瞭解下醫療組都在做什麼？」

因為不知道的話就會胡思亂想，最初被取走卵的時候，她嚇得晚上都做噩夢了，夢見一個跟八爪章魚似的怪物從自己的肚子裡爬出來。

知道的話，大概就會好一些，也能做出正確的決定。

羌然聽後抬起頭來，他的表情挺少的，看上去也很嚴肅。

他做了個手勢，很快地那些醫療組的負責人就小跑著跑了過來。

劉婭楠深吸口氣，趕緊問了起來，她不是太懂那些，只揀著自己感興趣的問。

那個醫療組的負責人倒是口齒很清楚，講得也頭頭是道，雖然很專業，可發現劉婭楠有些地方聽不懂後，就會用一些例子打比方。

劉婭楠終於問出了自己想知道的那些。

她本來以為自己的卵會被人拿去研究各種可怕的事兒，現在知道只是用來做再生人後，她鬆了口氣。她一度害怕自己的卵子被拿去跟什麼她不認識的人配對，然後弄出她自己都不知道從哪來的孩子……如果是再生人的話，其實就跟複製是一樣的道理。怎麼想也比之前她想的那些好多了，劉婭楠對羌然說道：「我現在知道是怎麼回事了，我覺得應該沒什麼的，這種研究聽著也挺靠譜的，做吧，我能接受。」

羌然側頭看了她一眼。

劉婭楠趕緊開玩笑地說：「反正我早晚也要當丈母娘的麼……」

只是羌然沒有她那阿Q精神的幽默細胞，他的表情看上去還是那麼嚴肅。

劉婭楠尷尬地低下了頭。不開心是肯定的，可是她已經有了一定覺悟，大家讓她做女王，自然不是因為她長得像女王，而是覺得她可以做到女王能做到的事，就好像蜂后一樣，生產下一代，給族群希望。

她沒有女王的心，可卻懂得這種道理。

等再跟羌然走去手術室的時候，她努力表現出坦然輕鬆的樣子。

只是羌然要跟著她進去的時候，讓她覺得怪怪的。

說白了還是那句話，太熟了，有些事就覺得不合適了……

兩人都已經輕車熟路了，就算心裡再怎麼彆扭，可做起來還是沒有任何遲疑。

消毒然後進到裡面，羌然熟練地戴上醫用手套，劉婭楠也不用他抱著了，靈巧地跳了上去。

身體應該怎麼擺放，她也有了心得，不會再像第一次弄得腿部肌肉都是痠疼的。

就是身體碰觸到手術臺的時候依舊是涼涼的。

羌然跟以往一樣，會握著她的手，只是這一次劉婭楠發現羌然的手比自己的還要涼一些。

她努力地笑了笑。

疼是有一些疼，不過很快就跟被上了麻藥一樣的，身體沒有了知覺。

羌然沒有跟以往似地一直盯著儀器看，他的頭偏了一些。

手術燈下，可以沒有保留地看到他的表情。那樣的羌然有點陌生，劉婭楠不知道怎麼的，就伸出手去摸了摸他的臉。

這麼強大的男人，不知道為什麼，剛才的那瞬間好像有些脆弱似的。

她這個被掏蛋的母雞是不是真成了聖母了？她的手輕輕碰觸著他緊繃的臉部肌肉。

他的表情沒什麼變化，到了最後他伸出手，終於握著了她的手，這一次他的手勁有些大，都有些捏疼她了。

時間一分一秒地過去，等做完那個後，劉婭楠就從手術臺上坐起來。

平時羌然都會扶她的，這次羌然的反應明顯有點慢。

劉婭楠倒是比以往要鎮定很多，她有條不紊地穿著衣服，先是提上褲子，然後穿著上衣、鞋子……

鞋子脫在地上了，羌然俯下身拿起來遞給她。

她接過來穿在腳上，漂亮的高跟鞋是好看，可最近她要忙的事情太多，一會兒要查資料、一會兒要算這個對那個的，所以這陣子她都是穿平底的休閒鞋。

兩個人都沒有說話，因為有一點奇怪。可為什麼奇怪，兩人一時間又都不知道根源在哪裡。

明明這次挺順利的，劉婭楠也是心平氣和的，沒有第一次的爭執，也沒有吵鬧，可還是彆彆扭扭。

不知道是受了這個氣氛的感染，還是因為做了這個事，羌然以前從沒對她這麼客氣，現在羌然對著她的時候明顯是客氣了很多，他沒有再獨斷地要求劉婭楠應該去哪裡，而是會詢問她想去哪裡？

劉婭楠現在就想回到夏宮休息。

知道了劉婭楠的意思後，羌然又親自送她回到夏宮。

她躺在床上的時候，羌然還幫她拉了被子，劉婭楠也微笑著同他道謝。

然後兩人就都遲疑了下，以往都會有告別吻的，這一次告別吻成了個難題。

羌然在她的頭頂停頓了下，劉婭楠能理解他的感覺，他抹不開面子了，她當年寫的紙條裡就有這條的，她厭惡被人取卵。

他可以給她一個皇冠，可是現在，卻還在做這種事兒……

劉婭楠主動環住了他的脖子，她沒有吻他的嘴唇，而是跟安撫似地，貼了貼他的臉。

「沒關係。」她體貼地說：「我能理解。」

所以說那些聖母教的真沒有看錯她啊！她果然就是天然牌的聖母，還是如有虛假絕對包換的那款！

剩下的時間，劉聖母就在夏宮裡老實地休養著。

羌然再回來的時候就拿著飯菜，她肚子倒真有些餓了，打起精神起來吃飯。

就是氣氛不管怎麼調整都不對，不管是她傻乎乎地說笑話，還是努力地裝淡定、裝無所謂，可情緒就是調動不起來，反倒還弄巧成拙了，顯得氣氛更怪了，劉婭楠沒辦法，只好坐著默默地扒拉著飯菜。

就是很快地劉婭楠就發現了一件奇怪的事兒，平時絕對很有水準的飯菜裡居然出現一盤味道很詭異的菜，那菜的味道可真不敢恭維，而且那刀工是怎麼搞的？切得亂七八糟的，不是太短就是太長……

按說端給她的飯菜可都是精挑細選的，頓頓小灶不說，還有專門的安全科做檢查，測定沒問題才會端給她。可是這麼難看的飯菜是怎麼溜進來的？那些檢查的人眼神都長歪了嗎？

作為一個專業的廚師，劉婭楠忍不住就挑撿著那道菜，小聲嘀咕道：「這盤菜，會不會是端錯了啊？」

一直沉默著吃飯的羌然，這才說道：「那是我做的……」

劉婭楠有點驚悚了，她趕緊看過去。

羌然大概是有些尷尬，頓了一頓，解釋地說道：「我下午沒什麼事兒做，就想試試看。」

劉婭楠聞言趕緊又看了看菜碟裡的食材，她可是很精通這些的，這些菜，味道難吃是難吃，可是瞧得出來是有講究的，而且不光是羌然的這一道，其他的好幾道也都有講究。

她這才注意到，就連旁邊的果盤都下了心思。

裡面的食材，如果她沒記錯的話，都是那種吃了後會調整心情的，讓人覺得開心一些的……

他怕她會心情不好？

她喔了一聲，默默地又扒了幾口飯，其他的菜好吃是好吃，不過既然羌然都親自下廚了，她怎樣也要捧捧場。她不管不顧地夾起那些稀奇古怪的菜往嘴裡塞，吃得嘴巴都鼓了起來。

羌然中間會抬頭看她一眼。

她就傻乎乎地做出誇張的表情來逗他開心，真奇怪，明明是自己被人取了卵，他幹麼心情低落啊？

不過她已經看開了，只是每次被取過卵後，她都有點懶洋洋的，現在她半躺在床上，端著果盤吃著。

電視上羌家軍還在跟聯邦政府扯皮。羌家軍指責政府辦事沒有效率，一個小小的綁架案都辦得囉哩囉嗦。繆彥波他們則抗議說這事兒跟效率沒關係，在琉璃海那種三不管地帶，那群海盜傭兵團本就是不好治理的亡命之徒。

兩邊在電視就擺起了擂臺。

而且除了這個以外，扯皮最多還要數那個女王官邸，那簡直就是爭論不休。

目前爭論的關鍵點，就是女王官邸要不要設在羌家軍這裡。

現在雙方倒是各退了一步，正官邸既然沒得選，那麼在富人區安排一間副官邸，作為女王對外處理事務的一個臨時居所，總可以吧？只是這個事兒又要開始扯皮了，選址、宮內官的設置、衛士……等各種細節。

劉婭楠懶洋洋地吃著水果，其實她早有了想法。

她之前開的那間酒店，還沒開業就被炸爛了，後來倒是重新又修整了一下，只是她最近都忙著養育院的事兒，壓根沒精力再弄那間酒店了。

她想著，與其放著那麼大的地方不用浪費著，幹麼不把副官邸設在那裡。

那個位置很不錯，處在富人區跟窮人區的中間地帶，交通也方便，主要是占地也大，綁架案後又重新設計過的，各方面都絕對都符合安保條件。

等羌然也換上睡衣上床的時候，她主動靠過去，撒嬌地說：「羌然，能跟你商量件事情嗎？其實我的酒店就很好，你覺得那個地方當副官邸怎麼樣？」

羌然很快就點頭道：「可以。」

劉婭楠沒想到他答應得這麼爽快，今天的羌然還真是奇怪。

以往因為手術要求六個小時後才可以繼續做那個，所以羌然都會等到六個小時之後做床上運動。這次都已經過了六個小時，他也都換好衣服了，卻沒行動。

劉婭楠琢磨著，要不要趁這個機會再要求點別的？要不把自傳的事也打鐵趁熱地提出來，她正想著，卻見羌然湊到了她身邊，還伸手拿了果盤裡的一塊水果，塞到嘴裡，跟談論天氣似地說道：「對了，下午的時候我把醫療組的計劃做了更改，下個月不用再取卵子了。」

他轉過頭來，直視著她的眼睛說道：「咱們生孩子吧。」

【第七章】

女王日常生活

劉婭楠結結巴巴地解釋：「我、我想感覺一下……我、我不知道當媽媽是什麼樣。」

「我也不知道當父親是什麼樣。」羌然把她扯到自己身邊，「妳可以告訴我。」劉婭楠遲疑了下，不得不告訴他：「我不是被爸爸媽媽養大的，他們討厭我是女孩。」

羌然沒有吭聲。

劉婭楠知道他在看著自己，那樣的眼神，羌然只在看她的時候才會有。

劉婭楠一下就傻了，生孩子？

在這種純男人的環境，連個女護士都找不到，讓男的為她接生？她倒是不怕男大夫，可她怕萬年光棍的男大夫啊！

就算她不計較那些，可這些人有沒有接生的經驗啊？別告訴她，那些人都研究夏娃好多年了，那可就太坑爹了！

到時候肚子裡有那麼一個小傢伙，非要出來，然後再折騰點……會不會要人命？

何況她沒一點當母親的自覺，劉婭楠很苦惱。

可是看羌然的樣子，好像這個是最好的選擇，其實劉婭楠也知道，自己肯定要生孩子的。

當初羌然那麼瘋了似地給她上木驢，她以為是羌然想讓她趕緊懷上，後來知道羌然壓根沒那想法的時候，說真的，她還受傷了一下。

現在這樣……劉婭楠也拿不準是好事還是壞事，不過看著自己扁平的肚子覺得怪怪的，又有點不可思議。

而且不管她肚子裡是怎麼的千轉百迴，羌然那已經按部就班地實施了。

當天晚上雖說沒跟她做床上運動，不過第二天天色都還沒亮，羌然就迫不及待地抱著她去浴室了。

只是到了浴室後，羌然沒有立刻撲過來，劉婭楠就看見他正在低頭研究著什麼。

她納悶地看過去，就見他好像在拆什麼包裝袋，那個東西是怎麼看怎麼眼熟，很像保險套，不是說要生孩子嗎？怎麼忽然又用上這個了？

劉婭楠就很納悶，泡在水裡的時候，臉也紅紅的。

而且不知道出了什麼問題，羌然試了幾個好像都不對。

她也不好意思過去，大咧咧地說要幫他，她扭捏地小聲問：「你在戴那個嗎？」

羌然倒是坦然得很：「醫療組建議我把避孕的藥停一個月後，再進行自然受孕。」

「喔……」原來戴套是為了優生優育。

劉婭楠默默地想著，要生個健康的寶寶，她又看了一眼自己扁扁的肚皮，這個時候為了種族延續，奉天承運早懷孕什麼的感覺就更強烈了，所以他們做這個也是帶著歷史使命的嘍？

劉婭楠胡思亂想，心情卻是輕鬆的。

最後羌然終於弄好了，只是再過來的時候，又有新的問題出現了。

溫熱水雖然可以減輕劉婭楠的痛苦，可不知道是不是因為水的影響，還是羌然做得太用力了，剛做了沒幾下保險套就破掉了，而且還破得很尷尬。

劉婭楠差點沒被嚇死，以為那東西要進到很恐怖的地方去，幸好最後又讓羌然拿出來了，只是拿的過程很噁心。

劉婭楠很是受了點刺激，頓時就沒了心情。

羌然倒是興致很足，又趕緊換了新的，只是兩人再做的時候，總不得要領，劉婭楠也不知道該怎麼配合他。

她總怕動得太快那玩意又會破掉，可是不動，萬一掉了呢？於是她的身體就硬邦邦的，怎麼做都感覺不對，總是束手束腳的。

羌然也是有勁沒處使，剛動幾下，劉婭楠就會嚇得臉都白了地問他：「掉了嗎？掉了嗎？」

時間倒是過得很快，等觀止過來的時候，兩人還沒做完一個回合。

劉婭楠看羌然那副沮喪的樣子，忽然就笑著揉了揉他的耳朵，兩人臉貼著臉，雖然沒有盡興，可還是接了一個纏綿悱惻的吻。

從那之後，羌然跟外事部的人打了招呼，很快副官邸就確定了，就選在之前的酒店那裡。

劉婭楠都是一腦袋的漿糊，對當女王的事沒什麼概念，總感覺跟鬧劇似的，簡直就像在扮家家酒，可是所有的事情都有條不紊地進行著。

最近幾天還有人專門要教她禮儀，不過教她的人也是個外行，一會兒教軍禮、一會兒教握手鞠躬的，劉婭楠最後趕緊將那個人打發走了，心想讓男人教女人宮廷規矩，也太能扯了。

反正她看了那麼多電影電視，總有點可以模仿的東西。

她自己設計了一套規矩，交給了那些專業扯皮的部門，讓那些人拿去跟聯邦政府扯皮。

其他時候，劉婭楠一邊做著備孕的工作，就一邊想著把之前的自傳發出去。

自從兩人決定生孩子後，劉婭楠能感覺到，羌然對她態度好了很多。不知道是不是雄性都是這樣，遇到雌性要生崽了，就會格外溫柔一些。

她趕緊提了一些要求，比如當女王後，能不能讓小田七他們繼續跟著她？她說的那些羌然都答應得很快，中間甚至讓她和羌家軍的人跟聯邦政府一起扯皮。

像是典禮、宮內官、侍從那些，劉婭楠心裡也有主意，畢竟看了那麼多年的宮鬥文，也看了《伊麗莎白傳》，別的不懂，但這個宮內侍從，怎麼想都是被各種勢力安插人手的機會。

她想了一個辦法，正好她之前有看過一些報導，知道自從她出現後，變性人的生活就遇到了變故。

這次她就提出來，可以招那些變性人進宮廷裡，跟膀大腰圓的男人比，跟這些心理是女人的變性人應該會更輕鬆一些。果然等消息一發布出去，就有幾百人來應聘。

本來是羌家軍跟聯邦政府負責篩查的，不過劉婭楠直接簡化了篩查，她用抽籤的方式選了十名侍從。

事情順利得出人意料，劉婭楠以前處處吃癟，這還是頭次發現自己有了點優勢，至少在應對扯皮軍團的時候，她發現自己總能很好地平衡兩者之間的關係。

就跟小時候，她總喜歡給人當和事佬一樣，遇到有矛盾的人就會努力協調。此外她自從到了這個世界後，就一直謹小慎微，所以不知不覺間就有自己一套察言觀色的本領，現在看著那些人的表情口吻，她很快就能猜著他們的想法意思。

外面的事情倒是好說，就是自傳這件事，羌然不知道怎麼的，忽然就起了好奇，非要先看看內容。

劉婭楠沒法，其實她以前寫的時候，羌然看過的，那時候他還笑她總寫些沒用的東西，弄得她可鬱悶了。

這個時候見他又要看，劉婭楠就有些抵觸。

小心翼翼地遞給羌然後，羌然倒是看得很認真，躺在床上就跟閱讀什麼重要的睡前讀物一樣，一頁一頁地翻看著。

到了最後好像看得太入迷了，他還直接翻過身來，趴在床上，用手肘支撐著自己，伸出手指來點著自傳的內容細細地看著，修長的手指在初稿上游走著，羌然看得太仔細了，中間看到錯別字的時候，他還會一一幫她挑出來改掉。

劉婭楠看到了，不好意思地說：「我還沒校對呢。」

「我幫妳。」羌然最近沒修剪頭髮，低下頭時，額前的頭髮就會遮住眼睛。

他的目光特別專注。

劉婭楠知道他過目不忘，此時見他看得如此認真，她心裡就叫苦，自己當初寫得別提多過癮了，什麼都寫了進去，簡直就是女性奮鬥史外加血淚史，都是女人如何自立、女人如何的不容易，還有對於愛情的各種美好願望……

可時過境遷，當年的苦逼日子，不知不覺就成了今天這樣……

現在再去看那些曾經寫得心都疼的文字，混著血淚的那些經驗教訓，還有內心的感悟那些，劉婭楠就覺得特別彆扭，有點不好意思。

羌然表情淡淡的，中間一直看不出喜怒。

最近一段時間兩人外在看著好像挺和諧的，其實在房事上還是不太順利，中間嘗試了幾次，但都失敗了。

不是套子掉了就是破了，要不就是劉婭楠覺得疼，最後兩人都有了心病，晚上的時候，躺在床上不斷給自己找事做，誰也沒再提那個。

現在躺著看了好半天自傳後，劉婭楠看著時間不早了，就猶豫著要不要今天就這麼直接睡了算了？可是羌然又一直沒提這個。

劉婭楠想起腳下的那兩隻小狗了，平時她都會把這兩個小傢伙放在別的房間，現在她怕晚上氣氛太怪，特意把兩隻小狗狗放在腳邊，準備活躍活躍氣氛，於是她用手逗著小狗。

小毛球倒是還好，一看見劉婭楠在逗自己，就高興地在原地打圈。

那個埃德加犬卻是懶洋洋的，連眼皮都沒抬一下。

劉婭楠就很挫敗，自己對這兩隻小狗夠好的了，可為什麼這隻埃德加犬，她怎麼養都養不熟？劉婭楠不禁嘆了口氣。

她覺得自己的嘆氣聲很淺的，哪知道羌然立刻就注意到了，他很快就看過來，盯著她的臉問道：「怎麼了？」

「啊？」劉娅楠沒想到羌然會這麼在意。

劉娅楠把小狗的事兒說了。

羌然聽後，卻把自傳合上，放在一邊，笑著告訴她：「妳錯了，埃德加犬很喜歡妳。」

「很喜歡？」劉娅楠這下更不明白了，喜歡的話應該是像小毛球一樣搖尾巴，每次看見她都開心得轉圈圈，這個才叫喜歡不是嗎？這個埃德加犬怎麼喜歡她了？

她餵飯的時候抬抬眼皮，頂多嗅嗅她的手指，就叫喜歡了嗎？

「這種狗的智商很高，而且忠誠度很高，只是牠跟其他的犬種不一樣，牠很傲氣，就算是對最喜歡的主人，也不過就是嗅嗅對方的手指。」

說著，羌然就跟要印證自己的話般，教了那隻埃德加犬聽命令起來、坐下，才教了兩次，那隻漂亮的小狗就會了。每次聽到指令都會立刻坐下，要牠起來又會立刻起來。

劉娅楠這下可是看呆了！這簡直是神了，這麼聰明的狗她還是頭一次遇到。

她趕緊跑到床下，她一直以為埃德加犬只是長得漂亮而已，現在才發現這種狗簡直就是個半大的孩子，她又教了兩遍握手。

才兩次，這隻狗狗就會了！好像完全能聽懂人的話一樣。

不過不知道是不是自己忽然對埃德加犬太好了，總小加加地叫，一直憨憨的小毛球忽然就不滿起來，還半立起來對著她汪汪了好幾聲。

劉娅楠沒想到小毛球也會吃醋，她趕緊安撫地摸摸小毛球的脖子說：「別叫了喔，你生什麼氣啊？你們都是我的寶貝喔。」

她一手抱起小加加，一手又抱起小毛球，只是這兩傢伙都被她養得跟小豬仔似的，她剛抱了一下就被壓得坐在了地上。

羌然趕緊起身，把壓在她身上的狗挪開。

劉婭楠這下算是知道左擁右抱並不好受了，她這種小細胳膊、小細腿的，還是別玩這種高難度了。

只是在被羌然拉著站起來的時候，劉婭楠忽然就想到，他們就是未來的爸爸媽媽了嗎？她覺得特別不可思議。

爬到床上後，劉婭楠就沉默了起來，想著心事。

在羌然又在看自傳的時候，劉婭楠就用薄被捲了個小包袱，把枕頭小心翼翼地放了進去裏了裏，她有抱過親戚家的孩子，軟軟的簡直就是小肉團。

她試著晃了兩下小包袱，努力地想著自己懷裡抱著小嬰兒，一個活生生的小東西……

羌然正在看自傳，就覺得床晃動了兩下，等他抬起頭來的時候，就見劉婭楠抱著枕頭表情詭異地搖晃著。

而且她好像還在哼著什麼小寶貝快睡覺的曲子，那曲子很輕，她哼得就跟蚊子在嗡嗡一樣，他要很努力地聽，才能聽清楚裡面的曲調。

羌然沒有打斷她，靜靜地聽了一會兒。

等劉婭楠發覺自己被看到的時候，她趕緊把薄被放在床上，又把枕頭拿出來拍了兩下。

羌然就手拄著頭笑她：「妳在打孩子麼？」

劉婭楠被他說得臉都紅了，她結結巴巴地解釋：「我、我想感覺一下……我、我不知道當媽媽是什麼樣。」

「我也不知道當父親是什麼樣。」羌然把她扯到自己身邊，「妳可以告訴我。」

劉婭楠遲疑了下，不得不告訴他：「我不是被爸爸媽媽養大的，他們討厭我是女孩。」羌然沒有吭聲。

劉婭楠知道他在看著自己，那樣的眼神，羌然只在看她的時候才會有。

兩人隨後很自然地在床上試了一次，也說不準是誰先開始的，開始的時候還是有點疼，而且不太習慣保險套，不過慢慢就適應了，他們都很有耐心，也很有默契。

只是做到一半的時候，劉婭楠忽然想起床下還有那些小傢伙……

果然往床下一看，就看見兩隻小狗就像看見什麼奇怪的事兒，在那歪著腦袋看。

劉婭楠臊了個滿面通紅，不管羌然願意不願意，硬是推開羌然，把那兩個小傢伙關在別的地方後，才又跟羌然繼續。

劉婭楠要登基當女王的事越來越近了，她有種這是在演戲的不真實感。

不過看著所有的事情按部就班地進行著，就連典禮現場都已準備妥當時，她才終於有種「天啊！這事竟然成真了！」的感覺。

而且這些男人大概好久沒這麼興奮過了，一個登基典禮都要折騰得花樣百出。中間還有什麼巡遊，而且這還不是正式的儀式，只是從羌家軍的基地前往副官邸而已，而單單這麼一個程序，就折騰得劉婭楠差點沒暈過去。

數以萬計的民眾蜂擁而至，而且在出行前，劉婭楠在電視上看到發生好幾起踩踏事件了，她緊張得夠嗆，趕緊跟維持秩序的繆彥波打電話。

劉婭楠當時也沒多想，只覺得大家為了看她被踩到多不好啊。

結果這麼一件事，立刻被羌家軍用什麼政府督辦不力，無法維持秩序，讓羌家軍全員很擔憂，很害怕再次出現惡性事件之類的批評了起來。

繆彥波那些人也不是吃素的，立刻就隔著電視臺對著開罵了，什麼當初綁架案可是在你們那裡發生的，官話自然是冠冕堂皇，私下的話可就要有多難聽就有多難聽，什麼放屁瞅別人啊，你也不是好鳥之類的……

來來去去的，劉婭楠被吵得頭都大了。

一直吵到巡遊當天，兩邊都沒消停，在臨要出門的時候，又因為什麼女王的專車上怎麼能有這樣那樣的事，又足足吵了五、六分鐘。最後一切妥當，車子終於啟動。

劉婭楠在車內跟羌然訴苦道：「我的天啊，最近兩天吵得我都要失聰了。」

羌然只是笑著看她，劉婭楠知道他不會安慰人，不過羌然有握著她的手。

其實她的心裡是期待的，這可是女王欸，已經不是瑪麗蘇了，她現在都要當瑪麗蘇她媽了！哪知道剛平靜了兩分鐘，她就被前面出現的一幕幕場景給驚呆了！

她已經不是頭一次看到這樣的場面，她都已對人群歡呼感到淡定了，可眼前所有的高樓上都掛著自己的畫像，這也太驚悚了！

而且等行駛到副官邸的時候，她剛下車，瞬時就有上百門禮炮齊鳴，那些等候在道路兩旁的人，在聽到禮炮聲響後，更是整齊劃一地行禮，而在前面準備相關事宜的野獸跟小田七，也快速地迎了出來。

在看到她靠近的時候，野獸更是毫不遲疑地單膝跪地。

劉婭楠知道這是繆彥波跟羌家軍在她給的那些禮儀上又延伸出的吻手禮，不過看野獸做得這麼嚴肅，她下意識就伸出了手。

很奇怪的是，在被野獸親吻手指的時候，她能感覺到野獸的舌頭好像捲了下她的指縫，她還以為他只是要做個樣子，劉婭楠就有些尷尬。

幸好接著的小田七做得中規中矩。

隨後劉婭楠就被那些人迎著往副官邸走去，裡面倒是布置得很簡單，畢竟這個地方只是臨時的居住場所。只是劉婭楠今天特意穿著很厚重的裙子，為了顯得莊嚴點，她還特意挑了件披風。此時長長的裙襬拖在地上，她走起路來就有些吃力，可是偏偏還要表現得很女王風範。

她努力地抬頭挺胸，而且一路走去，劉婭楠發現對她行禮的人越來越多了，一直在旁邊做保安工作的觀止也在進門後，對她做了個吻手禮的動作。

繆彥波那些有便宜不占就等於虧的油條，更是一一都跑上來，動作誇張得又是跪又是吻的，吻得她手都濕了，劉婭楠覺得這件事有點噁心，當初這些人在安排這個禮儀的時候，不會就是想要親她的手指吧？

他們要再這麼幹，下次出門她就考慮先摸臭豆腐！不然扛不住啊！

等進到副官邸後，活動還沒有結束，劉婭楠記得羌家軍專門有人給她彙報過，說進到副官邸的時候，會有一些觀見儀式，她需要熟悉一下那些大臣、家族要員。

當時沒覺得怎麼樣，現在一一開始接見後，劉婭楠才發現自己把那些人員想得太簡單了，這不是覲見一些人員，這是覲見一個軍團啊！人真的超級超級多，幸好有繆彥波跟羌家軍外事部的人幫她介紹引薦。

她開始還能記住一些，可饒是拚了命，到後來還是不行了，只能機械地伸手等人親吻手背，然後接受對方的賀禮。

禮物也是眼花繚亂，中間還有何許有錢送的那個金子跟玉石做的衣服。劉婭楠有些無語，因為金縷玉衣那種，她記得是死人穿的吧？不過也許各地的講究不同。

倒是中間菲爾特家族的代表人來的時候，因為對方對自己曾經有過很大的幫助，又曾經款待過自己，劉婭楠格外熱情，在使者上前後，她主動說了一句：「請代我向菲爾特族長問好。」

結果剛說完，劉婭楠就注意到那個使者的臉色不大好，就跟看到什麼了不得的東西一樣。她起初還以為是自己做錯事兒了，可隨後就發現那個使者看的不是她，而是她身後的小田七。

小田七的臉色好像也有些變化，因為周圍的耳目很多，劉婭楠當下也沒說什麼，只是多看了小田七幾眼。

等人少一些之後，劉婭楠才小聲地問小田七：「欸，田七啊，你怎麼了，剛剛沒事吧？」

小田七本來臉色就是白白的，現在的表情更是像受到了什麼打擊一樣，過了半晌，才對劉婭楠說道：「姐姐，我覺得那個人的感覺很熟悉，也許我小時候見過他……」

劉婭楠瞬時就欸了一聲，也被勾起了好奇心，連忙說道：「那你想我叫人找他回來嗎？讓你好好問問？」

這次小田七很快地搖頭說道：「不用了，姐姐。」

他摸著自己手腕上的號碼，在回憶什麼般地說道：「還記得妳剛從菲爾特回來的時候，跟我說的那些話嗎？妳說我的外表很像菲爾特人……我想也許妳說的是對的，我也許天生就是個菲爾特人。」

劉婭楠本來還想再跟小田七說些什麼，可排隊等候覲見的人太多了，很快就有人走了上來，劉婭楠趕緊端正姿勢等著。

覲見的路上，為了顯得威嚴一些，特意安排了長長的通道，還有紅色的地毯，劉婭楠所在的位置還刻意安排了九層樓梯，所以那些人需要走很長的一段路。

但其實劉娙楠早已經看清楚了，這次來的不是別人，而是那個疑似侯爺的傢伙。

劉娙楠瞬時就有些頭大，因為覲見的關係，羌然被聯邦政府的人擋在外面。

劉娙楠怕怕的，忽然要她面對這個有著最強契約的男人，她心裡有點沒底，要是對方一副我是妳二老公的樣子，她到時候該怎麼辦？

等那人走近的時候，她已經努力鎮定下來，反正她身後還有覲止他們，沒什麼好怕的。

在那個人行了吻手禮後，劉娙楠也沒吭聲，等著下一位覲見者。

倒是一直站在她身後，作為監理官的繆彥波開口了，故意說道：「請容我向您介紹，這位是最強契約的侯爺。」

劉娙楠淡淡地看過去，其實心裡早緊張死了，壞蛋啊！專業第三者插足的來了……

幸好旁邊的覲止很快地插嘴，「是不是侯爺，不是你說了算，也不是我說了算，不是有個傳聞說上一代的侯爺在琉璃海的三角區留下了祕密武器，只有他的再生人才可以安然無恙地進出，如果是真正的侯爺，總不會怕去一趟琉璃海吧？」

繆彥波隨後就不冷不熱地回道：「琉璃海早就被海盜占據了，再說那些都是傳聞，根本不足為信。」

劉娙楠一直努力保持鎮定，也不去看那個侯爺，不過她能感覺到，在覲止他們爭論的時候，這個侯爺正肆無忌憚地觀察著自己，她身體僵僵的，就跟被蛇盯上了一樣。

覲止、繆彥波在那你來我往地說了幾句，也分不出個勝負。

倒是等繆彥波領著那個人走後，覲止輕蔑地說了一句，「那些海盜還不夠給我們塞牙縫。」

劉娙楠長吁口氣，她真要被嚇死了。

忙了一整天，劉婭楠估計自己的手都要吻禿了皮。

而且她都不知道自己究竟收了多少禮物，那些禮物大部分都價值連城，還有一些是難得一見的稀世珍品，不過劉婭楠終於明白，錢多到一定程度的時候已經不是錢的道理了。

她今天整個人都是暈乎乎的，從覲見大廳出去休息時，小田七跟野獸單獨找到了她。

跟那些了不起的家族首領相比，野獸為她獻上的禮物就太過簡單了。

只是一串很漂亮的珠子，珠子也不怎麼名貴，既不是傳世明珠也不是什麼罕見的材質，只是很普通的水晶珠子，野獸交給她的時候卻特別鄭重，一面交到她手裡，一面告訴她：「這是許願珠，上面有多少顆珠子，我就會滿足妳多少願望。」

劉婭楠笑咪咪的，東西不在乎多少，這份心意卻是難得，她毫不猶豫就把珠子戴到手上，高興地晃給野獸看。

她見過的名貴東西太多，對那些東西都麻木了，反倒是這個水晶珠子感覺很特別，也很樸素，而且她能感覺到這個手鏈做得很用心，就連繩子都綁得好好的，最下面好像還是個同心結的東西。

而且等野獸一走，小田七就小聲地告訴她：「姐姐，其實這些珠子都是野獸自己打磨的，他選了最好的水晶，從知道您要登基的時候，就一直在打磨了。」

劉婭楠這下更是感動得都說不出話來了。

隨後小田七又送她一份禮物，小田七的禮物很實用，他特意給她做了一些古老年代宮廷的實例字典。其實那些資料都好找，可是要這麼分門別類地做成字典，就很費心思了。

而且這些東西正是她需要的，劉婭楠開心地抱在懷裡。

只是看著小田七的樣子，劉婭楠總覺得他是不是有什麼事情在瞞著自己，怎麼自從見到菲爾特家族的人，他的表情就一直悶悶不樂，不過現在的劉婭楠也沒什麼精力管，她都要被累死了。

今天的日子簡直就應了那句收禮物收到手軟。

唯一讓她覺得奇怪的是，就連繆彥波都有送她禮物，可是羌家軍的人卻一點動靜都沒有。不過她猜著這些軍人多半不在乎這些東西，覺得這些都是繁文縟節。

等劉婭楠晚上回到寢室，換下那些沉重的衣服後，卻發現羌然沒有在房間裡等她。

她多少有些失望，因為按說到副官邸後，羌然沒什麼事的，唯一的任務是陪著她。

她有很多話想跟他說，可現在進到房間裡卻沒看到人，她一陣失落。

而且這種情況也不是一天兩天了，不知道為什麼，最近羌然總是熬夜熬到很晚，她也不知道他在做什麼，問他的話，羌然只會回說了妳也不懂的話。

劉婭楠起初還以為他在偷偷準備送她的禮物，可到現在羌然都沒動靜，她也偷偷翻過房間，別說禮物的影子了，就連一點蛛絲馬跡都沒有，哪怕是給她一個枕頭套都沒有……

劉婭楠的情緒就低落了一下，不過很快又打起精神來，開始看小田七送她的東西。

現在真要做女王了，不管是傀儡也好，花瓶也罷，她總得有點樣子！

等羌然回來的時候，就看見劉婭楠正在認真地學著那些東西，他也沒說什麼，只自然地抱住她的腰，要跟她來場床上運動。

劉婭楠嘆了口氣，也說不上心裡是怎麼滋味，主要是大家都送她禮物……可她最在乎的那個人卻無動於衷。

第二天的行程安排也滿緊張的，雖說還是登基典禮前的活動，不過這些男人現在好不容易有了女人，而且還是個女王，那折騰的勁頭簡直就停不下來。

劉婭楠早早起來梳妝打扮，又穿衣服、又戴那些裝飾用的首飾。

因為登基典禮還沒正式開始，宮內「女官」都還沒有正式上崗。

劉婭楠現在所有的事兒都要自己來，那厚得就跟麻袋似的衣服，還有華麗的披風，她一邊整理著，一邊看著床上的羌然，她還以為羌然會陪她去，雖然聯邦政府的人會安排他去旁邊觀禮臺的位子，可是這麼大的場合，她還是想讓他陪陪自己。

只是她都偷看羌然好幾眼了，平時一向早起的羌然這次居然賴床了。

看羌然這副樣子，劉婭楠也有點心軟，本來讓他去也只是乾坐著，她嘆了口氣走過去，俯下身親了親他的額頭說：「你中午要自己吃飯了，我得晚上才能回來。」

在床上的羌然沒怎麼動，只做了個擺手的動作，劉婭楠覺得怪怪的，這個人怎麼忽然這麼懶洋洋了。

她快速地走了出去，外面繆彥波又在跟觀止鬥嘴。

等她出去後，兩人一左一右地護著她坐車，往今天的活動場所——競技場駛去。

這還是聯邦政府出的主意，說已經幾百年沒有聯邦的運動競技會了，想趁她登基前的這段日子舉辦這個活動，讓所有人都過來看，進行友誼賽，然後獲得獎品。

當然最大的獎品，就是獲勝的冠軍可以親自為她戴上花環。

她到位後，競技場上便開始了各種競賽。

只是劉婭楠很快就覺得上當了，這壓根不是聯邦政府那些人說的什麼安全友好的比賽。

圓形的競技場上，劉婭楠看見中央樹立了好幾根巨大的杆子，而在杆子上都拉了一些繩子，那些有彈性的繩子交織著就跟一個網似的。

而所謂的競技，就是有人在上面跟別的人PK，不管用什麼方式，掉到地上就算輸。

這可是十幾公尺高的地方啊！這玩意兒若要叫友好安全，打架就只是跟人打招呼了！

可是競技已經開始，不管劉婭楠覺得這項運動有多麼不安全，可是參加的人卻絡繹不絕。

而且看到那些人落地後，劉婭楠終於放下心來，原來地面鋪有專門的軟墊。

競技場上風起雲湧的，劉婭楠看了半天也被那種熱烈的情緒感染了，很多人都在喊叫著，各自為自己地區的代表搖旗吶喊著。

劉婭楠卻漸漸覺得不對勁，這個競技場簡直就是特意為那位侯爺安排的啊！怪不得當初繆彥波他們非要安排這個活動，這根本是在為侯爺造勢啊！

現在只有那位「侯爺」留在繩子上，整個競技場的人都不約而同地叫著侯爺侯爺！

看著那個侯爺耀武揚威的樣子，她心裡就發急，這會兒侯爺要是給她送花環，再有人喊個在一起什麼的，她可就煩了。

而且很奇怪的是，聯邦政府這樣做，觀止他們都沒關係嗎？她忍不住就對身邊的觀止說道：「觀止，這樣沒事嗎？」

觀止一臉淡定地回道：「殿下，狗叫得再歡，也是狗。」

話雖這麼說，可是這個情況，真的很不對啊！整個競技場的人都在呼喊，已經有人隱隱把女王跟侯爺一起喊了。

就在劉婭楠憂心忡忡的時候，一直在下首站著的野獸，忽然出聲道：「別擔心，我去把那小子趕下來。」

劉婭楠還沒來得及阻止，野獸已經跑下去了。

不過等看見野獸上場後，劉婭楠馬上就放心了，野獸做得非常好，而且動作漂亮得簡直出乎她的意料。

他的動作非常沉穩，跟那個「侯爺」花俏的動作表情相比，野獸的表情是那麼地淡定從容。

劉婭楠安靜地看著，每一次繩上的動作，她都下意識地收緊了呼吸，眼睛更是一眨不眨地盯著野獸的動作，不斷地祈禱著不要掉下來、不要掉下來……

就如同得到了感應一般，野獸的動作越來越穩、越來越漂亮。

歡呼聲都安靜了下來，所有的人都靜靜地看著那個動作很少、可是走在繩索上卻如履平地的野獸。

因為所有人都知道，這項運動的最初設計者就是那位叱吒風雲的侯爺……

野獸的動作非常平穩，就跟戲耍一樣，漸漸所有人都瞧出那位所謂的「侯爺」，動作已經紊亂了起來，氣息也不再平穩，動作更出現很多失誤。

所有人都在等待野獸給出致命一擊，因為結果是肯定的，那個「侯爺」完蛋了……

劉婭楠更是緊緊地握住了雙手，激動得嗓子都發緊了，同時這個野獸讓她有些陌生，她見過沉默的野獸，見過跟在她身後憨厚的野獸，也見過那個自卑的野獸，可現在的野獸，是她第一次見到的。

他的臉上有一種東西，好像有了光一樣，就在這個時候，野獸抬起頭來，明明隔著很遠，可在他背後是巨大的屏幕。

那個屏幕在直播著競技賽中的情況，瞬時所有的人都看到了，那個野獸臉上的表情，他在望著那個女人……那是一種男人對女人的眼神。

劉婭楠也察覺到不對勁了，好像所有人都屏住了呼吸一樣，她不知道發生了什麼，她正要看向大屏幕的時候……

就在這個剎那，變故出現了。

天空忽然暗了下來，劉婭楠下意識地抬起頭來，隨後就看到黑壓壓的戰鬥機群，從她頭頂呼嘯而過。

在那群飛行器掠過之後，一架小型飛行器跟墜落一般從天而落，那姿態簡直就像是一把要插入地底的利劍，斜斜地闖入了競技場內。

在近乎觸地的瞬間，裡面的人又用炫得讓人窒息的操作，讓飛行器迅速轉了一個彎。

飛行器的軌道也隨之帶出了一陣勁風，繩索因此劇烈抖動起來，先是那個「侯爺」，接著是野獸，都紛紛掉在地上。

可是沒有人再去關心他們，所有人的目光都被定住了！

都跟傻了一樣地看著那個從飛行器內彈出來的人。

那個人穿著一身軍服，一邊走一邊脫著手上的手套，他的動作很快，在經過看臺前的花環時，他還特意停了下，把那花環拿到了手裡。

他的眼神平靜淡漠，沒有一絲情緒，可在抬起眼眸的時候，他終於笑了一下。

劉婭楠屏住呼吸看著他靠近自己……

跟那些會在她面前單膝跪倒的人不同，眼前的這個人從未那麼對她。

他只是走到她的面前，在靠近的時候，跟照顧她的身高一樣，他微微地俯下了一點身體。

劉婭楠一眨不眨地看著他的臉，全場所有人的目光都盯著這個男人看。

而在他身後，巨大的環形屏幕上，很快就重播起之前的戰鬥畫面。

就跟電影一樣，所有人都看到了那些恐怖的畫面。屏幕上是被摧毀的船隻、哭喊聲，還有無數的人葬身火海、濃煙火焰，交織在一起……

沒有比這更真實、更震撼的畫面了。

劉婭楠愕然地看著面前的屏幕，屏幕上正在重播著之前發生的事，巨大的火焰噴射著，從上而下，那是一場簡單而快速的屠殺。

下面的人就好像螻蟻一樣地被吞噬著。

「曾經綁架過妳的琉璃海傭兵團海盜，剛剛已經被打掃乾淨了。」此時的羌然，帶著一種戰鬥後的滿足表情，正笑著看向她，像獻寶般地問：「喜歡我送妳的禮物嗎？」

劉婭楠頓時就傻眼了，這可是幾千條人命，還給她看過程！劉婭楠默默地低下了頭。

不過羌然很快就把花環戴到她的頭上。

而且跟剛才大家歡呼「侯爺」不同的是，這次當羌然為她戴上花環的時候，沒有一個人歡呼，所有人都愕然地看著屏幕上的一幕幕。

肯定有很多人在想，這個人是怎麼做到的？帶著羌家軍悄無聲息地騙過了所有的人，趁著大家的注意力都在女王慶典上，他已經得勝回來了。

這次還是去打海盜，要是這是打算把聯邦政府端了呢？就這個行動力，現在都差不多要端完了吧？

她抬起頭來，努力地做出一個微笑的表情，回答羌然剛才問自己的問題，「喜歡。」

後面的情形就簡單多了，在鴉雀無聲的競技場內，在等了片刻後，終於由羌家軍的人找到哆哆嗦嗦的主持人。

然後聲調都在打顫的主持人顫聲播報著下面的節目，只是不管他怎麼賣力地想要烘托熱烈的氣氛，可到所有活動結束時，競技場裡還是死氣沉沉的。

而且一等節目結束，那些觀眾就跟逃命似的，競技場大門打開的瞬間，那些觀眾就跟潮水似地往外湧，有幾個離門最近的觀眾還因此被擠傷了。

晚上回去的時候，劉婭楠也是有點心驚肉跳。

敵人在彈指間灰飛煙滅，雖然很帥，可自己枕邊睡個殺人不眨眼的，劉婭楠作為小老百姓家的孩子，還是有點扛不住。

奈何殺人魔王一點自覺都沒有。

因為心情太好了，羌然還會用指揮棒的尖端撩撥般地挑起她的頭髮。

劉婭楠跟害羞似地扭過頭去，其實心裡有點怕。

匆匆忙忙地換衣服沐浴，然後乖乖爬上床，羌然倒是有很多話想跟她說。

只是劉婭楠聽了兩句就覺得頭皮發麻，在床上不說風花雪月就算了，還給她科普那些武器的各種性能、殺傷力、得到的結果……

劉婭楠對這些聊天內容實在扛不住了，只好豁出去地主動把睡衣的扣子解開，果然很快地羌然就覆了上來。

他的動作倒是沒有什麼不同，因為現在天天做，做得太勤了，兩人都對彼此太熟悉了，已經熟悉到每一個動作呼吸都能拿捏得很準確，知道對方下一步想做什麼。

只是今天的羌然顯然有些興奮，他的動作比以往幅度要大一些。

劉婭楠感到有些不適應，而且她的頭隨著他的動作被撞到了床頭上，雖說不疼，可也是嚇了她一跳。

幸好羌然很快就發現了，他抱著她重新換了一個姿勢，這一次羌然控制了力度，劉婭楠努力地配合著他。

她沒有閉上眼睛，而是直視著這個人的眼睛，不管之前多麼害怕、覺得這個人恐怖，可此時再看的時候，卻覺得這雙眼睛除了漂亮些，好像也沒什麼特別的，什麼煞氣啊、殺氣啊，她都沒有感覺到……

反倒能從這雙眼睛裡看到很柔和的東西，就好像她在看著小毛球一樣。

只是明明都已經裸裎相對了，劉婭楠卻發現自己怎樣也無法專心，她的腦子裡就跟有了個自動過濾器一樣，不斷地想著那些亂七八糟的事。

當年自己開小飯店的時候，那些被羌然嚇得屁滾尿流的行人，還有自己在最女人時大家議論的那個羌然。

可那些羌然怎麼也無法跟眼前的這個男人重疊。

而且讓劉婭楠覺得不可思議的是，在那樣的手段跟心性下，羌然怎麼可以有這樣的一副好相貌？當他這樣溫柔地看著自己時，她都會覺得要融化了。

劉婭楠努力淡忘那些血腥的鏡頭，閉上眼睛去親吻他的嘴唇。

他在吸吮她的舌頭，她能感覺到，身體漸漸熱了起來，被他撩撥得有了感覺，想要更親近這個人……

默契十足的，他們在努力做人，按羌軍人說的，要盡快生出下一代的首領，而且那孩子不僅僅是首領，還是被無數人所期待、通過自然的方式孕育出來的孩子……

劉婭楠緊緊地抱著羌然。

她努力地告訴自己，這個男人很寵她、對她好，她不應該再胡思亂想。

可其實還是有些不對勁，因為那些好跟寵，跟她想要的那些不大一樣。

就像野獸那樣，她不需要那麼絢麗的出場，也不需要那麼驚人的禮物，只要給她一串手鏈就好了，或者給她挑選一件衣服。

不過羌然大概會覺得那種做法很無聊、很俗氣吧。

不知道過了多久，做到最後，劉婭楠都沒力氣了，像虛脫了一樣。

迷迷糊糊的半夜時分，大概是羌然又興致上來，她又被搖醒做了一次。

就在又要睡著的時候，劉婭楠忽然想起野獸來，自從見到羌然後，她就滿腦子都是那些火啊、船啊、尖叫的聲音，她都忘記去想野獸的事了，雖然知道那地方有防護，可她都忘了問問，不知道野獸從那麼高的地方掉下去怎麼樣了？

她當下就很想給野獸打一通電話，可是礙於羌然就在身邊，劉婭楠只好忍下來。

一直到第二天羌然去處理事情，她才趕緊給野獸打了電話。

這次接電話的是小田七，劉婭楠有些意外，趕緊問小田七：「欸，田七，野獸呢？昨天他沒事兒吧？」

那地方就算有防護，可萬一受傷了呢？她一下就擔心起來。

倒是小田七很快地說道：「姐姐，野獸哥哥很好，只是……」小田七像有什麼話想說，但又不方便說一樣。

劉婭楠心口一下就縮緊了，下意識就摸了下手腕上的水晶珠子問：「他怎麼了？」

其實昨天的事兒對野獸滿殘忍的，他當時那麼意氣風發，她也以為野獸要出風頭，結果羌然一出場，誰還顧忌他啊……

可是小田七卻怎樣都不肯說。

劉婭楠放下電話後，也沒多想，就跟外面的保安說了一聲，就要出去找野獸。

野獸跟小田七都住在前面的房間。

她過去的時候，就見野獸的房門是打開的，她往裡一看，就有些傻眼。

因為野獸正在低頭收拾東西，她看了一眼他收拾的東西，那是一個旅行包似的東西，劉婭楠這次更納悶了，忙問道：「野獸……」

野獸其實早就聽見她的腳步聲了，劉婭楠的腳步聲很有特色，跟其他人不一樣，是女孩的那種腳步，很輕，而且她走路的時候遇到障礙時習慣跳一跳。

他的腦子裡有那樣的劉婭楠，笑嘻嘻地就在他身邊，跟他一起走著。

他用力地呼吸著，胸口有東西要鼓漲出來，他沒有吭聲，快速把旅行包合攏，此時他才回過頭去。

身後的人，是他曾經發誓要用生命去保護的人，可是不管他說過多少話，現在想起來也不過是大話。

野獸看著她的眼睛，很抱歉地說道：「老闆，對不起……」

他已經很久沒叫過她老闆了，野獸也很少叫她殿下，他這段時間每次說話的時候都是直視著她的眼睛。

「我想出去開開眼界。」野獸低聲說著，說完後他就再也不看劉婭楠的眼睛了。

劉婭楠很快地想到，這是野獸受了打擊，想要離開嗎？她想說些什麼。

可野獸快速地說：「我不能一直就這樣跟在妳身邊，我想做男人該做的事。」

劉婭楠挺難過的，不過野獸說的也對，她也知道，野獸跟在自己身邊什麼都做不了，說是女王，其實她什麼實權都沒有。

而且不能因為自己捨不得這個跟哥哥似的大男人，就要阻攔對方的前途。

劉婭楠雖然很難過，心裡也想了很多，可在面上卻沒有太顯露出來，反倒努力地笑了下，走到野獸面前，鼓勵般地說：「挺好的，你出去後一定要注意身體，別跟以前一樣忘記吃飯……喔，對了，你等我一下……」

劉婭楠想起自己的那些錢，她不能讓野獸就這麼兩手空空地走，她得找些東西給野獸。

劉婭楠很快地跑到存放禮品的地方。

她找了很多，可也不知道哪些適合野獸，最後她反倒發現何許有錢送的什麼金子跟玉石做的東西，她一開始還以為那是金縷玉衣，結果等打開後，才發現那居然是件盔甲，可以貼身穿著，看著是黃金的材料，但其實是一種很稀有的金屬，劉婭楠一下就心動了，除了這個，她又選了一些別的禮品，像是鑲嵌珠寶的刀子……

等她拿給野獸的時候，野獸卻固執地什麼都不肯要。

劉婭楠這下著急了，野獸這段時間幫了她那麼多，她說什麼也要報答他。

最後她說了半天、勸了半天，野獸只笑著跟她說了一句：「那就有空的時候想想我吧！」

劉婭楠眼圈有點紅，她一直忍著眼淚，「肯定會想。」

她點頭說著：「你要保重，知道嗎……」

劉婭楠本來想親自送野獸出副官邸的，可現在因為羌然的事件，她的副官邸已經被全球的記者包圍了。

劉婭楠只送到大廳的入口，就不能再往外送了，她心情很低落，而且總覺得野獸的出走跟昨天的事有很大的關係，可是男人有時候就是自尊心很強的生物。

這次送野獸出去的還有小田七。

小田七跟野獸一直都跟在劉婭楠身邊，他們彼此間關係也都十分親密。

這個時候看著野獸走遠了，小田七才忽然小聲地對劉婭楠說道：「姐姐，其實野獸一直很喜歡妳……」

劉婭楠有點沒反應過來，而且小田七用這麼低的聲音跟她說話，顯然是不想讓那些羌家軍的人聽到。

她疑惑地看向小田七。

小田七這次的聲音又低了一些：「妳還記得妳跟羌然生氣的時候寫的那些字條嗎？每次野獸哥哥說他要處理，我也以為他都處理掉了，直到有一天我看見他很珍惜地摸著一個東西，我才發現，他其實把那些紙條都收集起來當寶貝似的，有段時間根本不離身，就揣在懷裡……」

劉婭楠有點傻眼。

她知道自己會招男人喜歡，這世界就她一個女人，那些人也沒得選，可是這個……對方可是野獸啊！

一直被她當做哥哥親人看待的野獸！

劉婭楠就覺得十分頭大，再說她在這個神展開的世界已經走得太遠太遠了，非主流就不要追尋主流的愛情了吧！

野獸人是不錯，既老實又忠厚，可是羌大魔王剛眼睛都沒眨，就把一個地區的人都炸沒了。為了世界和平、人類發展，她還是老實地跟著羌然吧。

她在這心事重重地送野獸，那頭羌然也正在被各地媒體狂轟濫炸中。

雖然琉璃海海盜惡名由來已久，可此時大家統一達成了共識，敢跟犯罪集團鬥爭的，必然是更大的犯罪集團。

而且羌然，你到底把神聖的法律放在哪裡了？

那鋪天蓋地的譴責，之前還會被人評論為凶殘沒有人性的海盜，此時各種組織都在為他們聲討起羌惡魔，什麼殺人犯、什麼戰爭狂人……

繆彥波更是義正詞嚴地對著鏡頭抗議道：「即便是十惡不赦的罪犯，也有公開受審的權利，羌家軍這次的行動沒有聯邦政府的許可，置禁空令為兒戲，這樣的行為……」

劉婭楠回到房間的時候，正看見這段。

而被所有人指責的大魔頭、大壞蛋，此時正把腳翹在桌子上微笑。

看見她進來了，羌然很快把腳放了下來。

雖然很多人都說他各種自大妄為，其實在生活的一些細節上，羌然還是很自律。

在把腳放下來後，羌然還找了抹布把自己剛才踩髒的桌面擦了。

【第八章】

魔王老公

劉婭楠明白有現成的演講稿，不過她還是毫不猶豫地說了出來：「我想做孩子的母親，做老人的女兒，女人除了是妻子，還可以是朋友、家人……」

她的聲音頓了一頓，因為此時就連觀止都忍不住走到她身邊提醒道：「殿下，您……」

「我會努力做好這些。」劉婭楠有些緊張，腦子也有點亂。

等她亂七八糟說完這些話的時候，觀止跟繆彥波都不說話了。

劉婭楠看到這樣的羌然，真有點囧囧的。

這種外面是魔頭，在家是老公的感覺，讓劉婭楠有點怪怪的。

因為自從兩人性生活和諧後，羌然就沒再讓她做家務，而且劉婭楠也摸不著做家務的機會，雖說夏宮裡有專門做清潔工作的機器，可架不住羌然有點小潔癖，很多地方劉婭楠還沒想到要打掃，羌然已經自動自發地做了。

更主要的是，羌然這個人軍人氣十足，所有的東西都是井然有序。

劉婭楠則是個馬大哈，當年在學校的時候，在床上躺著吃水果、吃零食，都養成習慣了，現在偶爾白天看東西看累了，她就喜歡一邊躺在床上吃東西，一邊看點新聞換換腦子。

一次、兩次，羌然也不說什麼，不過劉婭楠後來就發現，只要她在床上吃過一次東西，哪怕什麼都沒掉在床上，可第二天羌然絕對是二話不說把整張床從頭到尾地換一遍，就連枕頭套都不放過。

劉婭楠也不傻，立刻就知道羌然對她在床上吃東西挺在意的，只是人家一直忍耐著她，沒說出來而已。

劉婭楠趕緊把那個毛病改了，只是生活隨意慣了的人，跟軍營生活習慣的人生活在一起，其實還是有些磕磕碰碰。

尤其是男人跟女人很多地方都不一樣，羌然向來都是那一套衣服，需要換了就去外面的衣櫃裡選，進到夏宮就立刻換成家居服。

劉婭楠卻不一樣，她在夏宮裡放著好多衣服，每次穿衣服都要搭配，今天穿那個、明天穿這個，而且不是每次都去衣櫃裡選，因為對她來說衣櫃太大也太多了，她更習慣把喜歡穿的都放在寢室裡。

但劉娙楠發現，一開始羌然不說什麼，可後來她再找自己的衣服時，就發現那些衣服早已經被羌然收到衣櫃裡去了。

劉娙楠知道羌然不願意她亂放東西。

可是她也有自己的生活習慣，她從小到大住的都是小房子，也習慣把常用的東西放在手邊，要是每次換衣服都要跑出去逛一圈百貨公司似的衣櫃，那不把她累死了？

所以劉娙楠也不說什麼，又在那些跟百貨公司似的衣櫃裡找了自己喜歡的衣服，重新放在不用的椅子上，就那麼平鋪著。

其實這樣做有點像是挑釁，不過兩個人在一起生活，不就是鍋沿碰鍋勺嘛。

結果有一天等她再回夏宮的時候，就看見夏宮裡多了一個衣櫃似的東西，而她那些衣服正整整齊齊地掛在那個小衣櫃裡。

此時兩人雖然離開了夏宮，不過夏宮的那些生活習慣卻還保留著。

看著羌然拿著抹布擦東擦西，劉娙楠乖乖地坐在床上。

不管外界說羌然是獨裁者霸權主義，可其實他從小到大都沒被人伺候過，在沒住進夏宮的時候，羌然的住所也是簡單樸素。

據觀止他們說，羌然頂多好奇地抽抽老式菸草，對酒也不怎麼感興趣，吃飯也從不挑嘴，衣服只要簡單大方就好。

劉娙楠看過羌然的衣櫃，裡面都是很簡單的衣服，顏色也是常見的灰、黑、藍三色。倒是他的指揮棒很多，而且顏色很花俏，每一個羌然都會小心地保存著。

坐在床上的劉娙楠，這時就看見放在床邊的指揮棒，那東西的尖端很細，手柄有一點粗糙的感覺。

趁著羌然忙著打掃，劉婭楠閒著無聊，就把那根指揮棒跟耍金箍棒似地耍了一下，本以為在床上不會有事的，結果那根指揮棒就掉在床邊，她擋也沒擋住，指揮棒直接就掉在地上，把尖端給戳掉了……

劉婭楠一下就傻眼了。

正在擦椅子的羌然也聽見聲音，等他回頭的時候，就看見自己的指揮棒掉在地上斷成兩截，他的眉頭瞬時就皺起來。

劉婭楠也嚇了一跳，趕緊從床上跳了下來，忙著去撿。

這根指揮棒可是羌然最喜歡隨身帶著的，每次檢閱軍隊都會握在手裡。

結果羌然比她的動作要快，他已經到了床邊，直接把壞的指揮棒撿了起來。

而且他也沒吭聲，直接就打開垃圾處理器，把指揮棒丟了進去，中間羌然更是連看都沒看她一眼。之後羌然又把椅子整理了下，擺得整整齊齊。

劉婭楠卻怕怕的，坐在床上緊張地挪了挪屁股。

等他忙完了，她就趕緊道歉：「羌然，對不起，我沒想到那東西那麼脆……我……不該弄壞你東西……要不我找人幫你重新做一個一樣的，你有圖紙沒有？」

羌然這才看向她，走到她的面前，俯下身，也沒說什麼，只親了親她的額頭。

這個動作做出來帶點親昵的感覺，劉婭楠也不知道他到底是生氣了還是沒生氣？都說女人的心思不好猜，對她來說，羌然也跟一個謎團似的，不管兩人怎麼親密，劉婭楠始終琢磨不透他會因為什麼高興，會因為什麼不高興。

此時的劉婭楠為了討好他，跟順杆爬地摟住了他的脖子，主動貼了過去。

於是被摔壞指揮棒的大魔王就滾起了床單。

不管外面多麼熱鬧，羌然跟劉婭楠卻一點都沒受影響，不管怎麼翻天地覆地罵，可總歸沒有一個人敢跟羌家軍當面鑼對面鼓的，說白了，你不招惹這些流氓，他們還到處惹事，真要招惹了，那可就絕對沒完沒了。

而且在那些聲討的浪潮中，劉婭楠細心地注意到，那幾大家族都緘默著，沒有任何一家出來說話。

所以雷聲大雨點小的譴責活動很快就結束了，生活照舊，人民依舊樂觀向上地積極生活，國家政府依舊有序地運轉，被譴責的人也沒有被唾沫星子淹死，依舊每天跟老婆做著造人運動。

就是劉婭楠自從野獸走後，心裡空落落的，又過了幾天後，終於等到許久的女王登基典禮。

那一天劉婭楠早早就準備妥當。

還把講稿小聲地背誦了一遍，裡面的內容是繆彥波跟觀止兩個人扯皮扯出來的，都是些為了人類、為了人民的屁話空話，什麼我將履行自己的職責、捍衛你們的權利。

但具體你們有什麼權利，劉婭楠就不大清楚了。

到處都是鮮花還有音樂，喜氣洋洋的，劉婭楠跟著車隊前行著。

四周不斷有人湧過來向她呼喊，扔過來的鮮花更是把地都鋪滿了。

劉婭楠深吸著氣，終於到了地方。

地上早就鋪好了地毯，她走上去就覺得腳下軟軟的。

四周都是歡呼聲，她本來想轉身對人群揮揮手的，可是觀止這時卻催促她：「殿下，時間不早了。」

劉婭楠只好頭也沒回地往上走著。

加冕典禮所在的地方很高，這是為了她登基特意修建的一處臺子，而且為了顯出尊貴來，所有的攝影設備都不可以高過這個臺子。

羌然倒是沒有出場，聯邦政府派專人主持這次的加冕。

劉婭楠按部就班地戴上皇冠、拿起權杖，身上本來就是重重的披肩裙子，現在又加上鑲嵌寶石的皇冠，她簡直都要喘不上氣來了。

等到最後她發表演講時，內容自然是早已熟練於心。

劉婭楠一邊走到臺前，一邊回憶著那些空而無用的內容，什麼這一年將是不平凡的一年，在聯邦政府的帶領下，我們取得了優異的成績，齊心協力，頑強拚搏……將要取得舉世矚目的重大成就……

下面歡呼聲靜了下來，劉婭楠緊張得嗓子發緊，下意識地清了下嗓子。

隨後那小小的一個清嗓子的聲音，就被擴大了無數倍地傳了出去，就連劉婭楠都被自己的聲音給嚇到了。

那聲音聽上去有些陌生，她還是頭次發現自己的聲音柔柔的，女人味十足。

她微愣了幾秒，下面的人都屏息等著她的演講。

劉婭楠放眼望去，看到下面一張張的面孔，人太多了，密密麻麻地排在一起，就好像小螞蟻一樣。

在這個富人區和窮人區交會的地方，她能夠看到不遠處的養育院，跟其他摩天大樓上懸掛的女王頭像不同，那個養育院樓上所懸掛的不是女王的頭像，而是有著長長頭髮的她。

雖然自從被發現是女人後，她就沒再剪過頭髮，可其實她的頭髮也只是齊肩而已。

那幅畫像上的女人要比她本人胖上一些，手指也圓潤一些，如果這個世界有媽媽的話，那就應該是這個樣子。

劉婭楠深吸口氣，不知道怎麼就說了出來：「我想當媽媽……」

很輕柔的聲音通過話筒傳遞了出去，一點點地蕩開著。

她身後的觀止跟繆彥波都愣住了，繆彥波更是提醒地用手指戳了戳她的後背。

劉婭楠明白他的意思，有現成的演講稿，不過她還是毫不猶豫地說了出來：「我想做孩子的母親，做老人的女兒，女人除了是妻子，還可以是朋友、家人……我不懂得政治，可我有做母親的天賦，我也知道該怎麼做一個孝順的女兒，如果願意，我還是你們的朋友及家人……」

她的聲音頓了一頓，因為此時就連觀止都走到了她身邊提醒：「殿下，您……」

「我會努力做好這些。」劉婭楠說完這個，大概是有些緊張，腦子也有點亂，因為沒有成熟的演講稿，她只是把自己最近做的事都說了一些，還有那些構想：「關於養育院的事，我會努力做下去，養老院，近期還在嘗試中，我想在下半年把這個也做好……」

等她亂七八糟說完這些話的時候，觀止跟繆彥波都不說話了。

沒有了歡呼聲，所有的人都安靜了下來。

劉婭楠在說話的時候，因為太緊張了，都沒敢低頭看那些人的表情。

此時都說完了，她才發現情況不對頭，怎麼下面靜悄悄的，一點聲息都沒有了？難道是她說錯了？

她很緊張，而且也有點明白過來，那些話說得太不像個王者了。

她肯定打破了很多人的幻想，美麗高貴的女王，轉身變成了喋喋不休的話嘮，唯唯諾諾地說話還磕磕絆絆的……如果按照演講稿念的話，至少也是有氣勢的，可她說的簡直就是大白話，而且還傻乎乎的，而且剛才說那些話的時候，因為太緊張了，她好像還撓了撓頭，差點把皇冠給撓下去。

繆彥波跟觀止雖然一直在提醒她，可她還是被下面熱烈的情景給感染了，還有養育院上的畫像，讓她一時沒有忍住自己想說的話。

一想到自己把這麼重要的登基典禮給毀了，劉婭楠就有點腿軟。

她也沒敢看下面人的表情，她慢慢地轉過身去，就跟做錯事的孩子一樣，望向繆彥波。

她估計繆彥波一定氣瘋了，這個人一向官腔十足，那個演講稿百分之七十的空話廢話可都是這個人寫的。

結果一向滑頭的繆彥波不知道怎麼的，在對上她的表情時，忽然就蒙住了似的。

他一向很機靈的，更是見風使舵的行家能手，此時卻跟反應不過來似的，只在那愣愣地看著她。

劉婭楠不知道是不是自己看錯了，總覺得繆彥波的耳朵有點紅。

她正想小聲道歉，卻忽然聽見外面隱約有一些鼓掌的聲音。

她有些納悶，同時又有些心酸，估計是有一些人想安慰她吧？

可很快地，劉婭楠就聽到了更多的鼓掌聲，而且聲音一次比一次響，到了最後，那聲音簡直大得整個地方都在打顫。

劉婭楠詫異地轉過身去，她看見臺下的群眾跟瘋了一樣地歡呼著，那聲音好像熱浪，不斷地向四周擴散開來。

她的視線有限，可是在眼睛所能看到的範圍，那聲音已經擴散開去了。

歡呼聲變得越來越響，好像整個城市都被震撼了。

劉婭楠的心跳也跟著加快，因為她聽見無數人在歡呼著女王萬歲……

那種激動的聲音，比之前的那些歡呼都要讓她激動！

「殿下。」繆彥波更是走上前來，俯身向她恭敬地說道：「此情此景請允許我為您吟誦一首詩……」

「啊，女王，妳是天下，最美的聖母！」

劉婭楠正激動得不能自已，在聽了繆彥波的詩詞後，她的表情就變得微妙起來，真的真的很想回他一首：「欸，繆彥波，您絕對是，天下最爛的詩人啊！」

不過在演講過後，劉婭楠就老實了，下面的事情按部就班地做著。

像是巡遊還有觀看禮花。

就是不知道怎麼的，這個繆彥波忽然詩興大發！那效果簡直就跟流氓獸性大發似的，劉婭楠不管是在巡遊的時候微笑揮手，還是對著禮花擺姿勢的時候，身邊就總有一個配樂。

劉婭楠眼角的餘光都能看見觀止他們笑得嘴都歪了，偏偏這個繆彥波還跟不知道似的，在那沒完沒了地用詩詞讚揚她、誇她，什麼妳是最明亮的星星，照耀我的路啊……

最後劉婭楠實在是扛不住了，趁著休息的時候就好言好語地勸著繆彥波。

因為繆彥波是政府派來的人員，跟觀止一樣，兩個人都沒有宮內官的身分，一律對外宣稱是她的助理。

劉婭楠說道：「繆助理，謝謝你，不過你這樣是不是有些太誇張了？」

「不會。」繆彥波忽然用那種讓人起雞皮疙瘩的聲音，緩緩地回答她道：「我是真的覺得您很好。」

疙瘩來。

「喔。」

劉婭楠沉默了片刻，覺得自己要不就試著反擊一下，不然真容易被他念叨出永不掉落的雞皮疙瘩來。

她沉吟了下，便溫和地說道：「那好吧，繆助理，你都給我念了這麼多首了，那我也給你念一首詩吧。」

她咳嗽了一下，盡量板著面孔，「詩，絕對不是用來，起雞皮疙瘩的！」

其實劉婭楠早厭煩了這個人，當初這個人就總在養育院的事情上給她穿小鞋，滿嘴的仁義道德，其實一肚子的男盜女娼，嘴裡說著尊重女性的話，可幹的都是陰溝裡的活兒，更別提他還打著政府跟她的名義到處圈錢。

不過讓劉婭楠奇怪的是，這個長得跟正人君子似的繆彥波，在被她那麼揶揄後，居然也沒說什麼，反倒還笑咪咪地看著她，那副君子端方的樣子，讓劉婭楠都嘖嘖稱奇了。

這臉皮厚得簡直都比上城牆拐道彎了。

加冕典禮的活動排得滿滿的。

劉婭楠努力地做著，其實她不怎麼喜歡這種形式化的東西，有一個做代表就好了，後面的那些活動簡直就是折騰人。

不過下面的民眾對此倒是熱情得很，她懷疑今天過後會有不少人的嗓子啞了。

等晚上回去的時候，劉婭楠都要被累死了，而且在舉行儀式的時候，只要有時間，她就會在觀禮臺上找尋羌然，結果很奇怪的是，不管她怎麼找、怎麼看，都沒有看到羌然的身影。

她挺失落的。

回去的時候，從觀止那裡她才知道，羌然壓根沒在會場待多久，他覺得那兒的環境太亂，早早就回來了。

等她回到臥室，就看見羌然正在房間裡悠悠哉哉地玩垂釣類遊戲。

劉婭楠嘆了口氣，把厚厚的衣服脫下來，又換上家居服，懶洋洋地躺在床上。

可是現在還不能放鬆，明天她還得參加個狗屁的聯邦議會。

倒是羌然對她這次的加冕儀式都沒怎麼關心，也沒問她順利不順利，不過看到她這麼慘兮兮的，羌然倒是主動地幫她拿了個枕頭，塞在她頭下。

劉婭楠半枕半抱著枕頭，累得全身都要散架了。

她知道羌然是見慣大場面的，估計這種儀式對他來說都是小意思。

劉婭楠唉聲嘆氣的，心說果然沒個三代壓根培養不出個貴族來，自己這種小老百姓這次真是被拔高得太快了，到現在她頭還暈暈的。

劉婭楠一點都不敢懈怠，稍作休息，她就趕緊坐了起來，開始研究明天的聯邦議會。

之前她就有學到一些，不過為了保險點，她把那些資料又仔仔細細地看了一遍，一直到羌然催她睡覺，她才收起資料上床。

每晚他們都會做那個，劉婭楠上床後，還以為羌然會跟往常一樣脫她的衣服，結果羌然卻沒有那麼做，而是輕輕地摟著她。

劉婭楠就有些疑惑，從枕頭上抬起頭來，燈早已經關了，她望向羌然的方向。

在黑暗中羌然很快地把她的頭按到了枕頭上，催促：「快睡吧，明天還有妳累的。」

劉婭楠忽然就感動了起來，這是羌然在體諒她。她主動湊了過去，貼在羌然的懷裡，手指跟羌然放在自己腰上的手指交握著。

沒多會兒，累極的劉婭楠就睡著了。

第二天就跟打仗似的，劉婭楠早上起來的時候覺得自己的腿都木掉了，她趕緊刷牙洗臉，穿好衣服。

倒是在趕往議會廳的路上，劉婭楠難得有了個喘息的機會，趁這個機會，劉婭楠趕緊問身邊的觀止。

自從弄壞了羌然的指揮棒後，她就一直想著補救。

可是她提出要圖紙重做的時候，羌然卻是一副壞就壞了的樣子，可看羌然的樣子，好像對那個壞的指揮棒又不是無動於衷。

劉婭楠挺在意的，想從觀止這打聽打聽，看能不能找個圖樣再給羌然做一個。

而且劉婭楠真心覺得太奇怪了，哪有材質那麼脆弱的指揮棒，這樣就壞了，按說羌然也該用些結實的東西。

結果觀止一聽她說完，就傻眼了，那表情就像受到很大的驚嚇，「殿下，您說的是那個尖端很細、手臂是黑色的那個嗎？」

見劉婭楠點頭。

觀止倒吸一口冷氣說道：「那、那個指揮棒是最初代羌然用的，一直傳了很多很多年，到現在已經是超級古董級的存在了，殿下您真給摔了嗎？」

劉婭楠一下就傻眼了，價格貴還有得補救，這樣的……怎麼辦啊？

觀止也怕她傷心，趕緊安慰她說：「沒事兒的，殿下把壞了的指揮棒交給我，我可以找人做修補。」

這下劉婭楠更鬱悶了，「可都被羌然扔進垃圾處理器裡了。」

觀止那表情簡直就跟遭了雷劈一樣。

這下劉婭楠更不忍心了，她還想那東西怎會如此脆弱，原來是超級古董啊。

劉婭楠這下更覺得對不起羌然，她以前很怕羌然的，總怕自己做錯事兒惹羌然生氣，可這次她算是知道了，人羌然壓根就忍著她，她弄壞了那麼重要的東西，羌然別說提了，連個不字都沒跟她說過。

劉婭楠心事重重地琢磨著，該怎麼補償羌然。

不過車子倒是很快就到了地方，在車子緩緩停下後，劉婭楠打起精神下車。

這是她第一次在這種政治中心的地方亮相，為了顯得莊重些，她特意穿了很華貴的衣服。

而且她功課做得很足，還沒進門，腦子裡就已經有了儀式廳的大致輪廓。

等進去後，果然裡面的布置就跟她之前從資料上看到的一樣，高高的拱形頂，上面安置了無數的燈。

偌大會場，所有人都成圓形圍坐著，在所有人圍著的中心位置，以前曾經擺過聯邦的旗子，可現在那面旗子被收了起來，轉而替代的是一把紅棕色的椅子。

劉婭楠深吸口氣，知道那是專門為她設立的位子。

她進入會場的同時，裡面的人都紛紛回過頭來，她在觀止、繆彥波的陪同下走入會場，那些人早已經起立等候她。

她先站在紅棕色椅子前，用目光環視一周後，才緩緩坐下。

之後那些人也陸續坐了下來，椅子的聲音稀稀落落。

這是幾千人的開會場所，劉婭楠面前的桌子上早已經擺上了需要處理的公文。

她伸出手先是看了幾頁，發現都是些法案修改的內容。

她正低頭看著，下面的人已經開始發言了，不同的區域、不同的職權部門，起先還有次序，可到了後來，完全就是一場亂燉，誰的聲音大、嗓門粗，就好像誰占理似的。

劉婭楠也參加過學校辯論會，知道這種場合肯定會有不同的意見，可很快她就傻眼了，場面就跟失控了似的，已經有吵得臉紅脖子粗的人員跑過去互掐了。

隨後什麼杯子、杯墊……就跟飛鏢似地滿場飛。

劉婭楠目瞪口呆地看著這些國家要員們在這個地方上演全武行，不管什麼身分的人，打起架來都不好看，而且純男人的世界，不管你是六十的老頭還是二十出頭的小夥子，那絕對都是毫不含糊。

劉婭楠這下算是明白為什麼聯邦政府效率低了，就這個扯皮、打架、扔飛鏢，剛才她玩命聽也沒聽出什麼有見地的東西來，倒是滿場已經練出十八般武藝了。

既然有群體戰也有單打獨鬥，還有暗器門的，先別說解決事情，簡直連發言的順序都要吵出個一二三四五來。

劉婭楠坐在椅子上，那個難受啊，耳朵都要被吵到聾了，看著人頭攢動的，更是覺得眼暈。

她下意識就看了眼身邊的助理們，發現繆彥波居然紋絲不動，那副巍然的樣子，很有點君子臨危不亂的感覺。

劉婭楠就努力鎮定著自己，心想：千萬別丟人，自己都是女王了！

這種陣仗算什麼，不過還是別吵得心都亂了。劉婭楠簡直就跟被扔到了漩渦裡一樣，不管怎麼努力淡定，滿耳朵都充斥著嘈雜的叫罵聲。

她下意識看去一眼，然後很快地劉婭楠就氣得嘴都要歪了，看著鎮定從容的繆彥波，這廝居然在耳朵裡塞著棉花！這也行啊？

可是現找耳塞已經來不及了，劉婭楠深吸口氣，把垂在耳邊的頭髮攏到了耳朵邊，努力遮擋那些亂嗡嗡的聲音。

終於等人打得也累了，議會時間也差不多要結束了。

等再出去的時候，劉婭楠覺得自己的耳朵仍嗡嗡作響。

上車後劉婭楠就很鬱悶，心想這都什麼事兒啊，而且一想到自己每週都要參加一次這種活動，劉婭楠就覺得腦袋疼。

此時車隊正緩緩前行著，劉婭楠放眼看去，慶典時的那些裝飾畫大部分還沒拆下來。

她看著看著，就忽然想起了什麼，快速地吩咐司機道：「麻煩左轉一下，我想去左邊的養育院看看。」

之前養育院的工作都是野獸在做的，現在野獸一走，劉婭楠一時間也找不到合適的人。難得她在外面，她也想親眼看看那個地方都怎麼樣了？

結果司機卻沒有立刻轉彎，而是把車停下，等著觀止和繆彥波過來。

那兩人很快地都來了。劉婭楠把自己的想法給那兩人說了說，觀止倒是沒說什麼，倒是一向圓滑的繆彥波忽然說道：「路線都是事先定好的，不能隨意改動。」

劉婭楠平時脾氣很好，可現在卻固執地說道：「我堅持要去。」

她沒有說多餘的話，因為知道自己說不過繆彥波，只用眼神暗示觀止，果然觀止立刻就倒向她這一邊。

繆彥波眼神有點不快，不過他這個人很能見風使舵，當下點頭答應了。

不過那副樣子劉婭楠看在眼裡就挺氣的，這個繆彥波之前就總在養育院的事兒上跟她搗亂，現在她說要去看看，他還不幹，也不知道他都安的什麼心。

車子很快就拐到了，等到了地方後，劉婭楠並沒有立刻下車，繆彥波跟觀止親自守護在她的車旁，一直到養育院裡面盤查完，他們才把她請下來。

劉婭楠早已經在等候的時候，在車內把厚重的華服脫掉，她裡面穿得很休閒，就是一件單色的褂子，不過這樣的劉婭楠看上去倒是更清爽一些。

這個地方以前她來過幾次，每次都是為了看小田七，不過她記得後來她跟野獸把這個地方弄成了適合很小的孩子住的地方。

此時這個地方卻大不一樣了，她仰頭看了看，整個樓體看上去很乾淨，像是重新粉刷過。她信步往裡走去，樓道裡也都重新修正過，地面很平，有棱角的地方也都做了改動。

劉婭楠又參觀了幾個地方，這下就連她身邊的繆彥波都吃驚了。

因為任誰也想不到，跟垃圾堆一樣的地方，居然也可以被整理得井井有條。

劉婭楠不是什麼有才華的人，可是她能設身處地地為別人著想，所以想到的那些點都非常實用，找人設計出的也都是最好的。

她看得很開心，忍不住就想起野獸來，看來他真挺厲害的，所有的東西都做得這麼好。

她在養育院一層一層地參觀著，只是繆彥波他們大概怕出現意外，把養育院裡的孩子都請到了別的樓層。

劉婭楠在樓下的時候，有看見透過窗戶向她張望的小孩子。

她進門的時候還對他們揮了揮手，此時知道那些孩子都被弄到最頂層，故意避開她的時候，劉婭楠就有些不高興，而且繆彥波自從進到這裡後，臉色就很不好。

她沒理繆彥波，徑直就去了頂樓，頂樓的孩子簡直就跟炸鍋了一樣，瞬時無數個孩子熱烈地向她湧來。

劉婭楠趕緊伸出手去貼近那些小孩子，聽著他們叫她媽媽，不過真的很奇怪，她明明還那麼年輕。

她努力地做出她認為最慈祥的樣子，不過她也不知道媽媽該是什麼樣的，她不是被父母養大的，她只能努力地想像著，盡力去親近這些孩子，問他們生活得好嗎？有什麼想要的嗎？摸他們的小手，摸他們的臉蛋……

她的碰觸就跟有魔力一樣，她並不覺得自己有什麼了不起的，可是那些孩子的眼睛卻用最直白的話語告訴她，他們是多麼渴望她的碰觸、她的喜歡……

孩子們七嘴八舌的，有一些說話還不利索，也咿咿呀呀地說著。

什麼樣的孩子都有，不過總體來說這個養育院的孩子還是偏小一些，看著年齡是四五歲，有些個子小小的，走起來還不怎麼穩，就跟小企鵝一樣，都穿著制服。

一直到天色黑了，劉婭楠才往樓下走，她身旁的繆彥波已經是一副不耐煩的表情了。

只是下樓的時候，她又聽見了小嬰兒的哭聲。

大些的孩子被請開了，這些小嬰兒都還在原來的樓層。

劉婭楠聽見哭聲後，止不住好奇地找了過去，然後就很快看見自己設計的嬰兒床，在那一排排嬰兒床上正躺著無數個小傢伙。

其中有一個小傢伙不知怎麼哭得挺大聲，嗓子更是啞啞的，好像哭了很久似的。

劉婭楠聽不下去，她快步走到那個嬰兒前，小嬰兒看著倒是滿健壯的，胖胖的小胳膊小手，看得出這些孩子在這生活得不錯。

她低下頭哄著，很快地那孩子就不哭了，反倒睜著大大的眼睛望著她，還伸出小小的手指想要抓住她的頭髮。

劉婭楠把手指伸到了小嬰兒的手心裡，那孩子很快就咯咯笑了起來。

她忍不住做著鬼臉逗小孩子，一會兒把臉整個皺在一起，一會兒又故意地噘著嘴巴，或者擠眼睛眨眼睛，逗得太高興了，她都忘了顧及形象了。

結果等停下來後，她才想起自己剛才是不是太傻了？做了那麼多難看的表情動作……

她下意識就往旁邊看了一眼，然後很倒楣的，她就看見繆彥波正一眨不眨地看著她，那副樣子簡直就跟看呆了一樣！

擦！這斯文敗類絕對是在心裡笑話她！

劉婭楠又尷又尬，鬱悶地回瞪了繆彥波一眼。

然後就跟故意似地，她就把那小孩子身下的紙尿布抽了出來，遞給繆彥波說：「欸，繆助理，麻煩你給這孩子換個新的吧！」

繆彥波這輩子各種突發事件都應對過，不管是群體事件，還是難纏的角色，他都不懼，可此時擺在他面前的，卻是這麼一個臭烘烘的紙尿布。

那玩意不管是從哪個角度看，他都無法理解……

其實也不能怪繆彥波，主要是這紙尿布是劉婭楠幫忙設計的，當初知道這個世界沒有紙尿布的時候，劉婭楠簡直都驚呆了。

她趕緊設計出來，怕不合適，還特意找了模型做試驗，腰的地方還特意做得很柔軟。

此時劉婭楠把那東西舉到繆彥波面前的時候，繆彥波就遲疑了下，他倒是知道那上面黃色的一灘是什麼，不過具體該怎麼做，他還真不知道，他遲疑地接了過去。

幸好周圍還有工作人員，很快就有人遞給他一片嶄新的。

繆彥波為難地走到軟軟的小嬰兒面前，他試圖給那孩子挪一下位置，可手指剛碰到孩子軟軟的身體，他就跟受到驚嚇般地趕緊把手指縮了回去。

那小傢伙挪動了下，眼睛轉動著。

像是遇到了多大難題，繆彥波皺起了眉頭，他有點無從下手。因為無法理解這麼小的傢伙怎麼會成長他這樣的大人？這麼小的一團，手指簡直就是袖珍版的。

劉婭楠抿嘴笑了下，心說這些男人，平時跩得好像天下地上都沒他們不會的，現在就給孩子換塊尿布都不行。

可剛想到這，劉婭楠忽然就代入了羌然的臉，不知怎麼的，她的心裡就軟了一塊。

她馬上就想到，羌然不會也是這樣的吧？傻乎乎的就跟受了驚一樣。而且羌然將要面對的還是他自己的孩子，他跟那個小傢伙會有相似的眉眼，可是又不全然相似，到那時候羌然該是什麼樣的表情動作，會不會嚇得都不知道該怎麼辦，在那裡直轉圈圈？

這麼一想，劉婭楠不再捉弄繆彥波了，而是接過繆彥波手裡的紙尿布，當年為了測試紙尿布好不好用，她可是對著模型練習過無數次的，此時她手腳利索地給孩子換上了。

換好後，她還拉著孩子的小手逗了逗。

等再出去的時候，劉婭楠就發現繆彥波的表情怪怪的，之前還喜歡用誇張的表情、口吻跟自己說話，忽然就不怎麼說話了，甚至在車隊調度上的反應還很遲鈍。

只是劉婭楠很快就沒精力再注意繆彥波，因為意想不到的情況發生了。

就耽誤了這麼一會兒的工夫，等他們再出來的時候，外面已經聚集了無數的人群。即便有保安的人員做了隔離，可那些人還是在她剛露臉的瞬間，爆出熱烈的歡呼聲，更有無數人想要衝上來。

她真被驚到了，觀止更是上前一步擋在她面前，繆彥波也迅速地打開了車門，趕緊把她塞了進去。

等她躲到車內後，那歡呼聲不僅沒散去，反倒越來越響。不斷有工作人員在驅散人群，要他們讓開些，可是一點效果都沒有。

車隊艱難地行駛著，一開始還能移動，可到了後來，別說動了，簡直要讓那些人群不靠近都不容易。

劉婭楠這才傻眼了，才知道自己任性的後果是什麼，她真沒想到情況會這麼失控，而且聽著觀止跟繆彥波說的，好像聚集的人越來越多了，繆彥波已經在著手調聯邦政府軍過來。

劉婭楠也終於明白，繆彥波那麼嚴肅地拒絕她，是為了什麼。

雖然不喜歡繆彥波，可在觀止去維持秩序的時候，劉婭楠還是單獨對繆彥波說道：「繆助理，不好意思，之前我應該聽你的話。」

頓了一頓，她望著繆彥波的眼睛，誠懇地說道：「還有，很多事兒我想不周全的，如果有錯的地方，還要麻煩你提醒我，只是麻煩你以後對我說的時候，不要只是單純地否決我，因為我會不明白你是為什麼……你要能把原因告訴我就好了，我想我知道原因的話，我會聽的。」

繆彥波對她的態度一向很誇張，簡直就跟故意做給別人看一樣，這個時候卻是表情古怪地看著她。

夜色深了，劉婭楠覺得繆彥波的那雙眼睛很古怪，因為他一直是個很誇張的人，而且很滑頭，很會來事的，眼神也都是虛頭巴腦的，現在這麼沉甸甸的，沒有任何情緒地看著她。

劉婭楠以為他還在生自己的氣，沒再說別的。

結果停頓了幾秒後，繆彥波忽然問道：「妳們女人都是這樣的嗎？」

劉婭楠被問得愣住了，忙欸了一聲。

繆彥波低下了頭，夜色很黑，看不大清楚，如果對方不是繆彥波的話，劉婭楠簡直都覺得這個人在害羞了。

劉婭楠也不知道他幹麼要問這個，不過她還是想了片刻，回答道：「也不見得吧。」

她的同學、室友、朋友，那些女孩子沒有一個是一樣的，她回憶地說：「女人……有些脾氣很大，有些脾氣很直，還有一些慢性子，什麼樣的都有……就好像你們男人一樣，各種各樣的，而且……」

她有心說一句她那不是溫柔，再說只對小孩子溫柔的話能算溫柔嗎？不過話到嘴邊，她還沒說出口，劉婭楠就聽見頭頂有什麼聲音，而且有很強的光從頭頂照了過來。

就連坐在車內的她都注意到了，趕緊從車內探出頭去，就見自己的頭頂上方，有一架飛行器正在靠近，而且那飛行器也不斷往下降。

在對方接近的時候，劉婭楠也認出那飛行器是誰的座駕了。

她看到光家軍的標誌，而且在飛行器向下降落的時候，有一個繩梯似的東西垂了下來，很快就有人從飛行器內出來，往下爬著。

劉婭楠吃了一驚，她的心都懸了起來，飛行器就算開得再穩，可是這個高度，一旦不小心掉落還是很危險的。

她張大了嘴巴看著，頭更是仰了起來。

然後她就看清楚那個攀爬在繩梯上的男人的身影，雖然還沒看到臉，可只看身材她就已經認了出來。

飛行器已經在靠近，繩梯也越離越近。

一直在維持秩序的觀止也趕了過來，對劉婭楠說：「殿下，頭兒知道情況後，就直接過來接您了。」

就他說話間，那個繩梯上的人已經做了一個向上的手勢。

而且那繩梯的末端已經來到了劉婭楠的面前，劉婭楠遲疑了下，很快就拽住了。

她身旁的繆彥波顯然是想要阻攔的，只是他還沒來得及說什麼，劉婭楠早已經使出全力地往上爬。

幸好她之前脫掉了厚重的衣服，此時爬這個倒是不怎麼吃力，就是有些晃，她只能用手臂勾著那些東西，而且她發現好像也不用她爬，那東西自從她上去後，就在自動地往上收。

就是越來越高，劉婭楠有些頭暈，而且她下方都是不斷歡呼著的人群，她能感覺到大家都在仰頭看著她。

她無比慶幸自己今天沒穿裙子。

然後很快就有人爬到了她身邊，她已經可以確認這人就是羌然了。

羌然的動作很快，也沒說什麼，一把抱住她，他的力氣真大，只靠一隻手臂的力氣，就輕輕鬆鬆地抱著她爬到了飛行器內。

進到裡面後，劉婭楠就看著羌然又到操作臺那裡按了幾個按鍵。

大概是更改了飛行器的航線，飛行器很快地就轉了方向。

飛行器內空間不大，劉婭楠擔心外面的情況，就在後座扒著窗戶往外看去。

不過好像她走後，那些人群都散開了，很快地她就看見車隊開始動了起來，她此時才終於鬆了一口氣。

而且下面已經有燈亮了起來。

整個城市都亮得很，車流還有彩燈交匯著，摩天大樓就更輝煌了，那些燈看去簡直就是一幅畫，更別提那些炫得讓人眼花繚亂的3D影像了。

窮人區的燈光則暗淡了許多，只有零星一些是亮著的，她隱約想起窮人區最亮的地方，曾經是她工作過的風化區。

羌然回頭的時候，就看見正在專心看著外面的劉婭楠，他隨即就修改了下航線。

劉婭楠也察覺到了，明明他們都要離開這個城市上方，現在卻又在城市上空多繞了幾圈。

而且在這個時候，她意外地發現有一些很大像戰機似的東西在他們這個小飛行器的左右。

劉婭楠就有些吃驚，隨後她就聽羌然淡淡地解釋道：「他們是護衛隊。」

劉婭楠這下更愧疚了，她任性了一次，就給大家添了這麼多麻煩，她小聲地說：「沒想到會惹這麼多麻煩。」

還要讓這些人加班……

「沒事的。」羌然枕著手回道：「對他們來說，沒有比保護妳更有榮譽感的事兒了。」

他定定地看著前方，語調平緩地複述：「在這個世界剛剛失去女人時，為了能夠找到那些女人的骸骨，無數人冒著被輻射的危險跑進廢墟尋找，那是有去無回的恐怖路線，最後有人專門統計過，在那個時期，至少有六萬人死於輻射……」

劉婭楠還是頭次聽他講這些，她靠近他的駕駛座位，眼睛向下看去，就見此時他們的下方是一望無垠的大海。

只是夜晚中的大海一點也不美，因為太過空曠沉寂了，反倒讓人覺得孤單恐怖，她下意識就抱住他的脖子。

最近的羌然讓她沒法不去喜歡，而且羌然的好也太奇特了，簡直就跟忽然學會體貼一樣。趁著這濃得化不開的夜色，她忍不住問：「羌然，現在的你對我可好了，有時候我都覺得自己好像在做夢一樣。」

羌然倒是老實得很，一五一十地回道：「我有看妳的自傳。」

他頓了一頓，挑著其中的一段複述：「喜歡一個人的時候，就會想要滿足對方的願望，甚至為對方倒一杯水，都是足以開心的事兒。」

劉婭楠有些吃驚，她知道他過目不忘的，不過記下就算了，他還很當回事地分析了嗎？然後從裡面學習到了男女相處的經驗。

只是那些內容有些還挺肉麻的，當初她寫的時候不覺得，其實自己事後發現有些簡直就是思春期少女對男人的美好願望。

劉婭楠既感動，可又有點不好意思，她的手撫摸著他耳朵的輪廓、耳垂，不斷地撫摸著、摩擦著……

她對他的身體也開始有了愛不釋手的感覺，想要多碰觸一些，不是因為性，而是因為這種碰觸會讓她覺得溫柔滿足……

被撫摸的男人終於回過頭來，然後很自然就把她抱了過去，在還沒到達羌家軍地盤的時候，劉婭楠就縮在他的懷裡看著漆黑的大海。

倒是天邊有一彎很美的月亮，劉婭楠看得直心動，她聽著羌然的心跳，忽然想，這個就是浪漫了吧？

然後在行駛了沒多久後，終於在漆黑的海面上出現一個燈塔似的建築。

雖然周圍很暗，可劉婭楠還是很快地認出了那個地方，那裡是她跟羌然的地方，裡面有她的小毛球、小加加，還有她跟羌然的夏宮。

本來計劃是明天才會回夏宮，可是能早些回來也好。

只是晚上的軍營挺冷的，海風也比往常大一些。

羌然在跳下飛行器時，把自己的外套脫給了劉婭楠。

劉婭楠被他寬大的軍服包裹著，慢慢地從飛行器內探出頭來。

這一次沒有那些熱情的民眾，只有一些羌家軍的人在外面等候著，他們等待的不是什麼女王，而是他們頭兒的夫人。

所以在她下飛行器後，那些人只對她行了軍禮，在她還不知道該怎麼反應時，羌然已經替她做了回應，他快速漂亮地回了手下一個軍禮。

劉婭楠已經見過大陣仗了，可多少還是有些緊張，因為裡面的人還有楚靈他們。

她總覺得怪怪的，人倒是很放鬆，這個地方簡直就跟她的娘家一樣，而且在她內心深處，她早已經把這個地方當做了自己的家。

她跟著羌然回到夏宮。

劉婭楠在換家居服的時候，就看見衣帽間裡放著一根全新的指揮棒。

她一下就想起被自己摔壞的那根，她挺內疚的，一直在想怎麼補償羌然，可是怎麼想，羌然好像也沒有特別喜歡的，他什麼都有了，她也不知道還有什麼是羌然得不到的。

所以等她出去的時候，她就不好意思地扯著羌然的胳膊。

羌然已經換好了衣服，正在床上等著她過來，被她扯著胳膊的時候，羌然就疑惑了下。

然後他就聽見劉婭楠紅著臉、低聲跟他說道：「羌然，我想給你生孩子……生一個可愛又健康的寶寶……」

說完那話，劉婭楠忍著心口狂跳的感覺，在羌然還沒有回答前，她就已經吻上了他，並把他撲倒在床上。

劉婭楠為了顯得誠懇點，還特意拿了個枕頭墊在腰下，小說裡不都是這麼說的嗎？把腰墊高點容易懷孕。

倒是羌然看到之後炯炯有神的，劉婭楠忙紅著臉跟他解釋這樣做的原因是為什麼。結果就在她努力用很科學的角度說明的時候，就看見羌然居然在偷笑，眼睛都要瞇成一條縫了。

劉婭楠就有些尷尬，不過就在她要把枕頭扯回去的時候，羌然卻來了興致，居然把抱枕都找了過來，一一壘起來墊在劉婭楠的腰下。

這下劉婭楠可算見識到什麼叫雜耍了。

不過還是挺好玩的，因為他們很快就會有寶寶了，她這麼年輕，羌然又這麼強壯，兩人想要孩子不是很容易的事兒嗎？

劉婭楠一邊備孕著，一邊積極進行養育院的工作，上次去過之後，她對自己所做的事有了更深的感悟，做起來比以前還要起勁。

閒暇的時候，羌然要比她輕鬆一些，自從野獸走後，劉婭楠把辦公的地方挪到夏宮，有需要請示的，小田七就來夏宮找她。

大部分時間劉婭楠都是忙來忙去的，倒是羌然比她還要清閒一些。偶爾閒下來的時候，羌然就會打打遊戲，在旁邊陪著她。不過讓人意外的是，羌然並不會打那些很激烈的遊戲，大部分時間他都是玩一種垂釣類的遊戲，劉婭楠偶爾回頭看的時候，就會看見羌然正皺著眉頭等著魚上鉤。

有一次劉婭楠遇到點棘手的問題，實在是想不出解決辦法了，最後就想起一直在自己身邊垂釣的羌然。

劉婭楠憋得臉紅脖子粗地問了羌然一句，羌然居然想也不想地就能回答出來。

這可太讓劉婭楠吃驚了，她還以為羌然只會打仗，現在看來羌然真是受過超高級精英教育的，應付各種問題都能得很。

這下劉婭楠就很想哄騙羌然也跟自己一起做這些事，只是羌然對她做的事始終都不感興趣。而且羌然太精明了，也不是那麼好哄的，劉婭楠還沒求他幫忙，他早已經淡淡地把那些事都推開了。

劉婭楠沒法，只好吭哧吭哧地做著。

不過日子倒是過得甜甜蜜蜜，很快又到了一個禮拜一次的議會時間。

觀止一早就等著她了，劉婭楠這次長了心眼，特意找了副耳塞，準備等那些人打架的時候，她就塞上耳機趁機閉目休息一會兒。

坐上車，在觀止的護送下，劉婭楠終於到了議會大廳，在那裡繆彥波早已經等候多時了。

劉婭楠依照上次的樣子，走著莊嚴的步子，來到自己的座位坐下。

然後程序照舊，簡直就跟商量好的一樣，還沒有開始商議事情，下面早已經打成一團，不是搧耳光就是扯胳膊、扔「飛鏢」。

劉婭楠趕緊把耳塞塞起來。

不過場面太混亂了，她怎麼也做不到閉目養神，劉婭楠無聊地翻了翻桌子上的東西。

隨著看到文件的內容，她很快就驚住了，其他的倒還好說，有一件需要處理的急事立刻引起了她的注意。

因為之前琉璃海的局部戰爭，導致附近港口停靠的貨船一時間都動不了了，據說是當地港口部門缺乏有效的組織能力，致使大批貨物滯留。

問題是貨船若只是裝些衣服、鞋子倒還好，她看了看那些介紹資料，很快她就皺起了眉頭，貨船上還有很多容易腐爛的水果跟蔬菜。

她很快又翻了翻那些貨物的港口名稱，她以前做過餐飲，隱約記得這些港口都是早些時候還少航經常去的地方。

她立刻就明白了，這些貨船應該有很大一部分是要供給他們東聯邦的。

因為她做過餐飲，很清楚一旦菜不能及時供給，那些菜販子可是會狂漲價格，而且不光是餐飲業，就連普通過日子的人都會受到波及。

這絕對是民生問題，事關民眾的吃飯，還有比這個更急切的嗎？更別提多耽誤一天，那些水果蔬菜會爛掉多少。她一想起來就覺得心疼得不得了，可她抬起頭來放眼望去，卻見這些傢伙還在吵架呢！

她小聲地說：「欸，你們先把這個處理清楚再吵好嗎？那麼多的菜就堆在貿易港口，多一天得壞多少……」

可壓根沒人聽她的，場面依舊是亂糟糟的，簡直比菜市場還吵雜。

劉婭楠又說了幾句，肯定絕對有人聽見她說的話了，可是沒有人理睬她。

她遲疑了下，腦子裡想著那些壞掉的蔬菜，很快就打定了注意，伸手就把旁邊的麥克風打開了，同時也把耳塞取下來，放在口袋裡，她輕咳一聲。

麥克風的聲音很快蕩開，那些人愣了一下，很快就都停下手中的動作，不明白這個聲音是怎麼回事似的。

他們紛紛扭過頭來，一下被那麼多政府官員看著，劉婭楠也挺緊張的，可是這種事不能再拖延了。

她透過話筒小心翼翼地問道：「請問貿易部的長官在嗎？」

被點到名的人就像摸不著頭腦般地舉了下手。

劉婭楠努力讓自己的聲音沒有任何起伏，盡量莊重地說道：「您好，這次文件裡第三頁，有一個關於琉璃海貨船擁堵的問題，我剛看了看，問題好像滿著急的，您盡快解決一下吧。」

結果那個貿易部的人員很快地恭敬回道：「殿下，我已經在解決了，可是農業部門一直不配合，之前琉璃海遭受重創，有部分貨物被輻射到了，按照聯邦貿易法第一百三十六條，所有貨物都需要檢測，可現在農業部都沒有提交有效檢測結果，我這實在做不了啊……」

劉婭楠被說得愣住了，趕緊又找了農業部問話。

結果農業部的也不是等閒之輩，很快又把這事推給了食品安全局。

食品安全局又說這是檢測手段的問題，當地壓根沒有有效的檢測手段，於是當地政府的代表就哭喪著臉，跟受了多大委屈似的，對著劉婭楠訴苦：「關於該地區的公共建設，我們一直都有提交申請，可是上面始終不肯批，導致現在檢測設施無法應對大批量的檢測……」

這下公共建設部門的人又不幹了，也跟著哭窮，在那說不是不給批，是財政部門不給他們錢，巧婦難為無米之炊。

於是繞了一圈，在場的人員幾乎都不同程度地受過損害，每一個都是苦大仇深，做得忒不容易，盡心盡力，卻被各種外力所阻擋著，簡直就是螳臂擋車，可還在苦苦支撐，能做到現在的地步，那絕對是嘔心瀝血吐肝吐肺了。

面對這麼一群獻身事業鞠躬盡瘁的物種，劉婭楠很傻眼。

她不斷深呼吸著，想要說些什麼，可不管怎麼想，都說不出一句話來，這些人說的話滴水不漏，球踢得太好，簡直就是繞場一周。

她低頭看著那些勞心勞肺的官員，劉婭楠忽然就明白了，不管那些人看上去對她怎麼恭敬，其實在那些老油條的眼裡，她也只是個好糊弄的擺設，最後劉婭楠只好嘆氣地回道：「我知道了……」

其實她的職責可能就是這種我知道了吧？

等開完會出去的時候，劉婭楠被那種無力感壓得肩膀都塌了，她沒想過要做什麼驚天動地的事，她只是心疼那些菜白白地在港口爛掉。

倒是一直沉默的旁觀者繆彥波對劉婭楠的態度微妙起來，他一向都是事不關己高高掛起，此時見一向開朗的劉婭楠也有這麼頹廢的一天，難得開口勸了她一句：「您這是何苦呢？」

女人不都該是珍藏品一樣被人供著的，她何苦找這種事兒做？更何況她那個位置本來就是虛職，做做樣子就好，他都塞著耳塞，她還想做出什麼事業？那也太可笑了！

劉婭楠卻停下腳步，她沒有看繆彥波的表情，其實看不看也沒什麼必要，想來那個傢伙也只會笑她，可還是想辯解幾句，她就跟自言自語一樣地說：「我就是覺得浪費很可恥，那麼多的東西眼看著爛掉，怎麼想都心疼得厲害……」

繆彥波沒想到她說的話一點也不高尚，既不會說為國為民，也沒有講大道理，簡直就是一嘴的大實話。

他是官場中遊刃有餘的人，倒是不知怎麼的，在聽了那些話後，忽然心動了一下。只是還沒鬧明白那種感覺是什麼，劉娅楠已經很快地摸出口袋裡的耳塞了，就跟下定決心一樣，她看也不看就把耳塞塞到了繆彥波的手心裡。

她繼續說道：「我以後不用耳塞了，我想知道他們究竟在吵什麼。我知道我笨，可我會努力……」

她也說不好自己能做出什麼事兒來，她就是想努力一點，既然坐在那個位置上了，怎麼也要有點樣子罷了。

倒是繆彥波愣住了，在她塞給他耳塞的瞬間，他看到了劉娅楠的手指，之前也看到過，從視覺上那是一雙比男人要細、要小一些的手。

可在她碰到他手心的瞬間、在兩隻手接近的那刻，他看到的是比他想的還要纖細一些的手指，溫熱的，指甲蓋都要小一些，感覺軟軟的。

他覺得簡直不可思議到了極點。

等再抬頭看劉娅楠的時候，她早已經坐上車，向著羌家軍的地盤駛去了，車內的劉娅楠表情淡定沉穩。

跟他第一次看到她時的樣子已經有了很大的不同，那時候的劉娅楠總給人一種被嚇到的感覺，看人的時候也是小心翼翼的，一句完整的話都說不清楚，更別提能夠思維清楚地去想事情了，簡直就是被他牽著走的傻瓜。

可現在繆彥波能感覺到，劉娅楠有了自己的想法，自從上次的演講稿後，他就一直有這種感覺，這個女孩已經在他們察覺不到的地方，不斷學習適應了這個世界的規則，他不知道這個女孩最後會變成什麼樣。

繆彥波只是視線追隨著車子行駛的方向，不斷看著，一直到那女人的車子漸漸消失在他的視線裡……

其實劉婭楠哪有那麼厲害，她心裡早嘔死了，什麼淡定從容都是假的，她只是在跟自己嘔氣而已。

她一直知道自己笨，既不會說話又不會做事，之前那麼努力準備，結果事到臨頭，反倒自亂陣腳，她簡直討厭死這樣愚蠢的自己，她之前做了那麼多準備，怎麼臨到用時，大腦卻一片空白了呢？

還是事前功課做得不夠吧？

這麼一想，等再回去後，劉婭楠就更努力補習了，她不斷熟悉這個世界的種種關係。

倒是羌然看到這樣用功的劉婭楠會忍不住皺起眉頭來，他從觀止那裡瞭解到，劉婭楠這是跟人別上勁了。

劉婭楠偶爾也挺讓羌然刮目相看的，雖說笨是笨了點，可架不住這傢伙的韌性極強，不管摔得多狠，都不氣餒。

羌然也不說什麼，到了晚上要睡覺的時候，羌然才忽然捧著她的頭，一本正經地教劉婭楠怎麼做表情。

「妳這樣看人太溫柔了，眼神不對。」

羌然很快地給她做了一個示範。

劉婭楠正發愁，見羌然以超級大BOSS的身分教自己，她很開心，連忙端正態度認真學著，跟著羌然做著各種表情動作。

「集中注意力，不要聽他們的廢話，不管他把問題丟給誰，妳就盯著他的眼睛看他，妳試試盯著椅子……」

劉婭楠就努力瞪著椅子，羌然看到之後卻被逗笑了，因為劉婭楠的樣子一點都沒有威懾力，反倒跟在賣萌一樣，眨巴眨巴的眼睛，簡直就像無辜的小兔子。

羌然把劉婭楠攬到懷裡，輕輕親了親她的臉頰。

劉婭楠挫敗地倒在他懷裡，直嘀咕：「鬱悶死我了，我做不來這個，我沒你的氣勢，裝也裝不像的。」

羌然不大會安慰人，他想了下，詢問劉婭楠：「那妳要不要用我的方式處理？」羌然的方式？

劉婭楠瞬時就想起那些炮火還有奔跑的人群，雖然不知道他說的處理方式是什麼，不過鑑於此人素行不良，劉婭楠很怕他真做出點毀天滅地的事兒來。

她趕緊回道：「哎呀，沒事了，我想我應該能處理。」

羌然也不說什麼，只跟抱著大寶貝一樣的，抬起她的頭來，雖說不是警告，可也絕對嚴肅地告訴她：「既然這樣，那就把心思收一些，咱們現在有更重要的事情要做。」

劉婭楠喔了一聲，她最近好像是有點冷落羌然了，都能利用做愛的空隙請教他那些部門的具體管轄範圍……劉婭楠真覺得羌然沒把她一腳踹下床，算是絕對有風度了。

她紅著臉地被羌然脫下衣服，然後做起了那些很重要的事情。

劉婭楠依舊忙碌地學習整理資料，只是她屬越戰越敗型，不管多努力，總是會被那些老油條找到漏洞。

最後劉婭楠簡直都木掉了，都不知道該怎麼攻破那些老油條銅牆鐵壁般的臉皮。

的焦點。

可就在她全心全意地準備做出些變化的時候，劉娅楠不知道她的肚皮才是絕對第一需要關注的焦點。

劉娅楠並不覺得懷孕是當下就能成的，怎樣也要有個過程。

可等她再來月經的時候，首先是羌家軍那些醫療團的人變得古怪起來，大家簡直都跟希望破滅般的，有些職員更是承受不住般地差點哭出來，之後醫療組的專家們更是徹夜不停地研究著各種方案。

而且就在這個時候，繆彥波那也派了專人過來。

說是要為女王殿下的子嗣做貢獻，結果接待的觀止那臉黑得跟鐵鍋一樣，簡直就跟受了奇恥大辱一般。

劉娅楠隱隱覺得情況不大好，不過讓她意外的是，這次政府派來的人裡居然有那個繆臣。

【第九章】

男人啊男人

眼看一週一次的議會活動又要到了，劉婭楠很怕那些滑頭的議員們在會議上提羌然的事。

結果偏偏怕什麼來什麼，連好脾氣的劉婭楠都發火了，終於有感而發道：「各位與其關心我的私生活，倒不如多檢查檢查自己的工作，關心別人是不是男人的空暇，也請各位順道檢查下自己配不配做個男人，還有……」

她目光冷冷地環視著全場，一鼓作氣地說道：「請各位務必明白，羌然是我心愛的丈夫，不管未來如何，他也是我唯一的丈夫。」

想當初這個繆臣還是她在「最女人」裡的第一個客人。

不過此時再見到，雖然時間還不久，可是劉婭楠卻有一種過了好多年好多年的感覺。

當時的自己傻乎乎地想著可以避開男人，隱藏身分偷偷地生活，結果現在一切都不同了。只是在他們見面的時候，繆臣一直沒敢抬頭看她。

劉婭楠已經不像以前做事不經腦子了，她知道自己現在身分特殊，現在若是跟繆臣相認，那效果簡直就跟直接送他去絞刑架一樣。

什麼坐檯時被這個繆臣連包了一個月，還被對方嫌棄總在倒酒什麼的……劉婭楠估計繆臣當下就被抓去餵魚。

於是劉婭楠沒說什麼，就跟繆臣裝不認識她一樣，她也努力地裝作不認識繆臣。

只是不管劉婭楠怎麼覺得這事沒什麼大不了，可她當月沒有懷孕的事兒，還是跟野火燎原般散開了去。

從那之後，她發現自己的生活出現了很大的變化，先是她身邊的保安變得神經兮兮，她以前一直都那麼走路的，偶爾遇到臺階什麼的，她都習慣性地跳上去。

現在好了，她還沒跳，那些保安早已經前呼後擁地把她給包圍住了，那態度簡直就跟她已經懷孕了一樣。

而且不光是這些，現在的羌家軍簡直就像為了奪回面子，把所有的榮譽都賭到了她的肚皮上。中間還給她安排了各種催孕的飲食，那些飲食劉婭楠都吃了，反正她不挑嘴。

可是上次跟羌然在床上的時候，被花生膈到又是怎麼回事啊？

羌然那種潔癖，居然能喪心病狂地答應楚靈，讓第二軍團的那些迷信分子，往他們床上撒了滿滿一床花生，還說什麼在花生上做可以多子多福，要生多少生多少……更別提吃石榴那些了。

這都什麼跟什麼啊？

不過在花生上做愛倒也沒什麼，羌然居然是抱著她做的，因為體位的問題，劉婭楠倒是避開了被花生膈的情況，只是等做完後，床上淨是些花生皮、花生仁。

劉婭楠摸了幾顆，搓掉上面的紅皮，吃到嘴裡香香的，倒還滿好吃的。

她跟羌然躺在床上吃了一晚上的花生。

中間劉婭楠還語重心長地安慰著羌然，道：「哪有那麼容易就懷上的，而且這種事兒真是看緣分的。」

羌然自負慣了，顯然覺得自己是可以給人一炮送產房的人物。

兩人有一搭沒一搭地躺著，劉婭楠就在床上摸花生剝殼吃。

羌然則從劉婭楠手裡接過花生，他心事重重地吃著，因為吃得太心不在焉了，劉婭楠把花生仁偷偷換成花生皮了，他也沒察覺出來，還要往嘴裡放。

劉婭楠見狀，趕緊攔住他了。

欸，這還是那個意氣風發的羌然嗎？

她趴在他身上，把自己當做小嬰兒一樣地逗著羌然，她還裝著哭了兩聲，結果羌然一點反應都沒有。

劉婭楠忙扒著他的肩膀，皺著眉頭問他：「喂，羌然，我在假裝小寶寶呢，你怎麼都不配合一下啊？」

羌然這才明白過來，原來她擠眉弄眼地喵喵叫，是在學小孩子，他明白這是劉婭楠想逗他開心，最近她一直在他面前耍寶哄他開心，他摟著她說道：「我不知道小孩子該是什麼樣，要不下次妳再去養育院的時候，我也去看看。」

「好啊。」劉婭楠甜甜地答應著。

她最近也想去看看那些養育院的小孩子了，只是每次她出行都要有交通管制，她又不想給別人添太多麻煩，如果有羌然陪著的話，至少警力就可以減半。

在加上羌然的操作技術很好，他們完全可以坐飛行器去，這麼想著，劉婭楠真就抽了空，想著要跟羌然去。

只是讓她意外的是，羌然居然沒跟羌家軍的手下打招呼，開著什麼隱形模式還是什麼的，就直接從羌家軍出發了，最後居然真讓他給蒙混了過去。

劉婭楠有點緊張，很怕這麼做會被羌家軍的人說，也怕中間出什麼意外。

不過羌然倒是胸有成竹，表情也輕鬆得就跟野餐一樣。

劉婭楠被他感染得也放鬆起來，而且到了最後她還有點小興奮，兩人都像剛剛逃脫牢籠的孩子一樣，興高采烈地看著下面的景色。

這次出來的時候，劉婭楠還帶了自己做的點心，她提前做了好多好吃的點心，上次見那些小朋友的時候，她都沒有帶禮物，這次她可以給那些小孩子分著吃。

中間劉婭楠拿出了幾個讓羌然品嘗味道，但羌然吃東西太快了，簡直就是一嘴一個。

劉婭楠餵給他的時候，都擔心自己的手指會被咬到。

風和日麗的，等飛行器降落在養育院的樓頂時，劉婭楠才緊張兮兮地走了出來。

這次她沒有穿太女性化的衣服，特意選休閒的褲子、外套，為了掩藏自己的長頭髮，她還戴了頂帽子。

羌然則是全套的空軍打扮，很自然地戴了一副護眼鏡，擋住了一半的臉。

兩人這麼喬裝改扮一路進到養育院的時候，因為低著頭，裝扮又低調，劉婭楠也沒被那些工作人員認出來。

倒是羌然很快地亮出了他們羌家軍的證件，讓那些工作人員盡快把門窗都關好，他帶了人過來視察。

一旁的劉婭楠就抿嘴看著，心說這人的氣勢還真是天生的，那些工作人員簡直就跟被嚇到一樣，連確認都沒有，就把門窗封死了，等著她進去參觀。

不過一等劉婭楠見到那些小孩子，饒是有帽子擋著，還是被那些小孩子一眼就認了出來。

劉婭楠緊張地趕緊做了個噓聲的動作，壓低聲音對那些小鴨子似的孩子們說：「小聲點，別被人知道，我是偷偷來看你們的。」

她一邊說一邊掏出袋子裡的餅乾、小點心，有小熊樣子、有小貓樣子的，她把那些東西分給孩子。

小小的手心，有些還握不住餅乾。

一個個的小手伸過來，劉婭楠挨個地給著，小孩子的眼睛真亮，她看到的時候都要被這樣的眼神萌翻了。

羌然就幫她提著袋子。

劉婭楠光顧著看孩子，壓根沒注意羌然的表情，所以她錯過了羌然難得的溫柔目光。

她每次都是分完餅乾，才回頭看看羌然，然後羌然就會打開袋子，讓她抓裡面的餅乾。

等給孩子分完了，劉婭楠這才依依不捨地離開那些孩子，不過那些孩子真乖，她說不要說出去，那些孩子就統一地像是玩遊戲一般做了噓的表情，還把圓乎乎的中指放在嘴巴中間。

她下樓的時候，那些小傢伙都要把胳膊晃掉了，她也努力地回應著。

然後劉婭楠又帶了羌然到小嬰兒房，這裡的孩子都是軟軟的，一個個躺在那裡。

有些睡得正香，有些則在咬自己的手指頭玩。

劉婭楠看向羌然的時候，就見羌然臉上沒什麼太大的表情。

她壓低聲音問他：「好玩嗎？你想摸摸他的臉嗎？」

說著劉婭楠就抱起了一個，她還試圖把那孩子塞到羌然的懷裡，羌然直到這個時候才跟被驚嚇了一樣，趕緊退了一步。

不過很快他就鎮定下來，只是還是不敢抱孩子。

看著劉婭楠動作嫻熟地把孩子摟在懷裡，他笑了笑。

劉婭楠卻在心裡暗自下了決心，等他們有孩子的時候，她一定得讓他抱孩子，再也沒有鐵血男人抱孩子的畫面更讓人心動的了，她到時候一定要看到！

因為是偷跑出來的，兩人都不敢耽擱，差不多看完了，兩人就又原路返了回去。

在回程的時候，劉婭楠又看到了波瀾壯闊的大海，白天的海水可就美多了。

她輕輕地摟著羌然，在他耳邊小聲地說：「我們一定會成為特別好的爸爸媽媽的……」

這次因為出行的時間短，羌然又刻意設計過，所以等劉婭楠回來後，壓根沒人知道她已經出去過了。

劉婭楠也比任何時候都篤信著，她跟羌然的寶寶肯定用不了多久就要來了，而且這種事一定要順其自然才好，有時候太迫切了反倒不見得就能懷上。

就是周圍的那些粗老爺們哪裡肯聽，尤其是羌家軍的那些粗人，簡直恨不得今天播種明天就能抱西瓜。

而且不知道是不是受了感染，到最後就連羌然在床上也有些急迫了，簡直就是只顧數量不顧質量。

劉婭楠真覺得無法理解，這種能不能懷孕的事兒，怎麼就事關男人的尊嚴面子了？

而且原本還輕鬆自然的羌然，自從知道她來月經後，臉色就一直不好，劉婭楠看了心裡也受影響。

就這樣又過了一周後，劉婭楠的肚子依舊是扁平的，檢測結果依舊是沒有任何起色，眼看著大姨媽那個不受人歡迎的傢伙又要來了。

醫療組在知道這個消息的時候，那表情簡直就跟遇到了世界末日一樣，有些脆弱點的男人直接就淚奔了……

靠！要不要這麼脆弱啊！懷孕而已啊，又不會懷出個神仙來。

而且不光是羌家軍內部的壓力，就連外面也是沸沸揚揚的，幾乎所有人都在關注著這個，顯然有太多的人等不及了，很快地各種負面消息接踵而來。

起先還是電視上的娛樂節目用那種調侃的口吻，說著什麼地都整平了，結果種子沒買。

這些還算含蓄一些，最可惡的是那些唱Rap的，那些人又唱又跳還連指帶劃的，什麼哼哼那個哈哈，帶不帶種，要不要種，你XX我XX的……

劉婭楠聽了幾句就想鑽到電視裡去抽那個滿嘴放炮的。

然後漸漸的，有些主流媒體也跟著起鬨了。

有一個醫學節目還專門做了一個專題，中間雖然沒點名道姓，但是對某些武力值爆表、卻沒有生育能力的男人很是做出一些診斷，並斷定這個應該是先天發育不良導致的後天不行症狀。

節目播出沒兩天，那專家就被人揍了個鼻青臉腫。

有段時間等劉婭楠回到夏宮的時候，就會看見羌然冷著臉看電視上的那些節目。

最近一段時間羌然就跟披上盔甲的小刺蝟一樣，又開始縮在自己的世界裡了，雖然對她還是挺好的，只是大部分時間都會看到悶悶不樂的羌然，也是夠愁人。

而且羌然現在特別喜歡看電視，劉婭楠就很意外，她記得羌然並不喜歡八卦娛樂節目的啊？

現在兩人在一起不是玩命造人，就是吃各種催孕偏方，現在難得見他如此平靜地歇著，劉婭楠走了過去，主動地靠著他的胳膊，陪他看電視。

結果等看了一陣後，羌然很快就打了個電話，然後劉婭楠就聽羌然用冷冰冰的口吻報出了一串名字。

那頭好像是第二軍團的楚靈他們，劉婭楠隱約就聽到了些保證完成任務，絕對做得不留痕跡的話。

劉婭楠再遲鈍也琢磨過來了，靠！原來近期娛樂圈的人被各種阻擊毆打的源頭在這呢！這個過目不忘的羌然，剛才是在邊看電視邊記名字，然後讓楚靈他們過去挨個地教訓？見識過羌然打大陣仗的，此時看著跟嘔氣的孩子似的羌然，劉婭楠都不知道是該囧囧的還是心酸了。

劉婭楠想寬慰羌然幾句，結果她還沒開口，卻見羌然已經雙手交握，眉頭緊鎖地說道：「這事兒不對頭……」他目光深邃地望著電視上的那些人，「就算是星火燎原，也要有人點第一個火星，我倒要看看，這火是打哪燒起來的！」

劉婭楠看羌然這個嚴肅凝重的樣子，頭皮都發麻了，她只能盡量溫柔以對，希望羌然別往心裡去。

其實不管羌然心情怎麼樣，可在私下羌然對她都是很好的，在她來月經的那幾天，羌然還會給她倒溫水暖手。

只是除此之外，羌然變得沉默寡言起來。

而且漸漸的，就連正經的電視新聞節目，也跟播報天氣預報似的，每天播報她的肚皮情況。看著主持人一臉嚴肅地播報：「今天是五月二十三日，週六，女王殿下依舊沒有懷孕。」那麼嚴肅的畫面，配上主持人嚴肅的聲音，劉婭楠都覺得心縮縮得厲害。

懷孕而已，要不要這麼嚇人啊！

這下每次上床都沒什麼樂趣了，那完全就是衝著懷孕去的，現在再做愛做的事時，兩人也統一用那種最容易懷孕的姿勢，劉婭楠為了盡力些，在做完後，還會把腿抬起來一些。

看著劉婭楠把腿翹到牆上，努力地等著那什麼什麼著床，反倒讓羌然尷尬起來。

劉婭楠卻覺得無所謂，既然大家都這麼著急，為了減輕羌然的壓力，她也要努力的！就是她的腿沒什麼勁，抬起來沒一會兒大腿就覺得痠得慌，腿滑下來，她就繼續又抬起來。她也沒什麼具體概念，也不知道抬起多久才好，她這麼做著的時候，羌然就在床上躺著。

他最近一直都懶懶的，劉婭楠都不記得他上一次笑是什麼時候了。

不過在她做了那麼一會兒後，羌然終於打起精神來，半坐在床上側著頭看著她。

劉婭楠此時正拚命抬腿，因為腿實在痠得厲害，她臉上的表情簡直都扭曲了，所以羌然低頭看去的時候，劉婭楠就努力平復著表情，到了最後還衝他咧嘴笑了笑，只是那笑還不如不笑。

羌然沒有說話，只是望著她的臉，就是這樣眼神憂鬱的羌然，讓劉婭楠覺得很不適應。用被霜打蔫的茄子來形容羌然總覺得怪怪的，可是劉婭楠面對這樣的羌然時，實在想不出別的形容詞。

他現在就是被霜打蔫的茄子，蔫頭耷腦的，一點生氣都沒有。

「沒事的。」劉婭楠把手放在自己的肚皮上，充滿希望地安慰著羌然：「我覺得剛才咱們做得很不錯，特別到位，估計一會兒就能有寶寶了。」

羌然一聲不吭地把她的腿放了下來。

劉婭楠可不想半途而廢，之前那次羌然做得特別好，兩個人配合得也默契，她真覺得這次懷上的希望很大。

她固執地又把腿抬了起來，她的腰下墊著枕頭，全身的重量都是靠著後背來支撐。

羌然這次終於開口了：「妳想這麼待一晚上？」

「啊，要能懷上的話，待一晚上也值了啊。」劉婭楠故作輕鬆地摸了摸羌然的臉，羌然平時很利索的，現在居然都有鬍茬了。

雖然有著青色鬍茬的羌然看上去更有男人味些，她可真是心疼啊！

羌然沒再說什麼，他很快就抱住了劉婭楠的腿，幫劉婭楠保持著平衡。

因為有羌然幫忙劉婭楠輕鬆了不少，她都不知道自己是什麼睡著的，就知道半夜迷迷糊糊翻身的時候，羌然一直在抱著她，即使她翻了個身，羌然依舊很快地又把她圈在懷裡抱著。

以前甜蜜的小夫妻，現在都有點被懷孕的事兒壓得喘不過氣來了。

劉婭楠能感覺到羌然最近的心情很不好，因為已經有醫療組的人在建議羌然做身體檢查了，這就意味著就連羌家軍內部，都有人在懷疑羌然是不帶種的男人……

到了此時，劉婭楠才終於知道，為什麼自己懷孕的事羌家軍這麼緊張了。

原來當初為她登基典禮扯皮的時候，羌家軍跟聯邦政府有一個女王繼承人法案。

其實這是聯邦政府為了給所謂的侯爺留一步，特意設了個套，偏偏那些軍隊的爺們，都認為自己的頭兒是天下最熊的男人，於是明知道那是個套，還是秉持著我們家頭兒最熊的想法，毫不在意地就簽了。

此時一看見劉婭楠始終沒懷上，眾人才傻眼了。

而且聯邦政府也不是吃素的，他們一看劉婭楠的肚皮始終沒動靜，很快就找人把這個協議捅了出去。

一時間塵土飛揚的，除了到處議論羌然到底有沒有種的那些話外，現在又加上了女王在沒有獲得有效繼承人的情況下，可以再次選擇丈夫。

這不是明目張膽地提倡NP嗎?劉婭楠聽了就很生氣。

而且一直沉默寡言的羌然，也在早上起來後，忽然對她說道：「我今天要去做個檢查。」

劉婭楠當下都沒反應過來。

在她心目中羌然一直都是戰無不勝的，簡直就跟沒有任何弱點一樣。

可此時在她面前說那句話的男人，不知怎麼的，卻讓她有一種對方忽然虛弱下去的錯覺。

她下意識就伸手握了他的手，他的手比她的大多了，她壓根握不住的，可她還是努力地握著，心更是沉沉的。

她心裡明白，這是羌然迫於鋪天蓋地沒種男人的言論，想要證實自己。

她也不知道該怎麼安慰他，所有的語言都是蒼白的，她只能靠近羌然，用力抱住他。

羌然看著倒是還好，他做上位者做慣了，即便是去做這樣的檢查，可行動起來也帶著一股高高在上的感覺。

劉婭楠本來想陪著他去的，不過看著羌然的樣子，她估計在場的話羌然會更尷尬，她幫著羌然拿外套那些東西。

羌然也不說什麼，臉色更是嚴肅，倒是走到門口的時候，羌然忽然低頭親了親她的臉頰，「等我回來中午一起吃飯，想吃什麼就告訴觀止。」

劉婭楠點了點頭，目送著他走出夏宮，等他走遠了好久，她才收回視線。

劉婭楠在夏宮等待著。

這次的檢查雖然很低調，不過還是被許多媒體注意到了，羌然應該也是刻意的，為了讓這次的檢查更有公信力，羌然特意選在沒有利益關係的聯邦附屬醫院做的檢查。

劉婭楠在夏宮裡忐忑地等著結果，她不知道羌然在做那些檢查的時候，是用什麼表情去面對那些儀器、那些人，那是一個面對最凶殘的惡徒都不會皺一下眉頭的男人，可是現在他卻要脫下褲子證明自己……

而且劉婭楠能感覺到，除了那些噁心人的話外，其實羌然也在擔心自己的身體。

他的確曾經莫名其妙地發過燒，再生人一代一代的基因複製，很難說中間不會出現問題。

劉婭楠不敢再想下去了，她在心裡默默地祈禱著，一定沒問題的、一定沒問題的……

時間一分一秒地過去了，很快檢查的結果就出來了。

劉婭楠當時正在夏宮準備下一次議會的內容，在打開電視時，她看見了面色很沉的醫院方發言人。

那人聲音低沉得就跟宣布世界末日一樣，在被無數媒體包圍時，緩緩地念著檢查報告，這個世界第一好鬥的男人，看似無懈可擊的羌然，生育還真有些問題，具體什麼問題因為涉及到個人隱私……

無數的記者好像瘋了一樣地提問著，話筒都要砸在那人的臉上了，到了最後場面失控起來，院方的代言人被無數保安護送著試圖突破重圍。

劉婭楠大腦一片空白，她唯一想到的就是羌然該怎麼辦？

那個從不會對任何人低頭的男人，驗出這樣的結果，對他的打擊簡直是致命的……

劉婭楠沒有任何遲疑就從夏宮跑了出去，想趕緊找到羌然安慰他。

其實羌然已經回來了，只是以往一回來就會往夏宮跑的羌然，這次乾脆地把自己關在辦公室的臥室裡。

等劉婭楠去的時候，羌然卻連面都不肯跟她見，而且為了防止劉婭楠闖進去，羌然還派人守在門口。

等劉婭楠氣喘吁吁地跑到時，觀止就守在外面，他也是垂頭喪氣的。

劉婭楠心口就跟被人割了一刀似的，別說是羌然了，這種事兒就算是普通人也不見得能承受，更何況羌然那麼傲氣的人了。

觀止一臉無奈地說道：「殿下，很抱歉您不能進去……」

在劉婭楠試圖解釋的時候，觀止很快地說道：「對不起，頭兒說了，他現在最不想見的人就是您。」

劉婭楠愣了幾秒，隨後她就跟脫力一樣地蹲了下去。

她就在羌然的門外，可是她卻一步都邁不動了。

那種感覺就跟做夢一樣，她覺得特別不可思議，她笑著對羌然說要寶寶的樣子……

還有羌然把她抱在懷裡，說我們要個孩子時候的樣子……

很多的影子重疊了，她的眼睛酸疼著，她努力地忍住眼淚。

心裡卻是明白的，越是驕傲的人越是禁不起這樣的打擊。

劉婭楠心情低落了一會兒，很快就打起精神來，她想起羌然從夏宮走時對她說的那些話，他說了他們要一起吃午飯的。

劉婭楠很快就叫了身邊的保安人員，把飯菜都端到房間門口，既然羌然不肯見她，那她在他門口吃點飯總可以吧？

香噴噴的飯菜端來的時候，觀止都看不下去了。

劉婭楠個子不高，她席地而坐，把飯菜放在一邊的臺階上。

等擺好後，劉婭楠再抬頭時，就跟又積攢了勇氣般地問：「觀止，羌然的午飯你們送進去了嗎？心情不好的時候，更不能餓肚子的。」

觀止遲疑地望著她。

劉婭楠一下就明白了，估計羌然誰都不想見，別說飯菜了，估計連水都不肯喝一口。

不過沒關係，她也不會硬闖進去，她只是按照羌然說過的那些，和他一起吃飯而已。

羌然自己的小臥室布置得很簡單，門板也薄，她知道自己跟觀止在外面的談話，羌然肯定能聽到。

劉婭楠努力地吃著，努力地告訴自己，都這個時候了不吃飯不行，她努力地像以往那樣，一邊吃飯一邊做著閒談的樣子。

她隨便地說著話，自己的胡思亂想，還有看的一些八卦新聞，就好像她現在不是對著臺階吃飯，而是對著羌然一樣。

這樣的劉婭楠讓觀止他們都動容了。

可門內的羌然卻一直沒有出聲。

劉婭楠吃完後，就跟什麼事兒都沒有發生過一樣，對著門裡面的羌然說道：「那羌然，飯我吃完了，我現在還要去忙點議會的事兒，最近那些關係繞得我頭都暈了，我想今天能順的話就順一順……那要沒問題的話，我晚上再過來陪你吃飯好嗎？」

她也不等羌然的回答，就回到了自己的夏宮。

她化悲憤為力量，開始玩命地研究起議會裡那些亂七八糟的關係了。

只是羌然身體有問題的消息，已經擾亂了整個世界。

起初還好一些，只有各大電臺紛紛表態，對女王殿下嫁給沒有種的男人，紛紛表示沉痛的哀悼與同情。

可很快什麼聖母教、女神教的就開始抗議遊行了。

而且不光是外面對這個消息作出激烈的反應，就連羌家軍內部都有要不要找人代替羌然生子的聲音。

當小田七偷偷把這些事兒告訴劉婭楠的時候，劉婭楠都要被氣瘋了。

劉婭楠也不知道是什麼人傳這種借種生子的風聲，可氣的是這事居然還傳得有鼻子有眼的，更可氣的是，那些看著不傻的男人們居然還都挺願意上這種當的！

雖然羌家軍公關部門迅速做出了反應，稱這個事件絕對子虛烏有，可也架不住下面的人按捺不住要借種的心情。

沒多久，等劉婭楠再去參加議會活動的時候，就發現她所經過的路段，就跟開起了街頭時裝表演一樣。

都不知道周圍那些人是打哪來的，各色各樣，什麼聖母教、騎士團還有女神團的，那一個個的男人們簡直就跟花蝴蝶似的，什麼奇裝異服都有，什麼撩人的姿勢都做。

雖然不是扭捏作態，可也絕對是花枝招展，稀奇古怪得讓人看了心煩。

而且之前一直沒怎麼露面的何許有錢，也不知道從哪個旮旯角落溜了出來，穿金戴銀的，先是恭維了她一番，臨了還神祕兮兮地遞給她一張體檢結果，其中生育項更是用紅色的字特意標注了出來。

劉婭楠看得嘴都要氣歪了，她當下就把那張紙又還給了何許有錢，義正詞嚴地說道：「請您不要聽信那些亂七八糟的傳言。」

何許有錢也不爭辯什麼，只神祕地一笑，語帶曖昧地說道：「沒關係的，殿下，不管有沒有那些傳聞，只要您需要的話，我隨時都在您身邊，為您做出貢獻，而且絕對會謹守祕密……絕不外傳……」

劉婭楠聽得嘴角就有些抽抽，這人還真是打定了主意暗自送種啊？

幸好一直很喜歡作詩噁心她的繆彥波，這次卻沉默了起來。

往常繆彥波最喜歡提侯爺的事噁心羌家軍，可這次他居然什麼都沒有提。

劉婭楠總覺得繆彥波怪怪的，那人看她的眼神挺讓人捉摸不透。

她偶爾疑惑地望向繆彥波的時候，他居然還不敢跟她對視，快速地別開眼睛，不過劉婭楠也沒多餘的精力去搭理繆彥波的反常。

她現在可真是焦頭爛額，簡直就跟陷入泥潭一樣，不過不管心裡多著急、多難過，劉婭楠都努力地扛了下來。

她每天按時按點地過去陪羌然吃飯，不管羌然肯不肯見她，她都在他的門口守著他，跟自言自語一樣地聊著她的生活、她遇到的事情，還會努力說些開心的事給羌然聽。

不知道後來是觀止看不過去，還是裡面的羌然下了命令，等她再在羌然門口吃飯的時候，就見地面被打掃得特別乾淨。

而且之前她湊合坐的那個小凳子，現在也都換了一把，新凳子不管是材質還是造型，都是特別訂製的，坐上去特別舒服，而且不光是這些，最後就連吃飯的地方都鋪上了軟軟的毯子。

等劉婭楠再過來的時候，哪裡像苦哈哈地等羌然回心轉意，這個派頭簡直就跟過來吃豪華版野餐似的。

中間那些廚師還見縫插針地給劉婭楠安排了一次燒烤，於是坐在超豪華版小凳子上的劉婭楠，就被人伺候著吃了一頓豐盛的燒烤。

可是劉婭楠還是高興不起來，因為不管她怎麼等、怎麼做，羌然都不肯見她。

其實她也知道自己前段時間嘴上說著不著急要孩子，可實際上，不管是她抬高腿還是配合他做的那些姿勢，對羌然來說，都是無形的壓力。

不管她當初是出自好心還是怎麼的，可在查出問題後，羌然肯定就會想起她所做的那一切，然後那種心情，劉婭楠簡直不敢去想像……

可以改變世界、戰無不勝的那個男人，在萬眾矚目中得到了所有人都夢寐以求的女人後，卻發現自己不是一個完整的男人……

劉婭楠什麼都做不了，只能每天堅持著過來，面對著那扇不會給出任何答案的木門，說著她想對羌然說的話。

在等待的時候，之前港口的事，劉婭楠也沒有放下，她已經找小田七聯繫了外面的還少航，她也不認識別人，就是想找到還少航後，讓他給自己一些建議，哪怕僅僅是吐露點內幕也好。

最後在羌家軍的幫助下，劉婭楠終於通過視訊電話，聯絡上還少航。

還少航這個傢伙也不知道大腦是什麼構造做的，居然隔著屏幕還要把鼻子探過來聞聞味道，最後看見劉婭楠皺著眉頭，還少航才訕訕地擺正了姿勢。

劉婭楠臉上的表情很少，她發現自己真是被潛移默化地感染了，以前總覺得自己沒氣勢的，可是跟羌然待久了之後，發現她已經受不了這種嘻皮笑臉的男人了。

尤其是跟羌然那種一板一眼的軍事化男人比，這些人就給她一種對方太吊兒郎當、太不正經的感覺。

幸好還少航在談話的時候，收起了那副樣子，他也沒瞞她，一五一十地說道：「其實港口貨物滯留跟那些都沒關係。」

劉婭楠最近為了追查出源頭，簡直都焦頭爛額了，可還少航這麼一句話就把她給否決了，她納悶地望著螢幕中的還少航。

還少航慢慢地解釋道：「其實這些都是藉口，最大的問題在東聯盟的盧其家族，他們是貿易大家，像我們這種自由貿易者只是被對方蠶食的小蝦米而已，不管那些政府機構的人如何推諉，可如果正常運作的話，就算速度再慢，也不會一艘船都檢測不出來。可我們在那裡排隊的時候，不是測試的試劑不對，就是機器壞了，甚至還有工作人員生病無法工作那種爛藉口……做小生意的有幾個能這麼乾賠的，而盧其家族便會趁機壓低我們的價格，用他特有的渠道疏通。」

劉婭楠真沒想到這事兒還這麼複雜。

在女王登基前，她倒是有收到過盧其家族的禮品。

現在她只要弄清楚那些貨船被滯留的來龍去脈，說白了，那些東西不就是些菜麼，可就這麼一路追查下來的結果，確實讓她目瞪口呆到極點，這裡面所涉及的東西簡直盤根錯節，複雜到了不可思議的地步。劉婭楠最後嘆了口氣，說到底還是她太天真了。

也許真像繆彥波說的一樣，她做這些完全就是吃力不討好，更別提她什麼也沒做到，別說拯救一艘船了，就連一片菜葉也沒做成，那些菜該怎麼爛還是怎麼爛，一點改變都沒有。

等掛上電話後，劉婭楠就沉默了起來，對外有那麼一批老油條在等著糊弄她，而對內又有那麼個被傷了自尊的傲嬌男，劉婭楠鬱悶得想揪自己的頭髮。

而且眼看著一週一次的議會活動又要到了，劉婭楠很怕那些人在會議上提羌然的事兒。

結果偏偏是怕什麼來什麼，等她再參加議會的時候，之前那些只會推來打去、打來打去的男人們，這個時候卻跟有了默契一般，同時調轉了炮口，一起對著羌然炮轟起來，什麼在職者不能履行應有的職責，不如主動讓賢，什麼不要耽誤大家的寶貴時間。

大家都用擔憂的口吻問著女王子嗣的問題，那滿面的愁容簡直都要把人愁死了。

劉婭楠靜靜地看著那些人的眼睛，看似平靜的外表下，其實她的心都要炸開鍋了。

擱在港口的菜爛了沒人管，道路需要維修也沒人管，就連養育院的孩子們生活在垃圾堆也沒人理睬……

現在這些人卻積極了，就跟踩了尾巴的貓似地蹦躂那叫個歡啊。

她望著那些人的眼睛，之前她跟這些人討論過很多事兒，可每次都被這些朝廷大員們，以這個那個的名義打了回去，但是現在這些人卻是興高采烈得很，那副樣子簡直就跟找到表演的舞臺一樣。

這就是一群粉墨登場的戲子，滿嘴的家國天下，其實一肚子的壞水！

劉婭楠脾氣一直很軟，軟得簡直就跟沒有脾氣一樣。

正說話時被人打斷，她也不會生氣，被人陰奉陽違地對付著，她反倒捫心自問，是不是自己不夠好，是不是自己準備得不夠充分？

可現在的劉婭楠已經不是昨天的劉婭楠了，大姨媽準時駕臨了，在打破她最後一絲希望的同時，還帶給她比以往更猛烈的情緒化……

所以在聽到那些言論後，簡直就跟上了催化劑似的，聽得她是翻江倒海地難受，她動了動嘴唇，終於站了起來，她這次沒有用話筒，女人的聲音天生就要尖細一些，在她出聲的瞬間，在場的所有人都被她的聲音驚到了。

她一字一句地說：「你們都給我閉嘴！」

她以前從沒這樣做過，現在激動得手指都在哆嗦。

劉婭楠從沒發過這麼大的脾氣，她一向都是能忍就忍、能讓就讓的，可現在她卻對著議會上千人發火……

她腳有些軟，不過還是很快地走到了交通部大臣的面前，她對著他的臉，深吸口氣地說道：「今年財政撥款十四兆，可、可你看你修的都是些什麼玩意兒……」

劉婭楠點評一樣地說著那些工程的名稱，只是她記性不好，最近一段時間她做了很多的功課，可才說了幾句，劉婭楠就想不起那些具體的數字了。

很快地那些老奸巨猾的傢伙們，就開始竊竊私語起來，看著那些人投來的視線，劉婭楠知道自己又被那些人給鄙視了。

之前就是，在她努力地想要弄清楚貨船被滯留的事情時，那些人就是用這樣的眼神看著她，陰奉陽違地忽悠她、打發她，現在這些人肯定也當她是小姑娘發火亂撒氣而已。

劉婭楠努力控制自己激動的手指，快速地拿出自己的記事本來，在她找到那頁前，被她質詢的交通部大臣早已經口若懸河地侃侃而談起來，那副憂國憂民的樣子，簡直就跟受到誣陷的忠臣良將一樣。

劉婭楠努力克制著自己的情緒，她已經找到了那些數據，這些日子以來，她一刻都沒有放鬆過，現在這些都可以派上用場了。

她用手點著那些內容，口齒清楚地念著，有關橋梁的、有關那些地下通道……那些豆腐渣工程，她詳細地念了出來，在對方想要辯解的時候，劉婭楠快速地打斷他，把預算跟實際花銷做出對比。

「造價超出百分之四十，聽說大人您的住所裡還專門用珠寶造了一個銀河？作為天文愛好者，喜歡星空我不反對也沒意見，但是我就很納悶，以你一年三十四萬元的收入，你是如何有能力購買那些東西？」

劉婭楠的眼睛掃了一圈，很快地定在能源部大臣面前，她依舊念著那些數據，她的語速很快，這些時間積累的壓力，讓她有種喘不上氣的感覺，現在她用盡全力地反彈了回去。

她不知道究竟是誰在背後指點她的肚子，那些討厭的消息讓她難過歸難過，可是她該做的卻一點都沒有少過。

她是知道自己笨，腦子也不如這些人靈活，正因為如此，在做事的時候才需要專心致志，不能有絲毫的分心，而且她也知道自己做不了大事，所以對能做的那些，她格外認真努力。

不斷地用自己的權限去調取那些信息資料，然後整理分析。

她把所有的東西都做了記錄，她不是做女王的料子，可她至少可以把話說出來，就好像一個線團一樣，她用自己的方式終於解開了。

她不斷說著，她走到那些人的面前，之前還各種吵吵嚷嚷的人群，此時在她走到面前的時候，都跟被嚇到了一樣地低下了頭，甚至還有人偷偷轉過身去，希望她不要看到自己。

劉婭楠的眼神卻是很好的，她沒有聲嘶力竭地指責什麼，只是打開本子，把自己沒日沒夜做出來的那些內容念給這些人聽。

社會福利部門的內容她刻意放在最後，她比任何部門都更瞭解福利部的事兒，她親自做了那麼久的福利，所以在面對這個每年花無數的錢，卻把養育院做得跟垃圾堆似的大臣時，她平靜地望著那人的面孔。

羌然曾經教過她凶狠的眼神，可她始終都學不會那樣的氣勢，也做不到那樣凌厲，可現在不知不覺間，她的目光已經變得嚴厲起來，那個大臣被她的視線逼到了牆角處。

在說完這一系列的話後，劉婭楠終於有感而發道：「各位與其花時間關心我的私生活，倒不如多檢查檢查自己的工作，關心別人是不是男人的空暇，也請各位順道檢查下自己配不配做個男人，還有……」

她目光冷冷地環視著全場，在痛經的作用下，她一鼓作氣地說道：「請各位務必明白，羌然是我心愛的丈夫，不管未來如何，他也是我唯一的丈夫。」

劉婭楠說得很緊張，她也沒有這樣的經驗，可是當她面對幾千人毫不猶豫地說完那些話時，她真心覺得感覺超爽的，簡直就跟盛夏吃到最後可口的冰一樣，那絕對是鬆了口氣的感覺。

只是鴉雀無聲的議會廳裡，劉婭楠很快就發現那些人看她的眼神都不對了。

之前那些人看她時，還是好奇試探外帶輕蔑的眼神，到了此時，那些人忽然就噤了聲，他們都被這個曾經以為是花瓶的女人逼到了角落裡。

劉婭楠也不說什麼，她也不去分析那些人的心理想法，在把想說的話說完後，就陰沉著臉走了出去。

主要是肚子太疼了！經痛不是病，可是痛起來真要命啊！

等劉婭楠無精打采地趕回羌家軍地盤時，她身邊的保安都瞧出她情況不對了。

劉婭楠的臉色特別蒼白，可即便是這樣，劉婭楠還是堅持要去跟羌然「一起」吃飯。

這次等她過去時，觀止都不忍心了，一個勁地勸她保重身體，別在外面了，不管環境弄得多好，可畢竟是在戶外，最近天氣一直陰沉沉的，溫度也不高，她何苦在外面吹風。

可是架不住劉婭楠的堅持。

劉婭楠坐在羌然的門口，不過身體終歸是虛弱一些，這次經痛來得如此洶湧，劉婭楠懷疑是跟最近積壓的壓力有很大的關係。

她多披了件風衣，只是看著飯菜被端上來後，之前她多少都能吃一些，現在卻是胃口缺缺的，看見什麼都不想動。

她堅持著硬塞了自己兩口飯，可是吃到嘴裡沒滋沒味的，連嚥下去都不想。

她終於受不了了，之前她使了各種辦法，不管是勸也好，鼓勵也好，甚至是求著羌然出來見一面，可是羌然就是不為所動，死活都要憋在木門後，就跟縮進殼子的烏龜一樣，別說她了，就連外面的人也一律不見，任何公務也不處理。

劉婭楠實在是委屈到了極點，她也不知道該怎麼對羌然了，她已經盡自己所有的努力堅強著，可是他還是不肯放下他的驕傲，他被刺痛了，然後他又像刺蝟一樣地把渾身的刺都刺了出來，不管是自己還是別人，他都無所顧忌地傷害著，就這麼把自己跟這個世界隔開了。

可這樣是不行的……

她心裡難受極了，不禁帶著哭腔地說了出來：「羌然，我很不舒服呢，肚子好疼啊……你出來見見……」

那個我字還沒說出來，劉婭楠就看到那個緊閉的木門，竟然一點預兆都沒有地就打開了。

而在門內站著的正是穿著軍服的羌然。

而且羌然有點出乎劉婭楠的預料，她以為在房間裡緊閉著的羌然必定是頹廢到了極點，出來的時候也一定是邋裡邋遢、鬍子拉碴。

結果此時站在門口的男人，卻是乾淨利索的，別說鬍子拉碴了，就連衣服都利索得沒有褶皺，衣服從領口到袖口更是一絲不苟，頭髮也是梳得整整齊齊，只是看上去略顯清瘦一些而已。

劉婭楠就愣住了，她一眨不眨地盯著他看。

可他的表情卻大大不同了，至少在劉婭楠看來，這個時候的羌然沒有了往日那種神采飛揚的感覺。

他面無表情地看著她，過了半晌才淡淡說道：「肚子疼還過來，是嫌不夠難受嗎？」說完這些，他就走到了她面前，如果是以前的羌然一定就伸手拉她了，可羌然這次沒有，他只是用下巴點著她，讓她快點從地上起來。

劉婭楠趕緊站了起來，她本來有滿肚子的話想對羌然說的，可真見到本人，她反倒一時間不知道該怎麼開口了，她是想安慰他的，抱著脆弱的他說沒關係。

可等羌然再走出來的時候，簡直就是走出來一座冰山。

劉婭楠本身就經痛呢，最怕著涼了，這個時候再被羌冰山一凍，她的心都縮了下。

她蒼白著臉地跟在羌然身後，羌然也不說什麼。

兩個人一起回到夏宮，只是這次夏宮裡再也沒有那種甜蜜的氛圍了。

劉婭楠心裡難過，她試圖伸手去碰觸羌然，可剛剛摸到他的胳膊，羌然就躲開了。

從那後兩人看似又恢復了正常，每天依舊是吃飯、工作、睡覺，沒有任何變化，羌然依舊是那個有潔癖的羌然，他會把房間收拾好，會不動聲色地把劉婭楠的衣服掛上。

他並沒有苛待她，他只是不再跟她親近，不再碰觸她，眼神也不再追隨她。

除了兩人不再是戀人外，一切都照舊著。

劉婭楠的心沉沉的，她也不是多麼迫切地想羌然碰自己，如果羌然有心理負擔，她可以體諒他，沒有那種關係就沒有那種關係，可是現在這樣太不正常了。

羌然完全是一副逃避的態度在對待她，明明他們兩人都沒有錯的，而且劉婭楠有點懷疑那個檢查結果，畢竟這個世界有太多不靠譜的事了，在沒有女人前，怎麼想也不會有靠譜的檢查手段，萬一要是弄錯了呢？

在她眼裡，羌然怎麼看也不像是不能有孩子的男人。

只是劉婭楠也不知道該找誰商量這件事，現在別說是勸著羌然再檢查一次了，就連跟他正常對話都難。

也是該遇著的，那天劉婭楠檢查身體的時候，忽然就在那些工作人員裡看見了繆臣。

她別的人也不認識，可是繆臣怎樣也算是老熟人了，而且人品也過得去，再說學醫的人，不管是學基因還是什麼的，總歸是比她懂得多。

劉婭楠自己不大方便，她也不敢麻煩別人了，就找了小田七，讓小田七幫自己聯繫繆臣。

不過等劉婭楠在小田七那見到繆臣的時候，繆臣簡直就跟做賊一樣，偷偷摸摸、神情恍惚的，而且還有點不好意思似的，一見了她就猛地說了些道德倫理、社會學、父子學的問題。

劉婭楠都聽蒙了，不過等繆臣停下來又臉紅又尷尬，想靠近她又不敢靠近她的時候，她才終於理解過來，再跟之前的那些閒言碎語聯繫起來，她就真想踢這個繆臣幾腳，他以為要被借種啊？她趕緊一本正經地說道：「你別怕，不是找你借種的，我就是找你問點事兒。」

這下又換成書呆子繆臣傻眼了，他都做好了借種後要被羌家軍毀屍滅跡、消滅證據的準備了，結果……他的表情一下就變成了失望無比。

劉婭楠沒理他，板著面孔說：「我就想瞭解下你們這裡對男生都是怎麼檢查的，靠不靠譜啊？還有羌然到底是什麼問題，你知道嗎？」

繆臣一臉的失落，為難地回道：「我跟您一樣，也是從電視上看到的，具體羌然有什麼問題，我也不清楚，再說我主攻的是女人的身體結構，男人的是做比對的時候學過一些。」

劉婭楠不理他的那些推託，別人她也不認識，這個繆臣只要比她強就行。

現在唯一的問題就是羌然那個人太傲氣了，要讓他答應複查看病那些，別說提出來了，想一想她都覺得行不通。可是有病的時候就看病不是很正常的事嗎？看不好就認命，可是什麼都不看、什麼都不做，可不是她的性格。

劉婭楠對這個書呆子繆臣的人品還是很信得過的，她也不管那些，直接就跟繆臣說道：「檢查先天性有沒有缺陷你總會吧？別的我也不求你了，你就幫忙檢查檢查行嗎？不過一定要嚴守祕密……」

繆臣原本還不想答應。

不過劉婭楠到這個時候，也是真著急了，她威脅道：「你要不答應，我就把當年咱們的事兒說出去了喔，我記得你連點了我一個月……」

繆臣嚇一跳，他可是吃過苦頭的。

當年嫵媚那個《我與女人不得不說的故事》就因為披露了他找劉婭楠作陪的事兒，搞得他在研究所裡差點被群情激奮的人給踩扁了，現在好不容易換個環境，要是再讓這些人知道了自己的黑歷史……繆臣苦著臉答應了。

現在就是怎麼搞到精液的問題了，劉婭楠跟繆臣要了專用的器皿。

回到夏宮的時候，她心事重重的，明著要羌然肯定不會答應。

最近羌然都不肯看她一眼。

劉婭楠深吸口氣，想著那就只有勾引這個辦法了。

等著吃過飯，洗好澡睡覺的時候，以往劉婭楠都是乖乖睡下的，而羌然會在一邊的沙發上睡，兩人也不會說什麼，簡直就跟沉默的室友一樣。

這次劉婭楠就不那麼乖了，她心事重重地走到羌然面前，羌然早已經側著身子睡下了。

不過劉婭楠猜他肯定知道自己走到他身邊了，他耳朵很好使的，而且最近的羌然一直都睡得不踏實。

她晚上總能聽見他在翻身的聲音，其實想也知道，他們都習慣身邊躺個人了，現在自己孤零零地睡，一時間肯定是不適應。

她心跳得很快，她從沒這麼大膽，以往就算偶爾有主動的時候，也都是在羌然的暗示下，而且基本上還沒怎麼樣，羌然已經按捺不住地反推倒她了。

這次明顯是羌然在抗拒她，而且自己又帶著這個目的……

她就有些緊張，她先是看了看羌然的臉孔，不斷給自己打著氣，這麼帥的男人，就算是一夜情都賺到了，更何況還是自己喜歡的人，主動一下又如何，不丟人的！

做好心裡建設後，劉婭楠就俯下身親了下羌然的耳垂，他敏感的地方不多，可是親他耳朵的話，他就會很開心。可這次羌然明顯是躲了下，而且羌然連眼睛都沒睜，那副樣子顯然是不想她繼續。

劉婭楠就有些尷尬。

她進退不得地站在羌然的身邊，其實不是很想要性的，雖然他們已經很久沒做了，她伸出手碰觸了下羌然的手指，她只想他能摸摸自己的手，能在吃飯的時候看著自己，只要那樣就好了。

有沒有孩子、有沒有性，劉婭楠已經不在乎了。

劉婭楠就這麼一下一下地摸著他的手指，就像受了委屈的孩子似的，不斷摸著他的手指，希望對方能回心轉意。

不知道過去了多久，羌然終於睜開眼睛坐了起來，只是他的眼睛裡沒什麼溫情，而是帶著一絲惱色。

劉婭楠終於被他的眼神傷到了，然後很快地她就跟較勁一樣的，又去親他。

這次她親得很直接，直接就親上了羌然的嘴唇，明知道羌然在不開心，可她還是跟啃咬一樣地咬上了他的嘴唇，羌然也跟較勁一樣地緊緊閉著嘴唇。

劉婭楠努力地吸吮他的嘴唇，用舌頭去舔他，她的手指也在撫摸他的身體，就像當年他對自己做的那些一樣。

不管自己多麼抗拒，他都會親吻自己。

她現在全部奉還給他，再說全世界的人都知道他們最初相遇的時候，就是她把他給強暴了，她也不能白背這個黑鍋！就算用強的，她也得把這事給辦了！

只是不管她怎麼做，他就是不肯張開嘴巴，不過劉婭楠感覺到了他身體的變化。

她膽子也大了起來，她開始脫自己跟羌然的衣服，羌然想推開他，他要有心推的話，一下就能把她推開，可怪力的羌然現在卻跟沒有了怪力一樣，幾次試圖推都沒有推開。

劉婭楠整個人更是跟八爪章魚似地攀上了他，她的身體完全暴露在羌然面前。

那是血脈賁張的一幕，兩個人的身體糾纏著、顫抖著。

漸漸地失控了，他們用力地抱住了對方。

劉婭楠覺得很疼，羌然的力氣比以往要大，可是她不在乎，這次的姿勢也比以往的都要刺激，他進入的時候，她又跟以前一樣疼了下，她不斷地深呼吸著放鬆自己。

這是最親密的方式，他們很快就失去了理智，狂熱地做了起來。

手指、身體、嘴唇不斷地親近著對方，想要占有對方更多，不是為了延續種族，也不是為了這個世界，只是單純地想要這樣……

等一切都過去後，劉婭楠還在餘韻中沒回過神，一直抱著她的羌然卻跟受了刺激一樣，連看都不肯看她，很快就起身去浴室洗澡去了。

劉婭楠心裡空落落的，不過她也顧不上羌然的冷漠了，也虧他去洗澡了，不然她還沒時間做這個。

她得趁著這玩意兒有效，把那些玩意兒弄出來，這麼噁心的事劉婭楠覺得只有她能做了。只是她實在沒什麼經驗，正手忙腳亂地做著那個，意外卻發生了，才過了幾分鐘，浴室門就給打開了。

羌然壓根只是沖了一下就出來，所以等他一出來就看見了那一幕。

劉婭楠正手握著器皿做著超高難度的動作，那副樣子不用解釋，他也明白她是要做什麼。這明顯就是要收集那些東西，而收集來做什麼自然不言而喻。

羌然沉默地走了出來，臉上什麼表情都沒有。

劉婭楠正半蹲著，本來羌然就比她高，此時更是居高臨下地看著她。

他也沒說什麼，只一腳踢開了她手邊的器皿，器皿滾了兩圈應聲而碎。

劉婭楠沒吭聲，她的眼圈有些紅，努力壓抑著眼淚。

她的腿都在打顫，在羌然就要離開的瞬間，劉婭楠忽然叫了出來：「羌然。」

她聲音發顫地說著：「我不是非要孩子不可，我也不會要別的男人……」

她含著眼淚，帶著哭腔說道：「因為、因為……我很喜歡你，能不能跟你有孩子我都無所謂，我這麼做，只是不想你難過，想著也許是檢查結果有問題，如果是的話你就不用這麼難過了，而且就算有毛病也沒關係，在我的世界不能生孩子就去治，治不了的話再想辦法，總這樣消極也不是個辦法……」

羌然聽了她的那些話後，什麼都沒說，也沒回頭看她，毫不猶豫地走了。

從那之後，羌然又把自己封閉在辦公室的小臥室裡，這次就連觀止都被踢到了辦公樓外面。整個樓都空了出來，這下就算劉婭楠要在外面吃飯等他，他也聽不到她的聲音了。

劉婭楠知道自己在他傷口上撒鹽了。

以前劉婭楠滿怕他的，覺得他很恐怖，有時候還無法溝通，其實現在也是這樣，他什麼話也不說地生氣，給她的感覺就跟一個不成熟的孩子一樣。

不管他多麼厲害，可在感情上羌然就是那麼一個感情不成熟的人。

可還是有點喜歡他，想讓他開心高興。

而且劉婭楠很明白，她跟羌然挺不合適的，他們都不是感情成熟的人，她自己性格上就有缺陷，羌然就更不用說了，他壓根就不會跟女人相處。

劉婭楠也不知道自己是不是太賤了。

明明所有的人都在議論著她可以找第二個王夫或者借個種什麼的，可她滿腦子裡想的卻只有羌然……

她想跟他好好學習、想努力磨合著，想像天下所有相愛的情侶一樣生活。

不過，不知道是不是情場失意，職場就能得意。

劉婭楠自從那次後又去了一次議會廳，這次那些把她當球踢的大臣們算是老實了。

不過議會廳裡除了那些實權在握的人外，還有各聯邦派過來的議會代表，每次遇到著急的事都要投票投個三、四回。

劉婭楠現在心情不好，顧不了別的了，索性大刀闊斧地把心中的不滿都發洩了出來。

要是稍有不順心的，劉婭楠就會對著媒體發表個聲明、譴責、言論什麼的，她知道自己在發邪火，可是在心情不好的時候，還被一群飯桶推諉著，那滋味簡直就是火上澆油。

起初她就是想痛快痛快，就算是閒職，可既然已經做了那麼多前期工作了，怎麼也得往外倒倒，至少要讓大眾知道問題都出在哪裡。

哪知道不管她對媒體說什麼，下面很快就會有連鎖反應，先是那些神奇的聖母教徒、女神教徒們聲援她，然後就是普通人針對那個倒楣官員的示威活動，劉婭楠的話簡直是給普通大眾指明了道路一樣，以前各種問題的根源都被挖了出來。

那個缺德不幹正事的官員就在那裡，很快地那傢伙不是被圍攻就是被砸了地上車，然後有家都不敢回。

漸漸地，劉婭楠就發現自己口頭的抱怨威脅，已經不是口頭的了，簡直就是貨真價實的你要倒楣的催命牌，是發誰誰倒楣。

這麼一通口誅筆伐下來，議會廳裡人人自危，簡直都要被劉婭楠折磨傻了，只要看見她就會心跳加快、手心出汗。

偏偏劉婭楠臉色越來越陰沉，羌然給她的那些負面情緒，她肯定不能對無辜的人發洩，現在就只能揀著這些陰奉陽違的人渣們發洩了。

那些大員們雖不知道女人都該是什麼樣的，但至少通過劉婭楠，他們覺得最毒婦人心那句話還是很有道理的。

而且真的不能隨便得罪女人，看起來多軟的妹子，等翻臉的時候也絕對是唬人一跳。

就在這個時候，倒是西聯邦菲爾特家族對劉婭楠發出了正式邀請函，說是一年一度的復生節日到了，他們非常鄭重地邀請女王殿下出席節日慶典。

對整個議會廳的人來說，這個邀請函簡直就是救命稻草啊！大家都抱著趕緊把這烏鴉嘴大瘟神請走的想法，一致積極地攛掇著劉娅楠能出去參加活動，不能總讓東聯盟的人倒楣著，西聯盟還有一些廢物等著她去處理呢……

劉娅楠倒是有點心動，她最近生活得太壓抑了，也想離開羌然的地盤，出去透透氣。

只是要出去的話，怎樣也要得到羌然的首肯，劉娅楠強打著精神，去請示羌然。

現在羌然所在的地方簡直就跟猛獸籠一樣，就差掛個野獸凶猛請勿靠近的牌子了。

據說現在就連送飯給羌然的人都不敢太靠近，只把飯菜送到門口就跑。

劉娅楠也不說什麼，她都覺得自己賤得沒邊了，自從知道羌然吃飯吃得少後，她就總揪著心，現在她趁機親自下廚房做了一頓飯菜。

她記得羌然的口味，用心做著，雖然很久沒做過菜，不過只要上手很快就能熟練起來。

所有的蔬菜都是精挑細選、所有的工序她都用了心思，她花了很多精力準備著，做了好多菜，滿滿地擺了一桌子，她又一一用袖珍小碟子裝起來，很用心地擺著。

在做完這些後，她就寫了一張去菲爾特的申請函放在那些飯菜的下面，然後她又覺得不大妥當，連忙又在那個申請函後面小心翼翼地寫了一句話：羌然，我們和好好不好？

都做好了，她想想大概可以了，才讓送飯的人送過去。

剩下的時間，劉娅楠就自己在夏宮裡孤零零地吃著午飯。

等晚些的時候，觀止就找到她，還帶給她一張答覆函，羌然字跡工整地寫了批准兩個字。

劉娅楠動了動嘴，也沒說什麼，估計這是批准她去菲爾特，其實這都是預料中的結果。

只是觀止臨要走的時候，劉娅楠還是忍不住嘴賤了一下，忽然問道：「羌然最近還好嗎？」

觀止倒是不意外，趕緊回道：「今天很不錯，自從吃了您做的飯菜後，頭兒就開始處理最近一段時間積累的公務。」

「喔。」劉婭楠現在也不敢自作多情地認為自己的飯菜能有打動人心的作用，多半是公務太多了，羌然想處理罷了。

不過既然有了答覆函，劉婭楠趕緊給繆彥波打了電話，作為政府派在她身邊的助理，像這種活動都要由繆彥波安排。

都弄好後，劉婭楠又在議員名單上圈了幾個倒楣蛋，準備趁著出訪西聯邦的時候，好好找這幾個倒楣蛋的毛病。

做完這些後，天都已經暗了，劉婭楠就想著早點休息。

她後天就要去西聯盟，為了到時候不露怯，她還得好好準備準備，多學點禮儀類的東西，衣服也還沒選好呢。

上次西聯盟給她的那個皇冠，這次要不要帶過去也是個問題，而且聽說這個復生節是為了慶祝什麼偉大的人的重生，甚至為了紀念那個人，也為了考慮到西聯盟的風俗，就連她登基後的稱呼都只能是殿下，而不是陛下。

其他的那些她自己也看過些資料，可很多都神乎得跟鬼神似的。

雖然後來都有科學的解釋，說是時空縫隙之類的，不過還是看得她頭大，簡直就跟看走進偽科學一樣地辨不清真偽。

她就想著明天再找小田七給自己科普科普、解釋解釋。

正這麼想著，劉婭楠就聽見開門的提示音，她納悶地回過頭去，然後她就吃驚地看見羌然走了進來，此時羌然正一手解著軍服上的扣子，一手按了下身後的控制鍵，然後整個透明的牆壁就變成了一幅風景畫。

他們以往都是在臨睡前，還有做那什麼的時候才會這麼做，把牆壁變成風景遮擋起來，現在見他一進門就做這個，劉婭楠就有點納悶。

而且羌然的臉色很沉，簡直就跟要發火似的，這是憋了一段時間，羌然要過來教訓她嗎？

劉婭楠就有點緊張，不過她是過分了點，偷拿人那什麼的東西去檢測，還是用那種方式……她坐著沒動，聽之任之地等著羌然的處罰。

可她等來的不是什麼責罵，劉婭楠就覺得自己身體一輕，整個人都被抱上了旁邊的桌子。她的衣服更是很快地被撕了開，羌然抓著她的下巴，在她還沒反應過來前，已經快速地吻住了她的嘴唇，她驚愕地張開了嘴巴。

羌然順勢就進了去，他的舌頭快速地捲住她的舌頭，糾纏著，他狂熱地親吻著她。

劉婭楠真覺得自己已經散架了，她像是被拋進了大海一樣。

她人都傻了，因為從昨天開始，已經整整一天一夜了，她不斷被羌然翻過來、倒過去地做個不停。

各種體位、各種姿勢，劉婭楠都覺得羌然是不是瘋了？可是在對上他眼神的時候，劉婭楠卻很快又軟化了起來，因為羌然的眼神又變成了她熟悉的樣子，很溫柔，那是只有她能看到的那種屬於戀人間的眼神。

不知道過了多久，劉婭楠終於可以休息一下，她趴在他的身上。

她看著他的眼睛，他也在看著她的。

明明身體已經滿足得不能再滿足了，可她還是親了上去，簡直是在啃咬一樣，最後等啃夠了，又跟輕啄一樣，慢慢地試探親著，然後又趕緊停下，又去試探。

這麼幼稚的動作，他們都樂此不疲地做著。

劉婭楠也有點明白了，所以早先的批准不光是批准她去菲爾特，還批准了他們和好嗎？只是羌然是怎麼想通的，就因為她做的那頓飯嗎？

羌然又翻了個身，把她按在身下，已經熟悉得不能再熟悉的身體，很快就適應了他的進入。

她急促地喘息著，跟要虛脫一樣地發暈著。

等情事漸漸平息下去後，劉婭楠覺得她得把心裡話說出來，趁著羌然心情好，趕緊把他勸開來，她說道：「羌然，不管有沒有孩子，我都無所謂，而且在我的世界裡有一種頂客族，他們就是不要孩子的，因為太喜歡兩人世界，還喜歡無憂無慮的生活，就會選擇不要孩子，其實這樣也不錯對吧？」

她望著羌然的眼睛，很認真地說道：「而且我懷疑我能不能做好媽媽，真的，我都不知道媽媽該是什麼樣的……對了……」

她跟想起什麼似地問道：「羌然，你想做爸爸嗎？如果想的話，咱們就收養一個吧，我那個世界沒有孩子的夫妻代孕也是很正常的事，或者收養你的再生人……」

在劉婭楠迫不及待地說完那一通話後，羌然卻沉默了很久。

最後他才坦然地回道：「我想像不出我做父親是什麼樣，我沒有那個概念。」

他最近都沒這麼心平氣和過，他看著劉婭楠的眼睛，他雖然沒說道歉的話，可他的眼神裡全是愧疚：「可妳應該是個好母親。」

劉婭楠主動地坐在他腿上，她揉了揉他的頭髮，簡直就跟哄埃德加犬一樣。

教過兩遍的東西，如果埃德加犬還沒學會的話，埃德加犬就會縮在角落裡，把頭埋在爪子下不出來，每次都要她又哄又安撫地好半天，那小傢伙才會心情好起來。

劉婭楠真覺得現在的羌然就是大號的埃德加犬，看來一個人太無所不能了也不好，一點點挫折就容易受不了。

她一般都是直接稱呼羌然名字的，現在劉婭楠就很不好意思一樣地叫了他一聲：「然然。」

只是怎麼想都覺得這個名字有些女氣，而且也跟他很不相配。

可劉婭楠還是想這麼叫他。

羌然在聽到那個稱呼後，表情明顯頓了下，可他什麼都沒有說。

劉婭楠見他沒有明確地反對，她摸著他的頭髮，低頭溫柔地看著他。

他們的嘴唇又親密地接觸在一起，他張開嘴，吸吮舔舐她的舌頭牙齒。

「其實咱們都不適合做父母。」劉婭楠就跟解脫一樣地說道：「我也沒有當媽媽的自覺，所以我想沒準這反而是好事，估計就算咱們當了爸爸媽媽也是不負責的那種，光為了種族、世界，就把無辜的孩子硬帶到這個世界。咱們現在這樣就挺好的，就你跟我，一直過咱們的兩人世界也很不錯。」

就在這個時候，桌邊的牆壁上忽然出現電話的提示，劉婭楠趕緊接了起來，就聽觀止說道：「殿下，就要到出發的時間了，計劃還要進行嗎？」

顯然觀止發現兩人在夏宮裡憋了一天一夜不出來，除了叫人送了幾頓飯外，就沒別的事兒了，所以盡職盡責的觀止也有點傻眼，這是看著行程沒法了，才特意打來電話。

劉婭楠吃了一驚，她什麼都沒準備，就到出發時間了，天啊！

她趕緊要下床，羌然卻拉著她的胳膊，顯然是不想她走。

可是已經離著約定的時間不遠了，她出門穿的衣服還沒挑選好，這是不要命了嗎？

劉婭楠用毯子裹住自己，半裸著身體一蹦一跳地跑到了衣櫃，前天他們太激烈了，羌然都不肯解開她的扣子，直接就是一扯，所以現在她還得先找了家居服。

她忙著梳洗，等都準備得差不多了，她又走到羌然的面前。

他還躺在床上，暴露在外的肌膚充滿男性魅力，雖然只是後背，可是那副樣子簡直性感到了極點，她忍不住低頭親了親他的後背。

羌然抬起上身，快速地圈住她的脖子，給了她一個纏綿的吻。

她不捨地跟他碰了碰頭，忍不住嘀咕：「要不要跟我一起去？」

她要去好幾天呢……

羌然明顯是想了下，不過很快他就搖頭道：「我還有很多事要處理。」

他隨即就眯了下眼睛，「我總覺得哪裡不對勁，楚靈他們幾天前就把收集的資料反饋給我了，我還沒來得及看，我先處理，等妳回來的時候，我爭取處理完，然後帶妳去度假好嗎？」

劉婭楠也不懂那些，她喔了一聲，叮囑道：「那你忙事情歸忙事情，可千萬記得按時吃飯，還有記得給我打電話，我會想你的……」

第十章

有一點點心動

劉姬楠小聲地問：「我就要出發了，你有什麼想說的嗎？」

羌然停頓了片刻才道：「把妳在議會廳內說過的話，再說一遍給我聽聽。」

「你是說我跟福利部門的人吵架嗎？說他們是吃乾飯的，做的事兒還不如狗多呢？」

「比那些要早。」羌然提醒她：「是關於我的。」

劉姬楠這才猛地想起來，靠！那些話他怎麼知道的！

她在議會廳裡說的那些什麼我心愛的男人、唯一的丈夫的話！

劉婭楠急急忙忙就跟逃難一樣的，穿好了衣服、拿好了東西，出去的時候，觀止他們的車隊都準備好了。

場面肯定挺浩大的，不過因為只是單純的出訪，所以保安人員不多，倒是外事活動的隨行翻譯及文官挺多的，在那兒忙活著，還帶了一些東西。

劉婭楠注意到就連醫療組都有幾個人在車隊上。

只是一看見觀止，劉婭楠不禁就鬧了個大紅臉，她也不知道那些人有沒有想歪，比如自己的頭兒怎麼跟她在夏宮關了一天一夜，兩人究竟做什麼這個那個的……

出來的時候為了怕露出蛛絲馬跡，她還特意選了高領的衣服來穿，就是想遮掩吻痕，胳膊更是不敢露。

最後劉婭楠在觀止的陪同下，進到地上車內。

這次出行的人裡面還有小田七，因為小田七跟西聯邦那裡的人長得很像，再加上他研究了很多東西，也熟悉西聯邦的情況，所以確定這次出訪時，劉婭楠特意加上了小田七。

只是繆彥波那邊的講究太多，在安排車位座次的時候，聽說加了一個窮人區出身的小孩後，硬是把小田七安排到車隊最後面去了。

所以劉婭楠上車後，除了司機外，就只有她一個人在後車座那坐著。

結果她氣喘吁吁地剛剛坐穩，就聽見耳機響了幾聲，她還以為有什麼情況，等接起來後卻聽見羌然的聲音。

羌然大概還沒起床，聲音頗沙啞低沉，不過聽在耳朵裡卻是意外地性感，劉婭楠一下就聯想起兩人在半睡半醒間的那些親昵了，她很自然地喚了一聲：「然然……」

觀止還在替她關車門，因此劉婭楠的那聲稱呼叫出口後，她餘光就看見觀止像遭了雷劈一樣，整個人都僵住了，而且觀止之後看她的表情簡直就像看什麼怪物一樣，目瞪口呆的，一副要被嚇傻的樣子。

劉婭楠也挺不好意思的，因為就算是談戀愛，也覺得叫然然什麼的古怪得不得了。

羌然那傢伙一向是跟戰爭狂、好戰分子、恐怖大王這些詞聯繫在一起的，然然……這種稱呼就好像叫什麼小貓小狗一樣，雖然在情侶間很常見，可放在羌然身上，總覺得不倫不類。

劉婭楠也尷尬了起來，估計自己剛才打碎了觀止心目中神聖的頭兒形象，她不敢再看觀止的表情了，趕緊背過臉去，小聲問道：「我就要出發了，你有什麼想說的嗎？」

羌然那頭停頓了片刻才道：「把妳在議會廳內說過的話，再說一遍給我聽聽。」

議會廳內？劉婭楠這下可納悶了，議會廳裡什麼話？最近她在那裡說的可多了，今天訓斥這個、明天指責那個的，她努力回憶了一下才道：「你是指我跟福利部門的人吵架嗎？說他們是吃乾飯的，做的事兒還不如狗多？」

「比那些要早。」羌然提醒她：「是關於我的。」

劉婭楠這才猛地想起來，靠！他怎麼知道那些話的！

她在議會廳裡說的那些什麼我心愛的男人、唯一的丈夫的話！

這個……劉婭楠很快就想明白了，多半是自己做的飯菜讓羌然緩了口氣，決定原諒她了，隨後在處理公務時，像他這樣地位的人，每次議會廳裡發生的事情以及決議，自然都會做個整理給他過目，羌然多半知道了自己當眾說的那些話。

然後他就在回到夏宮的時候，跟她……做了一天一夜……

劉婭楠挺不好意思的，那樣的話一鼓作氣說就算了，現在羌然讓她當面重複一遍，她想起來都覺得臉紅紅的，而且觀止就在車門那裡。

她十分不好意思，故意回道：「喔，你是說我罵交通部的事嗎？就是他們工作不好，哪有那麼做事的，對吧，你看看富人區建設得那麼好，偏偏窮人區的路就跟狗啃的一樣……」

羌然沉默著也不搭腔。

劉婭楠一下心裡沒底了，她現在可怕羌然又再度敏感了，一聽他不說話，她一下就著急了起來，趕緊說道：「喂，你沒生氣吧？我跟你開玩笑的……」

然後很快她就聽見羌然的笑聲，劉婭楠抿起了嘴，這傢伙是故意的吧？

她撇了下嘴，對著電話說道：「我不想現在說呢，然然……」她低著頭，想像著羌然的表情，忍著笑意說道：「等我回來再說，好嗎？我想當著你的面說。」

她想看著他的表情，想知道他聽到那些話的時候會是什麼表情。

「好的，我等妳。」羌然說完，兩人都依依不捨地掛了電話。

只是掛了電話後，劉婭楠忽然覺得心裡空落落的，明明還沒離開羌然，可心裡已經不捨了，她只能安慰自己，只有幾天而已，很快就過去了。

等回來的時候，羌然還說要帶她一起去度假……到時候他們就可以在一起形影不離了。

劉婭楠隨後跟著觀之他們抵達富人區，在那裡繆彥波的隊伍也準備好了，他們的排場比觀止的還大，帶的文職人員比羌家軍的還多。

繆彥波更是穿得整整齊齊的，一副政府代表的派頭。

劉婭楠早就知道聯邦政府好大喜功的德行，遇到慶典就跟打了雞血一樣，像這種露臉的事兒，繆彥波這種人精不趁機大肆表現才怪。

她坐在車內沒出去。不過車隊很快就出發了，在去西聯盟的路上，車隊行駛得很快，這已經是劉婭楠第二次經過落日山脈。

上一次自己忐忑不安的，又跟羌然處在那種不尷不尬的情況，可這一次就不同了，雖然是自己一個人坐在車內，可是她的心情卻很好。

車隊走了三分之二的路程時，劉婭楠忽然又接到羌然的電話，劉婭楠一看清楚來電顯示的姓名，臉上就忍不住綻開了笑容，自己不過提了一句打電話，他就打得沒完，以前也沒見過他這麼膩著自己。

她正要喜孜孜地接電話，結果就看見外面的動靜不大對勁。

車隊早已停了下來，她透過車窗看出去，就見外面的人有些混亂，不知道在奔跑什麼，觀止更不斷在指揮車隊裡的人。

就連那些聯邦政府的人也忙碌地做著什麼，繆彥波更是急匆匆地打著電話，可是不知道是信號不好還是怎麼的，她聽到繆彥波對電話那頭喂喂地喊。

劉婭楠趕緊按下按鍵，準備接聽羌然的電話，可她只聽見羌然說了一個婭字，電話就中斷了，剩下的就是沙沙的聲音，劉婭楠隱隱覺得不妙起來。

她又低頭檢查通訊器，就見上面顯示一點信號都沒有了，這可太不正常了！在這種地方一般不會發生這種事的，更何況她跟羌然的聯繫一向都是使用專線，不可能收訊不良，除非是被故意阻斷了他們的聯繫，想到這裡，劉婭楠就緊張起來了。

而且外面的觀止忽然抬起頭來，看著天空的時候明顯表情都變了。

劉婭楠下意識就順著觀止的目光看了過去，然後就看見天上劃過一列飛行器。

她真想下車看仔細一點，可隨即她就覺得有什麼地方不對勁，那些戰機的樣子並不是她常見的，而且顏色也不一樣……就在她感到詫異的時候，形勢已經徹底不對了。

在落日山脈附近、在他們車隊的附近，忽然出現很多荷槍實彈的人。

那些人就埋伏在比他們高的那些山頂上，而且人數很多。

劉婭楠從車內往外看的時候，就看到了長蛇一般的隊伍，而且她還在那些人中間看到有些大型武器就架在離他們不遠的地方。

因為這個地理位置，劉婭楠輕易看清楚他們這個車隊完全被對方居高臨下地包圍了。

那些包圍他們的人，顯然是在試圖勸降，中間不斷有擴音喇叭般的聲音喊著不要抵抗、小心誤傷的話。

她在車內聽不大清楚，可是覲止明顯已經憤怒了，他正試圖指揮人員去應對，可是繆彥波那邊的人顯然在動搖。

羌家軍明顯要訓練有素一些，只是跟聯邦政府的人混在一起，簡直就跟狼被羊拖住了後腿一樣，不斷地有聯邦政府的人出狀況。外面的情景亂得不得了，眼看戰事就要一觸即發。

劉婭楠再也待不住了，她毫不猶豫就打開了車門，只是外面的風很大，還都是旋風，她剛出去就被風颳得頭髮都亂了。

她努力地壓著自己的頭髮，覲止他們就在她的車子旁。

她看了一眼身邊臉色都發白的覲止，還有繃著臉的繆彥波，她的腿肚子也有點軟。

在車內看的時候還隔著層窗戶，此時走了出來，看著四周的包圍圈，聽著頭頂呼嘯而過的戰鬥機聲音，那感覺可要震撼得多，她努力鎮定著自己，學著羌然的樣子。

羌然就喜歡在這種劍拔弩張的時候，漫不經心地做事說話。

只是淡定的能力真是天生的，她的手還是止不住地抖了起來。

她只能不斷地告誡自己，不能亂、不能慌，這有這麼多人，一句話不對、一個反應不及時，就會造成很大的傷亡，她一定要保持冷靜！

觀止明顯是要死戰到底，她過去的時候，觀止已經掏出了配槍。

她看到羌家軍的人都在做準備，其實他們早已經準備妥當了，而且觀止的頭腦很清晰，他一直就在她的車旁，見她出來，觀止立刻對她說道：「殿下，請您回去，有您在這，他們不敢用重型武器……」

劉婭楠卻覺得不會這麼簡單，對方既然敢包圍他們，對方應該也考慮到這點了。

她抬頭看了看頭頂上的那些人，太詭異了，那些人在他們準備武器的時候並沒有任何動作，那副樣子簡直在看觀止他們胡鬧一樣。

在一陣詭異的寂靜後，劉婭楠漸漸知道為什麼那些人無動於衷了，因為她聞到空氣中有一種甜膩膩的味道。

風……劉婭楠終於明白了，他們所在的地方是風聚集的地方。

觀止也發覺不對了，愕然地瞪大了眼睛，可還沒來得及出聲提醒劉婭楠，他已經倒了下去。

然後劉婭楠就看見身邊的人一個接一個地倒了下去。

很快她也覺得頭暈暈的，就像被人打了麻醉劑一樣，腿一軟，她也跟著昏了過去。

等劉婭楠迷迷糊糊地再次醒來的時候，就看見自己還在地上車內，她那瞬間甚至懷疑自己是不是做了噩夢，她怎麼會在落日山脈遭到伏擊，多半是做噩夢了……

可是很快劉婭楠就知道這一切都不是夢了，她張開眼睛，抬起頭來，同時也看到了地上車外的情景。

此時的地上車已經駛離落日山脈，他們所在的地方劉婭楠並不認識，只覺得周圍的環境很古怪，到處都是枯葉還有乾枯的草。

景色太過蕭條了，而且在她車子的兩邊正跟隨著無數的人，那些人中有士兵、有俘虜。

有些俘虜的面孔她還很熟悉，有羌家軍的人，還有繆彥波的人，他們都被捆綁著，用一種特製的手銬把雙手銬在了身後，除此之外，還有士兵在旁監視看管他們。

等她在隊伍中找到觀止的時候，發現觀止身邊有三四個人在看管他，而且他除了雙手被銬住外，就連腳下都有腳銬，可那些人還是不斷教訓著、踢打著觀止。

劉婭楠一下就急了，她試圖開車門，本以為車子肯定是緊鎖著的，結果居然打開了，她也沒多想，快速地跳了出去，對那些教訓觀止的人喊道：「你們都住手！」

她的聲音很有特色的，這麼一喊，那些在踢打觀止的人就停了下來，隊伍更是像被按了暫停鍵一樣，所有人都安靜地看著她。

劉婭楠急忙走到觀止身邊，觀止也看到她了。

劉婭楠正想說點什麼，卻看到觀止的目光正從她身上移開在看另一邊，她趕緊扭頭看了一眼，就見之前接待過自己的菲爾特「族長」向她走了過來。

對方還是那副彬彬有禮的溫和樣子，見到她後，更是深深一鞠躬，面帶歉意地說：「不好意思，殿下，為了請您來，實在是用了些不好的手段，可是請您相信我們的誠意。」

劉婭楠就愣住了，真沒見過臉皮這麼厚的人，她正在想著要怎麼應答，就聽在隊伍的後方忽然傳來嘻笑聲。

她循聲看去，就見幾個西聯邦的士兵在嘲笑繆彥波，那些士兵的手上好像還拿著什麼東西在念，而且隨著聲音不斷加大，有越來越多的人笑了起來。

而一向機敏的繆彥波居然就跟受了什麼打擊一樣，也不知道回應。

劉婭楠很納悶。

她不知道繆彥波被人搜身的時候，被搜出一本東西，那些當兵的並不知道他文藝男青年的本色，見那東西收藏得好好的，又放得那麼隱蔽，還以為那是什麼政府的機密文件。

等打開後，就看見了些了不得的東西。

等劉婭楠走過去的時候，就聽念書的人還在念著：「女人溫熱的嘴唇，柔軟的身體，都是帶有魔力的。他們彼此靠近著，他的雄偉已經挺立了起來，那是男人力與美的象徵，是支撐起這個世界的起點。然後他用力地打開女人的雙腿，在那神聖的地方，有著讓人神往的所在，他試圖去分開女人最美好的地方，那裡是生命誕生的最偉大存在，當男人的雄偉進入生命的起源地時……」

如果噁心能殺人的話，劉婭楠估計自己已經被爆頭了。

她還以為出什麼事了呢，壞蛋！原來是文青又被曝光了啊！

很久以前她就曾因為替毫不認識的繆彥波說話，被楚靈他們沖了一身的水，不過這大概就是命運吧？唉，繆彥波寫得噁心是噁心，不過看他那樣被人譏笑也怪可憐的。

尤其是那些人一邊笑他還侮辱他，雖然他是挺欠笑的，不過場合不對，人員也不對，殺傷力顯然也太大了，於是劉婭楠毫不猶豫地說了出來：「喂，你們太過分了吧。」

說完她就走了過去，一把將那個本子從西聯盟士兵的手裡奪走，然後她就看見那個本子居然還都是手寫的！

唉！文藝青年啊，拿什麼拯救你的審美啊！

不過本子被那些人拿得太粗魯，有幾頁都被折壞了，劉婭楠把被弄折的那幾頁小心展開來，盡量讓自己做得嚴肅一些，盡量顯得尊重繆彥波一些。

只是在打開那幾頁的時候，還是很不幸地看到了一些天雷地母，她差點被雷得精神錯亂了。壞蛋啊！能把性寫得這麼噁心肉麻也絕對是天才了！

然後她就沉默著把那個本子遞給了繆彥波，其實她是真的真的很想說他一句的：繆彥波啊，您還是繼續寫詩吧！

不過場合不對，劉婭楠看著一臉灰敗的繆彥波，深吸口氣，昧著良心說道：「你別往心裡去，那些粗人不懂得欣賞……我、我能明白那些詞語的優、優美動人……」

在說那些話的時候，雞皮疙瘩順著她的胳膊都爬到脖子那裡了，幸好有高領掩著，她嚥了口口水，繼續安撫道：「男人不會欣賞那些的，可我想，一定會有女人欣賞你的才情，你只是超越了這個時代而已。」

在她說完那些話的時候，劉婭楠就看見臉色灰敗的繆彥波，忽然就像被點燃了眼裡的小火花似的，頓時激動了起來。

劉婭楠不大明白文青都是什麼物種，可她估計每一個似魔似幻的文青內心深處，大概都住著這麼一位等待被人發掘的二百五吧？

劉婭楠做完這些後，又扭頭看向那個假族長，她在議會廳的時候早鍛煉出來了，嘴巴雖然還是笨笨的，可是訓斥人的時候，氣勢卻是一點都不弱，她鏗鏘有力地說道：「現在這些人已經被捆綁了起來，你們還有必要拳打腳踢地折磨他們嗎？還是對你們西聯邦的人來說，即便是被捆綁了起來，羌家軍也是你們惹不起的？」

她這麼幾句話說出去後，那些人也不搭腔，就連那個假族長也不吭聲。

劉婭楠氣呼呼地做著憤怒狀，回到了車裡。

倒是繆彥波趁那些人目瞪口呆的時候，趕緊把那本書小心地收在懷裡，目送著劉娅楠上車，在她的車子開遠後，他還依依不捨地看著。

劉娅楠說得有模有樣的，其實她也是怕得要命，進到車裡她就一直注意著外面的情況，想著萬一要是再有誰被毆打了，她就盡量出去幫一把。

幸好那些西聯盟的還算顧忌她的面子，雖然也不知道自己能有什麼面子，可是這些西聯盟的人顯然跟那些劫持過她的海盜不一樣，是帶點文明的劫持。

從她發了火後，那些西聯盟的士兵對觀止他們倒是沒再動手動腳的了。

隊伍還在前行著，劉娅楠記得很清楚，當初她在菲爾特訪問的時候，見過的地方絕對跟現在所去的地方不一樣。這個方向明顯是在往山脈中行進，而且之前她出訪的時候，菲爾特家族的地方都是高大的建築，可這裡的建築都是低矮的。

而且不光是低矮，這些建築大部分都是建在山裡的，一開始還有一些路能走，等到了後面那些路彎彎繞繞的，簡直就跟迷宮一樣。

而且劉娅楠在車內的時候，檢查了自己的身體，然後就發現衣服倒是都好好的，唯獨自己的項圈不知道什麼時候被人摘走了。

她本來還寄望那個項圈，想著羌然給她戴的這個項圈有定位監聽功能。

現在發現那項圈早不見後，劉娅楠就很失落。

而且在等待的時候，劉娅楠也緊張了起來，之前是一鼓作氣地不想看身邊的人受苦，所以才發了一些脾氣，可現在一平靜下來，她簡直是越想越怕，都不知道自己面對的會是什麼。

在劉娅楠這麼胡思亂想著時，車子終於駛入了一個大門。那個建築依山而建，劉娅楠留心到觀止他們都被留在外面，只有她跟著那個假族長向山內駛去，而且進到再深一點的地方，車子就無法行駛了。

劉婭楠被那些人客客氣氣地請出了車子，這個地方好像是挖空了半座山建成的，四面都有照明的設備。

而且人員也比劉婭楠想像中的要少，除了門外有很多士兵外，劉婭楠留意到進到這裡後，好像四周就只是一些維持設備正常運轉的人員了，士兵則只有她身邊的那幾個看守。

假族長一路領著她往裡走。

劉婭楠心裡不斷地打著鼓，不知道自己這是要被帶去哪裡，這個地方簡直就跟耗子洞一樣，別看有些地方很大，可越往裡走空間越小，即便是有照明設備，可影影綽綽的還是覺得這裡陰森無比。

她不知道自己是不是要被耗子王抓去當老婆，按慣例來說，她這種情況不被人輪暴就算是幸運了。

走了十幾分鐘，劉婭楠他們終於走到了目的地。

劉婭楠本以為那會是個特別恐怖的地方，等門一打開，那個傳聞中的菲爾特族長就會猙獰地走出來，一把扯住她，然後什麼話都不說地就扒她的褲子。

結果那個簡單的木門打開後，劉婭楠別說沒看見有表情猙獰的男人了，就連隻耗子都沒有。

那個假族長也沒有跟進去，劉婭楠進去後找了一圈，就發現在她面前除了有個電腦螢幕似的東西外，就什麼都沒有了，她正感納悶，就看見那個螢幕忽然閃了一下，很快地一個機械的聲音傳了出來。

那聲音可真怪，說起話來就像是合成的。

「您好。」對方還挺有禮貌。

劉娅楠左右尋了一圈，最後把視線放在那個電腦螢幕上，還真是這玩意兒發出的聲音，這個菲爾特族長到底有多神祕，都這樣了還不露面？劉娅楠有點傻眼。

在她愣神的時候，對方又開口說話了，而且那話說得很不招人待見：「您比我想像的要差上很多，我以為女人會更優雅一些……」

靠！劉娅楠忍不住翻了個白眼，這位是羌然失散在外的兄弟吧？

怎麼這些玩意兒都這副德行啊？當初羌然也是這個口吻，什麼妳離我的理想對象差很多，可說是說，羌然那傢伙跟自己XXOO一點都沒少過。現在這位也是這副德行，都把自己綁架過來了，居然張嘴就是妳離我的理想有段距離！

靠！求你們了不？你們都把人綁來了！

劉娅楠真想回他一句：知道為什麼遇不到你理想中的女人嗎？因為你五行缺德好嗎！

可情勢比人強，劉娅楠也沒吭聲，對方倒是有很重要的話要說似的，明明看不到人，就連聲音都是機械合成的。

那些話一說完，劉娅楠的腦海很快就浮現了一個呆板的機械化男人的臉孔。

「不過還是要請您陪伴我，跟我生育西聯邦未來的繼承人。」

劉娅楠沉默了起來，自己都被綁來了，這人說這些不是脫了褲子放屁麼。

她也沒吭聲，對方也沒再說別的，那個感覺就好像兩人都有些尷尬似的。

而且很快地那個螢幕一閃，後面就再也沒有聲音了。

倒是那個假族長很快就走了進來，恭敬地請她出去。

劉娅楠彆扭得很，不明白這些人神神祕祕的到底要做什麼？就算是她有被強暴的覺悟，可也不要一直這麼嚇唬著她好不好！

劉婭楠在跟著那個假族長走出去的時候，終於忍不住問了一句：「剛才那人是你們的族長嗎？他到底是什麼意思，是要跟我生孩子嗎？可是他幹麼不露面？」

難道他有千里之外取人貞操的本事？

那個假族長不知道是不是就長了這麼個笑臉，在回答她的時候，居然帶著歉意地笑了下：「很抱歉，殿下，族長大人不喜歡跟人有身體上的接觸，懷孕的話，大概需要藉助外力的幫助，不過請您放心，已經有專人負責這個，在合適的時候，就會對您進行手術。」

劉婭楠仰頭看了看頭頂，所以說林子大了什麼鳥都有，她以為自己已經遇到了無數的神展開了，可都到這會兒了，居然還有這麼一款新型號的來豐富她的人生呢，壞蛋啊！不喜歡身體接觸的綁架犯啊！要用科學的手段讓她懷孕？她也不知道自己該用什麼表情來應對這事了，是該慶幸自己不會被強暴了？還是該噁心這樣的懷孕？

不過她已經是人家砧板上的肉了，她也沒做太多的反抗。

當年她被羌然囚禁的時候，可不光是消極怠工，為了不被傷害，她還努力地討好過羌然呢，那感覺簡直就跟得了斯德哥爾摩症候群似的。

現在這樣劉婭楠都覺得自己厲害多了，至少沒再斯德哥爾摩症候群。

只是讓劉婭楠意外的是，那個假族長並沒有直接帶她到外面跟觀止他們會合，也沒有帶她去單獨的地方囚禁起來，而是帶她到了一個中央控制室似的地方。

在那裡，劉婭楠看見了無數閃著數字的螢幕，還有一些圖像，甚至還有專門捕捉電視新聞的顯示器。

她好奇地走過去，就看見有個角落專門在播放新聞，而在操作臺下有專門的工作人員，在根據新聞做著分析記錄。

此時整個媒體都跟炸鍋了一樣，無數記者、主持人都像沒頭蒼蠅一樣地胡亂播報著，什麼據可靠消息，女王殿下在落日山脈遇到了伏擊、什麼據說這次事件是精心策劃的、什麼據說西聯盟表示震驚、什麼據說這次事件跟琉璃海海盜無關，因為海盜已經被剿滅了。

所有報導都沒有營養……在劉婭楠的角度看來，簡直就跟一群嗡嗡亂叫的蒼蠅而已。

而且劉婭楠現在只關心一個新聞，她想知道羌然在知道這件事時是什麼心情？他應該會很擔心吧？

果然在那堆新聞裡夾雜了一條羌家軍新聞發言人的消息，那人穿著羌家軍的軍服，面色凝重地對著鏡頭，發表聲明：「無論對方是什麼人，有什麼目的，我方都強烈要求對方能克制自己的行為，不要做出任何傷害人質的行為，我方願意同對方進行對話……」

劉婭楠無法窺探到羌然的表情，可她的心還是不由自主地揪了起來，羌然這是在示弱嗎？

她想起分別前自己同羌然說過的那些話，還有那晚他們那些親密的舉動。

就在她胡思亂想那些的時候，倒是那個假族長拿了個東西遞給她。

劉婭楠納悶地接過去，就見那是份寫得工工整整的演講稿，只看了兩眼，她的臉色就變了。

她繃著臉地看向那個假族長。

那人笑面虎一樣地說：「這是需要您做的一些工作，請殿下務必在一會兒的談判上為我們美言幾句，如果不能的話，大概就要苦了您的那些隨從。」

說話間，劉婭楠就看見文藝男青年繆彥波被五花大綁地推了出來。

繆彥波顯然也看到她了，兩個人的視線不其然地對在一起。

劉婭楠瞬時就鬆了口氣，幸好不是觀止他們，這下她可放心多了。

繆文青卻在那個微妙的瞬間產生了一個美麗的誤會，劉婭楠在看到他的那刻明顯是動容了吧？然後很快地她又露出了鬆口氣的樣子，是因為看到他安然無恙所以在開心嗎？他的目光變得更炙熱起來。

劉婭楠並不知道文藝男青年已經似魔似幻、風中凌亂了，她心裡想的都是其他的事兒，在不斷琢磨著，這些人多半是看她挺維護繆彥波的，就決定先拿他來威脅她。

雖然繆彥波被打幾下，她是不會心疼的，不過為了避免打完繆彥波再揪來觀止，她猶豫了下，很快地回道：「好吧，我會盡量照做的。」

那些西聯邦的人一見劉婭楠還算配合，很快把她帶到一個螢幕前。

這個螢幕跟之前的那些不大一樣，單就外觀而言就大上許多，而且是弧形的，位置也要高一些，她個子矮，在看裡面的畫面時，還需要抬起頭來。

很快地視訊電話就被連接了起來。

不久前才通過話的羌然，他的影像很快就出現在她的面前了。

那是比真人都要大上幾倍的影像，任何表情都會被擴大播放出來，她以為再見面的時候，羌然必定是激動無比的，可此時她看到的卻是一個面無表情的羌然。

是的！羌然從來都是冷靜的！

越是遇到了問題，羌然越是冷靜得可怕，她得向他學習！

劉婭楠深吸口氣，趕緊告訴自己，冷靜下來，可她的眼圈還是紅了起來，就連聲音都帶上了哽咽。

「羌然……」她艱澀地喊了一聲，然後她低頭看了眼紙上給她列出的條件，她不知道該怎麼開口。

倒是那個假族長已經微笑著開了口，一臉謙恭地對羌然說：「親王殿下，這次實在是唐突了，這一切都是因為菲爾特族長很傾慕女王殿下，希望可以跟親王殿下一起成為王夫才造成的。可事已至此，我們西聯盟很想得到親王殿下的首肯，如果能一起發表聲明，那是最好不過的，當然您依舊是女王殿下的第一王夫。」

那個假族長說完，就用眼神暗示劉婭楠。

劉婭楠深吸口氣，雖然對方拿繆彥波威脅她，可她卻知道，這些人讓她對羌然說的話，簡直就跟火上澆油一樣，她跟羌然接觸這麼久了，這個傢伙受過誰的威脅？

劉婭楠沒有照著那張紙的內容說，而是小心翼翼地說道：「觀止他們都被關著……」

那個假族長很快地咳嗽了一聲，劉婭楠知道這是在警告她。

她眼睛紅紅的，停頓了好一會兒才繼續說道：「我一會兒會發表聲明……」

那張紙上列的條件很多，可歸結為一句話，就是：請妳配合。

可那麼簡單的幾個字，臨到嘴邊，她卻無法說出口，她的嘴唇動了動，可是卻一點發聲的力氣都沒有，嗓子更是乾啞的。

就算是這樣的境況，心裡也明白，不管自己願不願意，也會被逼著說，可還是不想把這種無奈的話跟羌然說，尤其是當著他的面，她低著頭簡直都不敢去看他的眼睛。

羌然卻跟洞察了一切般地很快回道：「我明白了，我會配合。」

他的語氣很冷，表情也沒有絲毫變化。

劉婭楠聽到他的話後，終於抬起頭，他的視線很快就落了下來，劉婭楠能感覺到他的眼神在落到她臉上的時候，也是冷冷的。

那個會在自己枕邊對自己竊竊私語，會微笑著摸著自己的頭髮、親吻自己的男人，此時就在螢幕的那一側，穿著筆挺的軍服，沒有任何感情地看著自己。

在等待電視直播的時候，劉婭楠被帶到一間休息室。

而且她很奇怪，她一路上看到了觀止、繆彥波他們，卻唯獨沒有見過小田七。

她很擔心小田七的情況，可當她問起那個假族長後，他的表情卻有那麼點耐人尋味的意思。

而且那人也不說小田七的情況，只是笑著看她，就像她在問多麼可笑的事情一樣，這讓劉婭楠很擔心。

在等待電視直播的時候，劉婭楠的心怦怦直跳。

這個地方顯然戒備森嚴，有很多電子眼似的東西在窺探著她的一舉一動，可相對的，她身邊統共就兩個看守在看著她。

時間一分一秒地過去，她不知道羌然那跟西聯邦談得怎麼樣？也不知道她需要念的是份什麼樣的3P聲明？

唯一能想到的就是，羌然要被氣死了吧？

那個男人別說是受脅迫了，就算被人輕視都會覺得不可思議，可現在卻要被逼迫著簽署那樣一份協議，還要做電視直播。

劉婭楠一想起來都覺得難過，所以羌然才會面無表情吧？

不過劉婭楠也想到了一件事，跟自己這種一看到對方就眼圈紅了的行為相比，羌然真的跟她很不相同。

他冷靜得就跟沒有感情一樣。

所以有些人天生就不是兒女情長的，即便看上去很喜歡自己，好像兩人關係很好，可真遇到事情，依舊可以冷靜地分析情況，很快做出判斷，情緒絲毫不會受到影響。

劉婭楠一方面覺得羌然好厲害，可另一方面又明白了自己跟對方的差距。不管她多麼努力，可說白了，以她的思維或是能力，還是決定了她只能是個普通人。大殺四方、女王氣質那些，她就算再努力，也很難修煉出來，不過劉婭楠也不是那麼容易氣餒的，她想著就算是普通人，可只要努力，總也可以做得好一些。

她胡亂地想著，時間一分一秒地過去。

中間劉婭楠覺得睏，還小睡了一會兒，門外的守衛也在不斷來回走動。其間還有人進來給她送了點零食跟飲品。

只是不管是托盤還是裝飲料的杯子，都是紙做的。就連她所在的地方，桌椅也都被固定在地上，顯然是想預防她自殘。

劉婭楠拿著水杯稍稍地喝了幾口，又勉強地吃了一些點心，不斷告訴自己，不管心情多焦急，她都要堅強起來。

劉婭楠就這麼一分一秒地熬著。

不知道過了多久，劉婭楠忽然就覺得地面震動了一下，而且有一種悶雷似的聲響。

她起初還以為這是地震了，可隨後地面又再次震動了一下。

這次不光是地面在震動，就連頭頂的照明設備都在晃動著，而且有更響的聲音響了起來，地震沒有配上打雷的道理！

劉婭楠馬上就反應了過來，這是遭到了炮擊嗎？

她一下就精神起來，連忙從躺椅上站起來，往外看去，就見外面的守衛也是臉色驟變，其中一個更是用通訊器跟什麼人聯繫著。

劉婭楠就聽那人不斷地詢問出了什麼事，可是很快地通訊就中斷了，那個拿著通訊器的看守，到了這個時候臉色徹底變了。

劉婭楠隨後看見他們說了幾句話後，拿著通訊器的那個看守就急匆匆地跑了，此時劉婭楠的門前就只剩下一個看守。

劉婭楠原本都不敢想逃跑的事兒，實在是這個地方太封閉了，周圍的道路縱橫交錯的，又到處都是監視，可現在真的是千載難逢的機會。

不管是不是遇到了攻擊，可是只有一個看守的情況下，劉婭楠知道自己這是在玩火。

可是地面還在不斷地顫抖著，頭頂已經開始落下碎屑，劉婭楠趁機叫了出來，裝著被驚嚇到的樣子喊道：「我好害怕……我被砸到了，麻煩打開門好嗎？」

外面的守衛也看到了裡面的情況，除了不斷掉落的瓦礫，頭頂上的照明燈也在不斷晃動著。那個看守到了這個時候，大概也是出於安全考慮，真給劉婭楠打開了門。

劉婭楠捂著嘴地擠出了門口，在那劇烈地咳嗽著。

那個看守也嚇壞了，還以為劉婭楠被傷到了哪裡。

就在對方俯身要看自己的那刻，劉婭楠心一橫迎面就打了過去，剛剛地面一抖動，那些原本固定在地面的桌椅都挪動了位置，劉婭楠趁機把椅子腿上的一個橫杆抽了出來。

她這輩子除了打過羌然幾下狠的外，還沒對別人動過手，更何況是拿木棍去敲人的頭了。

可是偏偏就是因為劉婭楠太無害了，看著又是小細胳膊、小細腿的，那個看守沒有防備，這一下正敲在他的頭上。

很快地那名看守就倒在地上，劉婭楠也不敢去看那個看守被敲得怎麼樣，一看對方倒下了，劉婭楠二話不說，就一路狂奔，往沒人的地方跑。

這個地方所有的道路都是四通八達的，可此時在被炮轟的情況下，不管是照明還是甬道都是晃動的，中間更是有無數的碎石跟土塊掉落。

有些地方晃動得太厲害，還有照明設備整個砸了下來，劉娅楠嚇了一跳，因為那東西就砸在了她面前，只差兩步就會把她砸個正著。

她倒退了一步，不過也虧這個東西掉了下來，劉娅楠很快就發現安裝照明設備的地方，居然還有一個跟通風口似的地方。

她知道西聯盟的人一發現她不見了，多半就會地毯式地搜捕，與其這樣無頭蒼蠅似地亂撞，還不如在這種通風口似的地方躲一躲，萬一能找到出口就更好了！

這麼一想，劉娅楠用手摳著四周的牆壁，靠著手腳的力量爬到了通風口內，這個通道可真大，她只要爬著走就行。

只是裡面特別黑，她往左右看了看，除了有照明設備的地方外，大部分地方都是黑黑的，這種情況太瘆人了，尤其這還是個密閉的空間。

就在她不知道該怎麼做的時候，她整個人都跟著通風口顫抖了下，那些轟炸似乎越來越密集了。

劉娅楠深吸口氣，不管外面是什麼情況，她都得先把自己藏起來，只要不被找到，西聯盟的人就不敢對觀止、小田七他們怎麼樣。

可是該怎麼走，劉娅楠實在是拿不準注意，她只能憑著直覺，向著一個方向前進。

而且隨著炮轟的密集，起初還是每隔幾下就有一次顫動，現在已經變成了不斷抖動。

劉婭楠都要被顛傻了，頭頂上更是不時掉落粉塵碎屑，幸好都是小塊的，可是下面的人就倒楣了，劉婭楠時不時就聽到慘叫聲，不知道是被砸到的還是被炸傷的。

而且漸漸地就連她所在的通風口都不安全了，她正在爬的地方，很快就出現一個斷口，在新一波的轟炸下，不光是把照明設備轟了下來，就連這個通風口都被炸出了個窟窿，幸好她爬得慢，不然劉婭楠都不敢想自己會被炸成什麼樣。

她在上面偷偷地往下看了一眼，隨後她就聽見下面不斷傳來慘叫聲和呼救聲，更有不少人在跑來跑去。

劉婭楠心裡害怕，不管是被炸死還是被那些人發現，都沒有好果子吃。

她沒辦法，只好返回去繼續找別的通道。

這一次的情況更惡劣了，之前還偶爾有照明，現在在幾波轟炸下，所有的照明都失去了作用，這下不光是通風口，就連下面的甬道也是漆黑一片。

這下劉婭楠簡直寸步難行，而且就在這個時候，不知道是什麼東西還從她手上跑了過去，感覺那東西毛絨絨的，也不知道是老鼠還是什麼，劉婭楠瞬時汗毛都立了起來，嚇得就不敢動了，就因為什麼都看不到，才會被嚇得人都傻了。

那些恐怖的想像差點沒把劉婭楠嚇暈過去，而且在那之後，劉婭楠就覺得有什麼東西在啃她腳上的鞋子。

劉婭楠整個身體都縮了起來，可是有更多毛絨絨的東西在繞著她轉，這次不光是鞋子，連她的衣服邊都被那些東西啃上了。

劉婭楠整個人都蒙住了，就在這個時候，倒是一抹淡淡的黃色光從她手邊亮了出來。

劉婭楠起初還以為是照明設備又恢復了，可等她看清楚發光東西後，她整個人都驚住了！淡黃色的光是從她的手腕發出來的，這是當初野獸送她的手鏈，雖然價值不高，可她一直當做寶貝似地戴著，而且後來小田七說過這是水晶。

她當水晶戴了，現在看來，這個世界的水晶跟她以為的水晶好像不一樣，這東西顯然有點像是夜明珠！

也不知道這東西含什麼礦物質，在這種地方居然會發光！

這下劉婭楠終於看清楚圍著自己的是什麼了，那些東西劉婭楠也不確定是不是老鼠，看著倒是有點小倉鼠的感覺，小小的，有的只有她大拇指大，她大概地看了看，十幾隻的樣子。

她這才長吁口氣，又擦了擦冷汗，簡直都要嚇死她了，還以為自己要被餵了耗子呢！

而且這些小傢伙顯然是害怕光的，劉婭楠的手腕剛靠近那些小傢伙，牠們就嚇得吱吱亂叫跑掉了。

雖然很微弱，不過在這個手鏈的照明下，劉婭楠的眼睛漸漸適應了黑暗。

她深吸口氣，心裡默念著：老天保佑，讓我快點逃離這個地方吧！

大概是老天聽到了她的祈禱，劉婭楠後面的路就爬得順利多了，通風口感覺也不再是歪七扭八，雖然也有抖動，還有震耳欲聾的聲音，可是掉落的碎屑卻好像少了一些。

顯然她所在的地方工事要比其他的地方堅固很多。

她一路爬著，不知道爬了多久，就連膝蓋都磨破了，終於在前面發現了一個出口似的地方，只是那個地方被什麼封著。

幸好有之前的輪番轟炸，那個封口被炸扭曲了，上面跟警報似的設備也失效了，劉婭楠毫不費力地伸出胳膊，用力扭了兩下，就把那東西掰了下來。

她心裡一喜，還以為自己就要爬出這個地方了，結果在往裡爬了幾步後，劉婭楠卻發現這個地方壓根不是什麼出口，反倒像是個什麼實驗室似的。

外面漆黑一片，可這個地方卻還在運作著，而且跟外面兵荒馬亂的場景相比，這裡就跟什麼都沒發生一樣，就連照明設備都沒有晃動。

劉婭楠心裡納悶，可看著下面卻又是空蕩蕩的。

她等了片刻也沒聽到有人活動的聲音，劉婭楠剛才爬得太多了，膝蓋也太疼了，她試著往下爬去。

等下到裡面，她就驚訝地發現，這個地方還真是個實驗室。

只是不知道是做什麼的，她抬起頭來四處打量著，這個地方很大很空曠，周圍還有一些比一個人高的玻璃器皿，也不知道裡面盛著什麼，影影綽綽地倒是看到裡面水很多，有些東西在裡面被浸泡著。

她好奇地走過去看了一眼，劉婭楠就嚇得整個人都倒抽了口冷氣！

那個玻璃器皿裡的不是別的，而是一條人的手臂，蒼白的沒有血色的手臂！

劉婭楠都呼吸不上來了，下意識就不想去看周圍的玻璃器皿，可餘光還是不可避免地掃到了一些，那簡直就是恐怖大全裡的東西！

人的肢體被分散著浸泡在那些器皿裡！

劉婭楠都被嚇傻了，等到一反應過來，就瘋了似地想往外跑，想跑回自己剛剛進來的那個通風口。

可就在她跑的時候，忽然注意到這個地方的中央位置，居然有一張床。

明明知道不該去看的，可實在是太詭異了。

她戰戰兢兢地停下腳步，大著膽子看了過去，不知道那上面會是被肢解的身體還是什麼。可等她湊過去的時候，卻看見那張白色的床上並排放著什麼恐怖的東西，倒像是個人，只是不知道那是個死人還是個活人，而且那個人的身上被插著各種管子，簡直就是被無數管子所束縛的玩偶一樣。

在那人的周圍更有著無數閃動的儀器。

劉婭楠大著膽子，深吸口氣看了過去，隨後她就驚呆了。

因為床上躺著的不是別人，竟然是消失不見的小田七！

【第十一章】

小田七的祕密

不是所有人都能跟她一樣好運的，劉婭楠這次的經歷簡直就跟走了狗屎運一樣，如果不是自己偷跑出來，估計現在被找到的多半是她的屍體了。

她沒有吭聲，心裡也明白，已經發生的事就不要去亂想了，可還是多少有一些失落。

肌膚相親的人，在做決定的時候並沒有把自己放在一個合適的位置。

可羌然從來不是一個普通的戀愛對象……

小田七的臉色蒼白得可怕，即便是有白化症，可這樣消瘦蒼白的小田七還是讓劉婭楠嚇到了，小田七竟然在這麼短的時間裡就被折磨成這樣了……

那些人都對小田七做了什麼，這個地方這麼恐怖，到處都是那些肢體，他們是要拿小田七做實驗嗎？

劉婭楠心疼得眼淚都要掉下來，她都不敢去摸小田七的鼻息，她很怕小田七已經遭了毒手。

不過沒多久劉婭楠就知道小田七還活著，雖然他臉上罩著一臉死氣，可是胸口是有起伏的，他還有呼吸呢……

她的心多少安穩了一些，就是不知道插滿管子的小田七能不能動？她正在猶豫著要不要碰小田七的時候，忽然就聽見了悶雷一樣的炮轟聲。

之前還覺得這個地方固若金湯，可劉婭楠很快就發覺就連這裡都在微微抖動著，顯然是被火力集中地打擊到了。

而且頭頂的照明燈也晃動了起來，有些照明設備更是像接觸不良似地一閃一閃的，這個地方本來就很恐怖，劉婭楠汗毛都豎起來了。

同時小田七周圍的那些設備發出了紅色的警示燈，頭頂更是有東西不斷在往下掉落。

劉婭楠很怕那些掉落的東西會砸傷小田七，她趕緊跑過去，替他擋著碎屑。

這樣的小田七真像個死人，有些管子已經被震斷了，劉婭楠摸著他的手臂，他的手臂可真涼，簡直就像沒有溫度一樣，她的心都縮成了一團，深吸口氣，也管不了許多，她快速地把那些管子都扯掉。

就算留在這種地方，也是被砸死，還不如放手搏一搏。

在她扯開那些管子的時候，病床上的小田七忽然動了下手指，劉婭楠趕緊喚著他的名字，

「田七，小田七？」

可是小田七卻再也沒有別的回應了，眼睛更是連抬都沒抬，一副深度昏迷的樣子。

劉婭楠沒辦法，只好試著把小田七拽起來，想著要不要背著他走，她本來覺得應該沒問題，可等她一試，就知道不行了，就算是半大的孩子，可男生的身體太沉了，她怎麼也背不動，反倒還差點把小田七給摔到。

而且這個小田七也太能長了，這才幾天沒見，她看著小田七的個子，琢磨著這傢伙最近是不是又竄了小半頭的個子？

人到這個時候真是什麼都能做出來，劉婭楠也真是豁出去了，直接就把病床上的床單扯到地上，把小田七一捲，也虧得床單品質好，十分結實，她這麼又拉又拽的，居然也沒裂開。

她咬著牙使勁拽著床單，拉扯著裡面的小田七不斷移動著。

到了這個時候頭頂掉的東西越來越多了，更要命的是，她自己是能爬上通風口，可是現在帶了個小田七，她怎樣也沒那個力氣把小田七抱上去，劉婭楠到處看著可以藏身的地方。

地面顫抖得更加厲害，不知道是什麼地方被炸了，劉婭楠就看見身邊那些玻璃器皿似的東西一個接著一個地爆開，不斷有液體迸濺出來，還有那些噁心恐怖的殘肢……

劉婭楠看都不敢看，人都嚇蒙了，簡直就跟無頭蒼蠅一樣，見了路就狂跑，雙手還在使勁地拽著小田七。

就這麼氣喘吁吁的，劉婭楠覺得自己應該是跑到了隔壁的一個房間。

這個房間倒是不像實驗室，不過看著黑漆漆的，剛才的那通轟炸，把這個地方的能源徹底摧毀了，所以看過去，整個地方都是漆黑一片。

唯一的亮光就是那些還在閃動著的儀器，不知道都是些什麼東西。

劉婭楠大著膽子往裡走，開始還能借著那些微弱的光線往裡走，可漸漸光線減弱到什麼都看不見了，她只能靠著手跟腳去探路，不斷摸索著。

也是該著的，亂摸亂碰的時候，還真就讓她胡亂摸著了一個暗門似的東西，要不是狂轟濫炸的，那個門也不會露出這麼一個門縫來。

劉婭楠也不知道那都是什麼，就順著縫隙摸了摸，胡亂的摸索中，倒是把那扇門給按開了！

劉婭楠心裡一驚，不過太暗了，她壓根看不到裡面是什麼樣，只覺得黑漆漆的，也不知道這扇門是通向哪裡、做什麼用的。

劉婭楠遲疑了下，可是在緊跟著的下一波轟炸中，劉婭楠就驚訝的發現，不管外面怎麼亂乎，在這個門內待著，似乎不會受到波及。

門內簡直就像是個防空洞，她也不多想了，趕緊拽著小田七躲進裡面。

知道他們不會被砸死了，劉婭楠才終於氣喘吁吁地跌坐在地上，在稍作休息後，她在黑暗中焦急地摸了摸小田七。

黑暗中，她先是摸到了小田七的頭，很快找到了鼻子及嘴唇，她探了探小田七的鼻息。

發現有氣後，她稍稍放心了一些，可是小田七的身體還是那麼冰涼冰涼的。

劉婭楠怕小田七體溫流失，也顧不上別的，再說小田七還是個半大的孩子，於是她湊到小田七身邊，把他整個人抱在懷裡，手更是摩擦著小田七的手指。

不知道過了多久，劉婭楠就覺著懷裡的小田七忽然動了一下，整個世界都是漆黑一片的，劉婭楠也不知道他怎麼樣了？

剛才那通狂轟濫炸，她頭髮上落滿了灰塵，這個時候感覺到小田七在動，劉婭楠就抬起手腕來照了照，只見小田七的嘴唇好像動了動，但沒有說出話來。

而且在她又一次摩擦他的手的時候，小田七明顯是瑟縮了下。

劉婭楠下意識的就想到小田七一定被那些傢伙虐待了，所以才這麼怕人的接觸，她小聲地安撫他：「別怕，小田七，有姐姐在你身邊呢。」

女孩子特有的綿軟嗓音，還有溫熱的身體，大概真有安撫人心的作用，劉婭楠漸漸就發現小田七的表情似乎變得安詳一些。

不知道過去了多久，劉婭楠聽到了外面有聲音，還有混亂的腳步聲，她嚇得心都要跳到嗓子眼了，黑暗中，她只看見遠處有人在用手電筒找著什麼。

她也顧不上別的了，趕緊把身邊的門關了起來，這扇門要不是剛才自己摸黑摸出來的，光用肉眼找的話還真不容易找到。

劉婭楠提心吊膽的聽著外面的動靜。

隱約中她就聽著那些人在咒罵著什麼，似乎是在喊著什麼羌瘋子連自己人都不顧，簡直就是個戰爭狂！

劉婭楠嚇得一動不敢動，那些人很快發現了之前劉婭楠來時的通風口，於是那些人爬到通風口裡去尋找什麼了。

劉婭楠這次長長地鬆了口氣，看那些人找來找去的，她覺得那些人多半是找她，幸好幸好！她剛才嚇得手直哆嗦，現在特別慶幸自己找了這麼個地方待著，要不然真是完蛋了，不是被砸死就是被那些人找到。

不過剛才那些人說的話讓劉婭楠挺擔心的，那些人說什麼羌然是瘋子，還什麼不顧忌自己人，她就很擔心觀止他們，也不知道這麼一通狂轟濫炸會不會傷到觀止他們？

時間一分一秒地過去，那些轟炸一直沒有間斷，劉婭楠中間還想把暗門打開，結果試了幾次發現都推不動後，她才反應過來，多半是外面已經被炸得亂七八糟了，說不定還有什麼東西掉下來擋住了門。

劉婭楠不敢亂動了，她乖乖地守在小田七的身邊，小田七的情況一直不好，中間劉婭楠喚了他幾聲，他都沒有反應，而且他的身體一直很冰涼。

劉婭楠很害怕，隨後想起小時候她身體不舒服時，她奶奶就會用手幫她搓後背。

此時她也沒別的辦法，就伸手像是按摩般地揉著小田七的後背，一開始不敢用力，只敢輕輕地按一按。

順著脊椎不斷推著，可劉婭楠漸漸就覺得古怪，小田七的脊椎不是很直，她摸著中間的骨節怪怪的，跟普通人的也不一樣，只要稍稍用力就能感覺到咔咔的聲響。

劉婭楠也不知道小田七都遇到了什麼，她漸漸就不敢亂按了。

她重新把這個倒楣的孩子抱在懷裡，愧疚地想著，要不是自己非要小田七當講解員、非要讓他跟來，他怎麼會遇到這種事兒。

她摸著小田七的頭髮，小田七的頭髮還被那些壞蛋剃了，以前那麼好看斯文的頭髮，現在就像剃光頭了一樣。

而且那些人到底是為什麼這麼折騰小田七？劉婭楠正這麼想著，一直沒什麼動靜的小田七顯然是醒了過來。

劉婭楠很快就感覺到小田七似乎是想動，可是卻動不了，因為身體不平衡，手更是跟沒有力氣似的，除了能動動手指外，整個人都沒什麼力氣。

劉婭楠趕緊在他身邊輕聲說著：「身體不舒服就別亂動了，有我在你身邊呢。」

她的聲音柔柔的，在說話的時候更是跟安撫似的，她還摸了摸他的手指，中間還把他的頭挪了下位置，讓他靠得更舒服一些。

什麼男女授受不親那些，劉婭楠早都管不了了，只一心想著該怎麼讓小田七舒服些。

只是小田七一點反應都沒有，不管她說什麼，小田七都是一副想要掙扎起身的樣子，他是沒聽出自己的聲音嗎？還是被嚇壞了？

劉婭楠又一次地柔聲跟他說：「小田七別怕，姐姐就在你身邊呢，別怕……」

這次小田七終於不動了，看著這麼懂事乖巧的小田七，劉婭楠眼睛都酸疼了起來。

她努力忍住眼淚，心沉重得呼吸都不順暢了，她一定要把小田七活著帶出去，然後找醫療組的人為他看病，親自照顧他……小田七一定可以恢復的，醫療組裡有那麼多能人！

羌然當初可是把所有頂尖的人都弄過來了，他們一定可以幫助小田七的！

她握住他的手心，小田七的手指涼涼的。

整個空間除了她手腕上的那串珠子外，其他的地方都是黑漆漆的。

她的手就放在小田七的手上，兩人的手指交握著，淡黃色的珠子照得手指都是淡黃色的了。

不其然地劉婭楠就看到小田七手腕上原本該是數字的地方，現在卻被覆蓋上了一個家徽似的圖案，那圖案黑黝黝的，簡直爬滿了整個手腕，而且顏色很深，隱約能辨認出來是兩隻交纏著的蛇，光看著就覺著恐怖……

劉婭楠下意識就伸手摸了摸小田七的手腕，心裡更是一動，有些納悶，那些人幹麼還要給小田七弄這麼個紋身啊？而且那些人是怎麼做到的，這麼大一個紋身，是紋上去的還是烙上去的？小田七疼了嗎？

她一邊摸著一邊心疼地問著：「這是他們給你弄上去的嗎？還疼嗎？」

小田七動了動嘴，發出的聲音特別沙啞，如果不仔細辨認的話，壓根聽不出他在說什麼，劉婭楠不想他太勉強，趕緊說：「你別說話了，等好一點再說。」

小田七的那雙眼睛，劉婭楠早不知道見過多少次了，只是現在小田七的眼神跟以往那種純真不同，不知道是不是遭受了太多的磨難，她能感覺到，他淡粉色的眼睛空洞洞的沒有生機。

可是沒有關係，她抱著他，繼續說著：「別怕，有姐姐在呢，咱們不會有事的。」

不知道過了多久，劉婭楠就聽著外面的轟炸聲似乎是小了一些，又過了一會兒，那些聲音漸漸停了。

她也不知道外面是什麼情況，不過沒多久，劉婭楠就聽見外面有很嘈雜的聲音，中間還夾雜了一些射擊的聲音，然後整個世界漸漸就安靜了。

再過了一會兒，劉婭楠終於聽到有人說話的聲音，她也不知道那都是些什麼人，大氣不敢出地聽著。

熙熙攘攘的聲音中，有一個聽著很熟悉的聲音似乎在大聲說著什麼，其中更有無數人也跟著嚷嚷，聽聲音好像是在討論什麼行動。

劉婭楠把耳朵貼在門上，努力聽著，就聽外面的人在吵著什麼即便是頭兒也不能這樣的話……

中間還有被人喝止的聲音，還有一個更大的聲音像是解釋般地回道：「頭兒這是在賭機率，一方面用談判來迷惑敵人的判斷，另一方面用最快的打擊手段瓦解對方，不過……」

劉婭楠終於認出了裡面的幾個聲音，好像有楚靈在裡面！

她一個激靈，正想敲門大聲呼救，隨後就聽見楚靈憤憤地嚷嚷出來：「可換作是我，我肯定不會這麼做，萬一把夫人炸死了怎麼辦？別他媽告訴我死的夫人跟活的夫人是一樣的……就算是頭兒，這事兒他也幹得不地道！」

劉婭楠正要敲打門的手頓住了。

外面的人大概也都沉默了起來。

這些人都明白女人意味著什麼，尤其更早的時候最後一批女人就是因為戰爭消亡的，在經過了漫長的等待後，現在終於有了這麼一線希望……

在沒有萬全準備的情況下，就發動這樣恐怖的襲擊，萬一出現問題，別說不是羌家軍能承受的，就連整個世界都無法接受。

到時候羌家軍要面對的，可就不僅僅是西聯邦的回擊了，就連聯邦政府、各個家族也未必不會把怒火燒到羌家軍的頭上，更別提那些狂熱的普通人了。

這種後果太恐怖了，而更恐怖的是，羌然在那麼短的時間內就做出了這個決定。

「所以他才是羌然……」劉婭楠默默想著，剛剛的那番話，她也琢磨出來是什麼意思了，她倒是不意外，早就有這樣的覺悟。

因為羌然跟她認知的男人都不一樣，他從來不是兒女情長的人，對他來說最簡單最快捷的辦法，就是這樣的，至於死亡誤傷那些，只是簡單的機率問題，更何況死掉的女人也是女人，到時候也不過就是給醫療組增加點麻煩而已。

劉婭楠沒怎麼難過糾結，因為早就想明白這點，所以在沉默了片刻之後，很快就敲著門呼救起來。

楚靈那批人的耳力都很強，劉婭楠剛呼救，就被他們發現了，那些擋著暗門的東西很快就被清理乾淨。

等劉婭楠出去的時候，就見外面一片狼藉，雖然沒有炮彈直接擊中，不過現場簡直就像被推土機推過一樣，到處都是瓦礫跟壞掉的儀器。

七倒八歪的，中間還有很多不明液體，顯然是從破裂的玻璃器皿裡流出來的，那些殘肢就更噁心了……

劉婭楠出來的時候還差點碰到一個胳膊似的東西，她嚇得就跳到旁邊，倒是楚靈他們一看見她安然無恙的樣子，居然有幾個大男人當下都哭了出來，在那裡狂抹眼淚，就像喜極而泣似的，楚靈更是寸步不離地跟著她。

劉婭楠也挺激動的。

這個時候小田七也被楚靈帶的人抬了出來，小田七的臉色仍十分蒼白。楚靈他們以前是見過小田七的，見到小田七這樣就很吃驚。

劉婭楠也是憂心忡忡，一行人行動很快，尤其是自從找到劉婭楠後，整個隊伍都戒備起來。撤到外面後，劉婭楠很快就被周圍的人護送到一臺超大的飛行器上。

在飛行器升空的時候，劉婭楠忍不住跟楚靈詢問觀止他們其他人的狀況。

楚靈沒有立即回答，而是停頓了下才說：「還在搜救中……」

不是所有人都跟她一樣好運的，她這次的經歷簡直就跟走了狗屎運一樣，如果不是自己偷跑出來，劉婭楠估計楚靈他們現在找到的多半也是自己的屍體。

她沒有吭聲，心裡也明白，已發生的事就不要去亂想了，可多少還是有一些失落。

肌膚相親的人，在做決定的時候並沒有把自己放在一個合適的位置……

可羌然從來不是一個普通的戀愛對象……

劉婭楠心裡七上八下的，一會兒看著小田七的臉色，一會兒擔憂觀止他們的狀況，她反倒沒有多少心情去糾結自己的事。

被那些人護送著回到基地後，劉婭楠並沒有立即見到羌然。

楚靈一直隨身照顧她，見她露出意外的表情就連忙解釋說：「頭兒還在督戰呢，要不要我幫妳打通電話？」

「喔。」劉婭楠停頓了下，倒是很快反問了一句：「那、那羌然，他知道我回來了嗎？」

楚靈並不知道劉婭楠心裡的那些彎彎，「我們一找到您，就立即回報給頭兒了。」

劉婭楠心裡頓時就不是滋味了，羌然知道她被找到了，也沒打個電話問候她一聲，這已經是基本的人情世故了吧？

她努力笑了下，裝著不在意的樣子說道：「那你別給他打電話了，他現在肯定挺忙的……」

劉婭楠心裡不舒服，可是也沒有忘了小田七，她說完就開始找醫療組的人，只是很大一部分醫療組的人都被徵調去前線了。

倒是政府派來的那些人還在原地待命，劉婭楠找了一些剩下的人過來。

小田七的情況怪怪的，她也不知道是怎麼了。

等那些人過來後，劉婭楠一眼就找到繆臣，她趕緊把小田七拜託給繆臣，讓他們幫忙照顧著，無論如何一定救救小田七。

只是那些人檢查完小田七的情況後，卻告訴她小田七的性命並無大礙，倒是小田七的身體很奇怪。

繆臣是這方面的專家，皺著眉頭對劉婭楠解釋著：「小田七怎麼會忽然這樣？這簡直太不可思議了，雖然說他在基因上有缺陷，可這種情況也太嚴重了……」

劉婭楠聽著他嘰里咕嚕說著，她不懂那些資料、也不懂那些名詞，她只擔憂地說道：「不管他怎麼變成這樣的，繆臣，我都拜託你了，不管是用什麼辦法、不管付出什麼代價，請一定要幫幫他……」

繆臣為難地回道：「我盡量，可是小田七之前不是還好好的嗎？我看了他的症狀，看上去不像是一夕間就變成這樣的……」

劉婭楠心裡亂亂的，只專注看著醫護室內的小田七，那個半大的孩子，臉色蒼白，身體本來就不好，本身又是白化症，想起來她就難受。

她也管不了那些，只求著小田七能好起來。

在叮囑完繆臣後，劉婭楠也真是累得厲害了。

只是她還要強打著精神讓醫療組做周密的檢查，抽血還有各種檢查，都過了一遍。

最後檢查結果倒是沒什麼問題，頂多是身上有些擦傷，膝蓋有點腫而已，劉婭楠也懶得處理，不過最後還是被那些醫療組的人硬留著做了治療，明明就一些青紫小擦痕，可對方那個緊張兮兮的樣子，就跟她受了多麼大的傷一樣。劉婭楠就覺著好笑，因為跟她同床共枕的人，對她有沒有被炸死都滿不在乎的，倒是這些八竿子打不著的人，嚇得戰戰兢兢的，指甲蓋大的傷都像天塌了一樣……

等都處理好之後，劉婭楠才回夏宮裡去休息。

只是心緒總是不寧，一會兒想著小田七，一會兒又擔心著觀止他們，最後劉婭楠終於忍不住打開電視，果然就跟她猜想的一樣，這個世界的媒體很發達的，即便是局部戰爭也有追蹤報導。

電視上的轉播，各種新聞報導都有，她很快找到軍事節目，就聽上面的專家在分析著這次的事件。

「這是羌然的典型回應，不討價還價、不妥協，絕對不退讓。」專家言辭鑿鑿的：「可同時這樣也必然會得到很大的收效，因為任何一個人在面對這次事件的時候，都會以女王殿下的安危為第一，正常的反應也會是進行談判。顯然這次菲爾特家族失算了，壓根沒有預料到羌然的反應會是如此恐怖。」

主持人也沉著臉色，點頭道：「說真的，這次的事件不光是菲爾特家族，我相信包括在座的幾位，雖然都曾經在軍事上研究過歷代羌然的作風，可估計這次也是切身地感受到了戰爭狂人的恐怖吧？」

「是的。」另一個專家接話道：「他的指揮非常出色，在這麼短的時間就能調集……進行有效的軍事打擊，最主要是臨場能力以及計算能力都非常精準……」

很快螢幕上出現一張3D地圖。

那人用指揮棒指著上面的幾點分析著：「這是全方位的進攻，在第一波進攻的時候就已經扼住了對方的要害，第二波就在大家以為必然會發生局部戰爭的時候，羌然軍卻是箭頭一轉，轉而向菲爾特城區，對平民區開始了毀滅式轟炸。當時的慘烈程度，大家都從後來的轉播上看到了，非常恐怖，這是兩百七十年來，第一次有人公然違反戰事條約，直接對平民出兵的，而且兩次打擊時間只間隔了三分鐘，大家都知道在空戰的時候，這個時間是精確到毫秒的……」

劉婭楠看著那些畫面，覺得心口都繃緊了。

之前那些轟炸的感覺還在，地都震到變形以及悶雷一樣的聲音……

而且這些打擊不光是針對菲爾特家族，還有西聯邦的平民，在軍事基地至少還有一些堅固的工事可以遮擋，可是那些平民呢？想到這些劉婭楠的腦子就有點亂。

而且沒多久醫療組的人就又找到她了，在電話裡跟她報告小田七的情況。

小田七大概是做完各項檢查了，繆臣在電話那頭疑惑地說著：「小田七的情況很奇怪，不知道他遭受過什麼重創，脊椎變形得很厲害，而且他還有肌肉萎縮的情況，我特意找了小田七之前的檢查報告，不過羌家軍的人好像對小田七的身體情況不怎麼重視，我只看到了一些白化症的治療方案，其他的都沒有記錄，就目前的情況來看，他想要恢復的話需要持久的治療。」

劉婭楠聽得心驚肉跳，真沒想到小田七的情況這麼嚴重了，她就想再過去看看小田七。

可是現在局勢太緊張了，戰爭還沒有結束呢，只是很奇怪，西聯邦的人在經過這些打擊後，卻一直沒有反擊到羌家軍的地盤，兩邊的部隊反倒在落日山脈膠著了。

這段時間楚靈一直跟在她身邊。

看得出來所有的人都非常緊張，楚靈更是不時就會接到確認她安全的電話。

顯然羌然那邊也在關注她的安危，把她當做了戰略的一部分。

而且每過十五分鐘，楚靈就要報告一次她的具體位置，這下她可不敢隨便亂跑亂動了。

她在電話裡叮囑了繆臣幾句，讓他無論如何都要積極治療小田七。

剩下的時間劉婭楠只能呆呆地待在夏宮裡，不斷為外面的人祈禱。她的胃口也不怎麼好，等飯菜被端上來時，她連動一筷子的念頭都沒有，渾身更像沒力氣似的。

一直熬到很晚了，她終於熬不住，就順勢躺在床上睡下了。

倒是迷迷糊糊間，她覺得門口那裡有動靜，睜開眼睛看了看，因為在菲爾特的洞穴裡被嚇到了，即便是睡覺，劉婭楠也把小夜燈打開。

此時在微弱的燈光下，她看到一個高大的身影在門口站著，只是那人並沒有進來，而是像出神似的，在那裡站了很久。

可是那人的身影卻是熟悉的，劉婭楠能感覺到站在那裡的人應該是羌然，只是她有些不明白，羌然為什麼不快點進來看她？

其實劉婭楠也有點緊張，沒有開口說話，就跟逃避似地裝著睡覺的樣子，一動也不動。

羌然站了片刻後，終於動了起來，劉婭楠看他的動作好像是在脫外套，還有軍靴。他的動靜很小，就像怕驚擾到她一樣，所有的動作都是小心翼翼的。

劉婭楠也不知道要怎麼去面對羌然，這個男人壓根沒估計到她的生死，她也不知道該用什麼表情及態度去面對他，雖然心裡是想著羌然的，也一直在擔心他，可是，這樣的自己也太賤了……劉婭楠這麼想著就閉上了眼睛。

而且白天的電視也把她嚇到了，她有點不知道該怎麼跟濫殺平民的羌然對話。

她裝著睡覺的樣子，在床上一動不動。

倒是羌然終於換好了家居服，他那副樣子就好像沒有打過一場恐怖的戰爭般平靜。他走到床邊，蹲下身來，劉婭楠能感覺到他的呼吸。

她閉著眼睛，所以並不知道羌然是用什麼表情在看著她。在黑暗中，她唯一能感覺到的就是羌然沉穩規律的呼吸，他離她很近，她能聞到羌然身上特有的味道，他很自律，身上很少有男人的汗臭味，她能聞到的大部分也都是沐浴乳散發的淡淡香氣。

沐浴乳是她挑選的，羌然對那些東西都不在意，她選什麼他都無所謂地用著。

那種味道不光在他的身上有，這個地方有很多地方也都是那個味道，帶點花香，可是不膩，非常好聞。

偶爾羌然也會說一句「會不會太香了」，不過因為她喜歡嘛，羌然那麼男人的人，便神色如常地穿著一身淡香的軍服出去檢閱軍隊。

他在很多地方都是遷就她的。

劉婭楠胡亂想著，心裡更是亂哄哄的，不知道要不要埋怨他幾句不顧及自己的安危。

只是等了許久，劉婭楠都沒等到他下一步的動作，倒是過了片刻，羌然忽然站了起來，然後劉婭楠就聽見很輕的腳步聲及開門的聲音，一切都那麼小心翼翼，就像怕打擾到她似的。

她中間睜開眼睛看了一眼，就見不遠的浴室亮著燈，羌然是在洗澡嗎？

羌然很快就洗好澡走了出來，這次他沒有再蹲在她的身邊，而是合衣躺在床上。

明明兩個人離得那麼近，又都躺在床上，羌然卻沒有伸手抱她。不過劉婭楠還是感覺到自己的一綹頭髮被他抓到了手裡，過了一會兒後，羌然好像還摸了下她的臉。

就在她考慮要不要醒過來的時候，她忽然就聽見了一聲幾不可聞的嘆息聲，劉婭楠以為是自己出現幻聽了，難道這個房間除了她跟羌然之外還有別人？或者那聲音是她發出來的，只是她自己不知道？因為怎麼想都覺得羌然不可能會嘆息的啊！

這種情緒化的東西，壓根就不可能是羌然會做的！

劉婭楠見過他生氣，見過他又囧又惱的樣子，可是嘆氣？開什麼玩笑！一定是她聽錯了吧？

她猶猶豫豫的，心裡更是九轉十八彎，而且羌然一直沒有睡，劉婭楠能感覺到他好像在翻著什麼東西在看，手指更是不斷點著身邊的觸摸牆，好像在計算研究著什麼。

微弱的燈光照在她的臉上，劉婭楠不敢扭頭也不敢轉身。

倒是躺著躺著，迷迷糊糊間，聽著身邊人熟悉的呼吸聲，劉婭楠真的就睡著了。

等第二天再醒過來，劉婭楠發現羌然早已經不見了，也不知道他是不是又跑去戰區了。

劉婭楠倒是覺得這樣挺好的，真要見面的話她也會覺得怪怪的，這樣彼此避開幾天，都冷靜一下也不錯。

她在吃飯時，楚靈也過來了，昨天她光顧著擔心這個、擔心那個的，都沒什麼多餘的精力跟楚靈說話，現在她跟楚靈打聽了下外面的情況，這次倒是有了觀止他們的消息。

楚靈也是鬆了口氣的感覺，喋喋不休地跟她說：「觀止也真是運氣好，不過被砸到腿了，現在正在做手術呢，不過聯邦政府那裡死了一些文職人員，現在正在抗議，但是目前沒人有空搭理他們，跟亂吠的狗似的……」

劉婭楠也沒打聽繆彥波他們，只要觀止他們沒事就好。

而且一聽說觀止在做手術，她就想去看看，結果一打聽，她才知道觀止壓根就沒回來。

而且聽著楚靈的意思，觀止那傢伙覺得只是輕傷，就不下火線了，似乎要跟菲爾特那邊死磕到底。

劉婭楠邊吃邊聽著，不過楚靈的聲音忽然弱了下去，就跟想到什麼似的，就連聲音都變得小心翼翼起來，很謹慎地說著：「那、那殿下，其實事情過去就過去了，不管您遇到過什麼，都要堅強起來。」

劉婭楠也沒多想，還以為楚靈這個直線條的大男人在勸自己不要害怕。

畢竟在那麼狂轟濫炸的情形下，沒死真是僥倖，她點頭嗯了一聲，為了讓楚靈放心，還笑著回了一句：「其實也沒什麼，只要不去想就好了，再說我不是好好的嘛……」

「嗯，」楚靈像是還有什麼別的想說，他跟觀止不同，觀止是很自律的人，對劉婭楠、對頭兒從來都是能少一句就少一句，可楚靈並不拿劉婭楠當外人看，他又皺著眉頭說道：「那個……我雖然不知道頭兒到底是什麼想法，不過作為男人，我大概能理解他，所以如果他不開心什麼的……妳、妳也別往心裡去……」

劉婭楠就愣了一下，羌然為什麼要不開心？她納悶地抬起頭來。

楚靈很快就被她看得面紅耳赤，簡直連話都說不利索了，不過劉婭楠還是從他隨後的話裡聽出了蛛絲馬跡，差點被氣炸了，「你是說在談判的時候，菲爾特那邊的人說，說我跟他們的族長單獨……」

劉婭楠實在說不出那個磣人的詞來。

菲爾特家的人還有點臉嗎？這種毀人的話也真敢說？說她已經跟對方的族長發生了關係！就憑那個合成音、就憑那個螢幕？他家族長還真能千里取人貞操了？

可是看楚靈那副尷尬得要死的樣子，劉婭楠頓時覺得很糟，羌然多半是信了吧？

其實傭兵那次，她剛被逮住羌然就趕到了，說真的，那時候她差點被那些壞蛋給強了。這次自己都落在菲爾特家的人手裡好久了，劉婭楠忍不住回憶了一下，當年羌然對她也是動作快著呢，壓根沒猶豫就把她褲子扒了……這麼一想，以這些人的效率、那個曖昧的時間，那絕對是可以把她輪來強去好幾遍的，如此一想劉婭楠就很吐血。

所以羌然才一直避開她，晚上回來的時候也都是輕手輕腳的，是因為他以為她已經被玷污了吧？劉婭楠也不好跟楚靈解釋這個，不過還是有必要跟羌然說一下的！

只是拜託楚靈打電話過去後，那頭卻是在開軍事會議，而且劉婭楠聽著背景聲音，顯然是忙得不得了。

劉婭楠等了半天，不知道是不是羌然故意避著她，最後硬是沒接通電話。這下劉婭楠沒辦法了，嘆了口氣，「算了，我還是之後再說吧。」

在楚靈收了電話後，劉婭楠收拾了下東西。

反正也沒什麼事兒做，她就想去小田七那裡看看。

在楚靈他們的陪伴下，很快就到了小田七那裡。

劉婭楠問了繆臣，小田七自從到這裡後就一直沒醒，劉婭楠聽得心情可鬱悶了，於是進到小田七的病房後，她握著小田七的手，寬慰了幾句。

一開始說的都是鼓勵小田七的話，可小田七一直沒動靜，劉婭楠現在煩心的事太多了，不知不覺地把羌然的事說了出來，「田七啊，你說菲爾特的人缺德不缺德，我清清白白的，硬說我被強姦了！他們還是人嘛？這下我怎麼解釋啊……」

她說完後嘆了口氣，正低頭看向小田七，不其然地，一直閉著眼睛的小田七，就在此時睜開了眼睛。

番外
那個姐姐

望著照片中的那雙眼睛，終於想起這是什麼時候拍的照片了。

田七忍不住笑了下，繼續説道：「比起當一名女王，其實她更喜歡別人品嘗她做的菜，一旦露出好好吃的樣子，她就會開心得眉開眼笑。」

【番外】那個姐姐

這已經是很久很久以前的事了，很多人問過他同樣的問題，「她是怎樣了不起的人？有沒有很特別的地方？」

每次他都會沉默片刻，然後回道：「說實話，我並不覺得她有什麼了不起。」

這個答案總讓人嚇一跳，畢竟整個世界的人都在稱頌「那一位」的與眾不同。

看到這樣的質疑目光時，他會溫和地笑道：「我明白你的意思，可對我來說……」隨後他會陷入沉思，過很久後才說：「對我來說，她只是我最愛的姐姐。」

只是他沒想到自己有一天會在這樣一個嚴肅的直播節目上，談論關於她的事。

寬敞的攝影棚內，無數臺準備就緒的攝影機正等待著，忙碌的工作人員不斷在四周穿梭。

這是一個面對著全世界直播的節目，為了紀念那位改變了整個世界的「偉人」。

不知為什麼，在聽到偉人這個稱呼時，他真的很想笑，忍不住想，如果婭楠姐姐聽到這個稱呼時會怎麼吐槽。

想必她一定會皺著眉頭說：「這些人沒正事做了嗎？只是五十周年而已有什麼好紀念的！」

聚光燈打在他的臉上，地面上是被拖得長長的影子。

隨著倒數計時開始，正襟危坐、一臉嚴肅的主持人，無比敬重地問著：「您是當時她身邊非常親近的人，這次特意請您過來參加這個節目，是想請您回憶一下當時與她相處的點點滴滴。」

不知道會有多少雙眼睛望著他。

在眾目睽睽之下，他沉默了一會兒，似乎想起什麼，竟然笑了，「其實第一次相識並不怎麼美好，我還嚇到她了呢……」

如果時間是有印記的話，在若干年後回憶的時候，他可以打開那個叫做沉默孩子的標籤。

在遇到她之前，他的人生只能用乏善可陳四個字形容。

跟許多基因有缺陷的孩子一樣，他一出生便被遺棄了。

他不知道自己是誰、也不知道從哪裡來的，這裡每一個人都會知道自己的基因起源，唯獨他是一個謎，即便是福利院的人都無法從龐大的資料庫中搜索出他的一點點資訊，甚至連相似的資訊也沒有，那便意味著他不光追溯不到自己同基因的上一代，甚至找不到上一代的親屬。

隨著時間過去，漸漸長大，還是孑然一身，沒有任何人會關心在意他，他也完全不懂得快樂笑容是什麼。

完全不懂什麼是寂寞的他，在古老的圖書館裡走動著。

有時候會在光滑的大理石地面上看到自己的倒影，慘白的臉色。

他的基因不完美，他也不懂這會給自己帶來什麼影響，可等那些醫學界的人找上他的時候，他還是答應參與那個測試新藥的實驗，沒有一絲的猶豫。

因為即使自己死去也無所謂吧。

那是一個很普通的日子，普通到他完全不記得究竟是哪一天了，如果能記起的話，他一定在自己大腦裡找一處最寶貴的地方，把那一天的記憶一幀一幀地好好記錄下來。

他先是隱約聽到書本挪動的聲音，沉靜的空間裡，能夠聽到那人低聲說著：「烹飪烹飪！天啊，這麼多書怎麼找啊……」

不知道她找了多久，他從書櫃的縫隙中看著她。

很奇怪，他一點也不排斥這個人闖入自己的世界，這個人好像沒有攻擊性，所有的注意力都在書本上，不知過了多久，這個人終於找到了要找的書。

自己也不知道看了她多久，時間一分一秒過去，光影在這個空寂的圖書館內，不斷變換著。

一直到天要暗下來的時候，她才意猶未盡地離開。

圖書館總有很多過客，本來是沒什麼的，可從那一天之後，小田七便覺得有些空落落的。

幸好那個人很快又來了，坐在相同的位置，找著類似的書籍看著。

這次他沒有遠遠看著，而是坐在距離近一點的隔壁走道，也找了一本書，只是自己翻頁的聲音打擾到了那個人。

那個人很快地走了過來，透過昏暗的光影……她詫異地望著他。

無數個日子後，自己回想起這一幕都會覺得心悸。

「先生，那後來呢？在您把她嚇到後，我特意翻找了許多文獻，看那些文獻記載，當時她將您帶回了住所，聽說她還救了你的命。」

點了點頭，這次他沒再說什麼。

腦子裡只不斷想著如果她在這裡，正坐在自己對面的話，她該是什麼樣的表情，只怕早已經坐不住了，她會渾身如同長了草一般的難過，會忍不住對他使眼色，似乎在抱怨：節目怎麼這麼長、這麼無聊啊？還不如回去看本書、做道菜呢！

記憶好像溢滿了，因為離得太久，甚至分辨不出哪些是真實的、哪些是自己的想像。

只知道從驚恐到親近，她用了幾個很簡單的動作表情。

她擁有一種魔力，這種魔力他至今沒從第二個人的身上看到過。

完全不知道她是怎麼做到的，她會低頭皺著眉頭說：「你疼嗎？」

以前不懂得什麼叫做寂寞，可是等她說到寂寞的時候，心裡會抽疼。以前不懂得是什麼是痛苦，似乎對所有的一切都麻木了，可是漸漸會疼起來，知道什麼是傷心、什麼是難過。

會在受不了寂寞的時候找到她，會在難過的時候想從她身邊得到一點溫暖。

她好像不會真的害怕什麼一樣，永遠在努力著、在振作著。

不管書本還是別人說女人都是嬌弱需要呵護的生物，可是在她被當做男人的時候，好像從不需要……

記得有次她正在做菜，不小心切到了手指，紅色的鮮血冒出來。

他看在眼裡都覺得很疼，忍不住難過的時候，她不僅沒露出難過的樣子，反倒還留意到他的表情，笑咪咪地揉著他的頭髮說：「沒事的啦！」

說完用水把傷口的血沖掉，很隨意地找了東西貼上，然後就好像沒事般地繼續做菜，一邊做還會一邊說：「都怪我自己太笨了，下次還是要小心一點！」

樂觀快樂似乎可以傳染，不知道從哪天開始，只要望著她便會覺得快樂。

喜歡看到她哼著歌做菜，喜歡看她活潑地做著所有事情。

她雖然總說自己笨手笨腳的，可他從沒覺得她哪裡笨過。

不，她還真的是很笨欸！做夢都沒想到她會為那樣的事情曝光身分！

起初知道她的真實身分時，他也嚇了一跳，簡直都要瘋了，不過當時還是孩子的自己，只是震驚而已，倒是身邊的人完全都不一樣了，簡直都當婭楠姐姐是什麼必須要得到的戰利品一樣。

跟許多人一樣，他很擔心姐姐的安危，不知道婭楠姐姐在那種地方會不會被人虐待，不過所有的人都說不會的，她是那樣寶貴的存在，沒有人敢傷害她。

只是很奇怪……他老覺得她不開心，跟被人囚禁的生活相比，還是每天在餐館裡快樂做菜的婭楠姐姐最幸福了。

❀

在被主持人問到身分曝光的事情時，他笑了笑，「她真是笨！」

這話說得把主持人都嚇壞了，畢竟是紀念偉人的大型節目，所有的人都是抱著崇敬的心情，即便是田七族長、即便他身分尊貴，也不能用笨這個詞來形容「那一位」吧！

「還不夠笨嗎？明明已經是最珍貴的存在了，只要隨便撒撒嬌就可以生活得很好，可你看她後來做了什麼，明明什麼都不會，可還是立法做各種慈善……」

當時為什麼沒說出來、為什麼一直在默默支持她？

望向旁邊放大的照片，裡面的人栩栩如生。

為什麼不肯等到他長大……如果長大的話，一定要好好罵罵她！

一直正襟危坐的主持人忽然不出聲了，手頓在那裡，臉色微微發脹。

這位被無數鏡頭拍攝的人、從來以強悍風格著稱的田七族長，聲音帶出了不可抑制的哽咽。

五十年過去了……

明明已經消失很久的人，卻好像還坐在那裡，一臉無奈地看著他，說著：「小田七，你是不是覺得我很傻？」

「是的，妳一直很傻！」

這張照片不知道是從哪裡找到的，那時候的她還是一臉明媚的笑容。

不知道什麼時候開始，她的笑帶上了心事。

「那個傻瓜。」他重複著，努力嚥下嘴裡的苦澀，「雖然你們說她是個偉人，可其實你們都不瞭解她……」

望著照片中那雙眼睛，終於想起這是什麼時候拍的照片了。

忍不住笑了下，他繼續說道：「比起當一名女王，其實她更喜歡別人品嘗她做的菜，一旦露出好好吃的樣子，她就會開心得眉開眼笑。」

他指了指旁邊的照片，「如果你們留意的話就會發現，戴著皇冠的她是笑不出這樣燦爛的笑容。」想了想，他繼續說道：「不管她是誰、做過什麼，把這個世界改變成什麼樣子，可對我來說，她只是我最愛的姐姐，她有沒有歷史書裡寫的那樣偉大、那樣誇張，這些對我都沒有意義，因為在我心裡，她是我唯一的親人……」

（完）

綺思館
晴空強檔新書
戀愛吧！一切的不可理喻都好可愛
舞青蘇
夜貓公子愛捉鼠
清楓聆心／著
卷一
光棍節之宅男穿越遇到愛！
夜貓子神探VS.小老鼠騙子，
在夜色中畫出撲朔迷離、動人心弦的戀愛繪卷！
《掌事》《御宅》人氣作者清楓聆心，
費時一年精心打造的全新作品，實體書獨家首發！
晴空
更多精彩書介與活動請上
「晴空萬里」部落格：http;//sky.ryefield.com.tw

狂想館
晴空新書預報
冒險吧！向偉大的航路出發
玉不見玉
樊落／著
Leila／繪
圓月觀音
1
穿越到九十年前的俠盜vs.喝過洋墨水的中醫世家公子，
因命運(的紅線)，不得不聯手探查觀音詛咒的祕密……
上海灘最佳拍檔，勢不可擋！

不歸類002

穿越到沒有女人的世界2 星際女王

網路原名《男多女少真可怕》

國家圖書館出版品預行編目資料

穿越到沒有女人的世界2星際女王 / 金大著. -- 臺北市 ：晴空出版：家庭傳媒城邦分公司發行, 2016.1
冊； 公分. --（不歸類002）
ISBN 978-986-92580-1-2（全3冊：平裝）

857.7 104026516

作　　者　金大
文字校對　劉綺文
責任編輯　高章敏
國際版權　吳玲緯
行　　銷　艾青荷　蘇莞婷
業　　務　李再星　陳玫潾　陳美燕　枊幸君
副總編輯　林秀梅
副總經理　陳瀅如
編輯總監　劉麗真
總 經 理　陳逸瑛
發 行 人　涂玉雲
出　　版　晴空
城邦文化事業股份有限公司
104台北市中山區民生東路二段141號5樓
電話：（886）2-2500-7696　傳真：（886）2-2500-1967
E-mail：bwps.service@cite.com.tw
發　　行　英屬蓋曼群島商家庭傳媒股份有限公司城邦分公司
104台北市中山區民生東路二段141號2樓
書虫客服服務專線：(886)2-2500-7718；2500-7719
24小時傳真服務：(886)2-2500-1990；2500-1991
服務時間：週一至週五09:30-12:00；13:30-17:00
郵撥帳號：19863813　戶名：書虫股份有限公司
讀者服務信箱E-mail：service@readingclub.com.tw
晴空部落格　http://sky.ryefield.com.tw
香港發行所　城邦（香港）出版集團有限公司
香港灣仔駱克道193號東超商業中心1樓
電話：852-2508-6231　傳真：852-2578-9337
E-mail：hkcite@biznetvigator.com
馬新發行所　城邦（馬新）出版集團【Cite(M)Sdn. Bhd.(45832U)】
411, Jalan 30D/146, Desa Tasik,Sungai Besi, 57000 Kuala Lumpur, Malaysia.
電話：(603) 9056-3833　傳真：(603) 9056-2833

美術設計　薛好涵、廖婉禎
內頁排版　洸譜創意設計股份有限公司
印　　刷　沐春行銷創意有限公司
初版一刷　2016年1月
定　　價　250元
I S B N　978-986-92580-1-2

晴空

晴空